# EL NOVIEMBRE DE KATE

Mónica Gutiérrez Artero

©Mónica Gutiérrez Artero - 2016
Registro de la Propiedad Intelectual: B-3966-14
ISBN: 9798793358026
Diseño de la cubierta y maquetación: ©Javier Morán Pérez - 2022
Primera edición junio 2016
Segunda edición febrero 2022

# EL NOVIEMBRE DE KATE

Mónica Gutiérrez Artero

Toda la geografía, los personajes y las situaciones de esta historia son producto de la imaginación de la autora y, por lo tanto, ficción, nada más que ficción. Solo eso.

Podría decir que soy el autor de esta historia. Pero os estaría mintiendo.

Cuando les pedí a Kate y a Don que pusieran por escrito los recuerdos de aquellos días, no tardé en ser consciente del valor de sus palabras. Apenas empecé a leerlos, comprendí que nada mejor que pasar a un segundo plano de corrector en la sombra y dejar que ellos se explicaran. Su voz dotaba de autenticidad unas vivencias que a mí siempre me han resultado algo oníricas, rozando lo inverosímil, si tenemos en cuenta la poca magia que queda en este mundo.

Por eso no miento al deciros que soy el responsable de que esta historia se haya puesto por escrito para entretenimiento (eso espero) del lector más curioso. Porque la idea de contaros cómo se conocieron Kate y Don durante aquel noviembre en el que nada ocurrió como esperaban siempre fue mía.

Perdonad a la hermosa Kate por su críptico secretismo a la hora de no hablar sobre sí misma. Apelo a vuestra comprensión de lectores benevolentes. No tardareis en daros cuenta de que a nuestra heroína le faltaba confianza para explicaros quién era por entonces; alejada del mundo, como una estrella sin constelación, de esas que brillan tan intensamente que nadie soporta mirarlas durante demasiado tiempo.

Y no creáis a Don cuando se queja de su poco dominio de las metáforas. Puede que sea algo directo a la hora de contar lo sucedido, pero confío en que su pasión a la hora de vivirlo le redima ante vuestros compresivos ojos.

Terminadas mis aclaraciones y advertencias, lector, te dejo a solas con los protagonistas. Mirad, mirad, por ahí viene Kate, con sus zapatos de bruja buena y esa melena veteada de miel flotando a su alrededor mientras camina…

*Pierre Lafarge*
Coleridgetown, primavera de 2014

## FRAGMENTO DE LAS MEMORIAS
## DE WILLIAM DORNER

Todo empezó en un noviembre inusualmente frío.

# UNA RADIO EN LA BUHARDILLA
## (Kate)

No sé decir que no. Eso es un problema. Aunque como no es mi único ni mi más acuciante problema, convivo con él y lo maldigo de vez en cuando, como viejos conocidos que somos.

El día en el que Marian, la telefonista de Milton Consultants y una de mis mejores amigas, me ofreció un puesto en el programa de radio de su hijo, yo llevaba dieciocho horas sin dormir y cumplía siete años en una oficina de esa misma empresa que había empezado a odiar profundamente. Es decir, que no era uno de mis mejores días. La idea de conocer a un puñado de intelectuales *newage* y gafapastas radiofónicos un viernes por la noche no me pareció un plan nada apetecible.

—Hace un par de meses que Josh colabora en ese programa de radio de humor y necesitan una voz femenina —me estaba diciendo Marian mientras manejaba con soltura las teclas de su centralita—. Milton Consultants, ¿en qué puedo ayudarle? Ahora le paso. Le he dicho a Josh que te pasarías mañana para ver cómo era todo, que eras periodista y que tenías una voz preciosa.

—Hace más de siete años que no ejerzo de periodista —me quejé en voz baja—, concretamente desde que salí de la facultad. Y estoy constipada.

—El señor Adams no se halla en este momento en la oficina, le paso con su secretaria. Ya, querida, pero tu voz sigue siendo bonita, incluso con mocos, y ya verás como en cuanto te pongas delante del micro te acuerdas rápidamente de todo. Es un programa de humor, muy bueno, y solo sale en antena los viernes por la noche.

—¿Es una emisora local?

—Es la Longfellow Radio, la emisora local de este pueblecito de aquí al lado, justo en la primera salida de la autopista si la coges en dirección a la montaña.

—He oído hablar del pueblo pero no sabría llegar —intenté excusarme de nuevo—. Y menos de noche.

—Le paso con la planta dieciséis, no se retire. Claro que sí, cielo, llegarás en un pispás. Mañana, a las nueve en la emisora. Josh te espera dentro. Verás qué bien.

—No sé, estoy tan cansada…

—No, señor, le comprendo. Si quiere demandarnos, le paso con la planta ocho, departamento legal, no se retire por favor. —Levantó la vista del mosaico de luces radioactivas en el que se había convertido la centralita y me miró con esos ojos color de miel que parecían comprenderlo todo—. Oye, tienes que aflojar un poco. Esta mañana he visto pasar a tu jefe por aquí y le salía espuma por la boca. Está fuera de control, así que mejor hazte a un lado y que atropelle a otro.

—No se trata del señor Torres, Marian. Soy casi inmune a sus gritos y esquizofrenias varias. Es esta oficina, este trabajo, esos tipos con corbata y sin escrúpulos, esas columnas interminables de cifras. A veces me gustaría coger el abrigo y el bolso, salir por esa puerta y no volver más.

—Ten cuidado con lo que deseas, querida, porque se cumple.

Quiero mucho a Marian, su hijo Josh en un encanto y no sé decir que no. Así que al día siguiente, viernes, después de una jornada maratoniana en Milton Consultants me encontré en mi pequeño Ford de segunda mano incorporándome a la autopista en dirección a la montaña y recitándome como un mantra:

—Está bien, solo iré si encuentro esa dichosa emisora sin perderme más de dos veces. Si consigo llegar a Longfellow y dar con la emisora en unos diez minutos, entraré. Si empiezo a dar vueltas y me pierdo o me desoriento, cogeré de nuevo la autopista en sentido contrario y me iré a mi casa a dormir.

Pero los hados quisieron jugar conmigo aquella noche: entré en Longfellow por el sencillo procedimiento de tomar la salida que llevaba ese nombre, conduje hasta el centro del pueblo (debidamente delimitado por la iglesia de piedra, el Ayuntamiento y el centro cívico en el que Marian me había explicado que estaba la radio) y aparqué a la primera en el único sitio libre que el destino parecía haber reservado para mí justo delante de la emisora.

Cuando salí del coche hacía tanto frío que tuve que mirarme para comprobar que llevaba puestos el abrigo y la bufanda. Entré temblando en el hermoso edificio histórico de mediados del siglo XIX que acogía el centro cívico de Longfellow y me encontré en un amplio salón espantoso y mal iluminado. Un montón de abuelitas y abuelitos, reunidos en grupos alrededor de unas mesas más viejas que ellos, jugaban a las cartas, al dominó o hacían labores de ganchillo y aguja. A la izquierda, detrás de una barra de bar sucia y con alguna que otra botella polvorienta, un hombre calvo y con bigote leía un periódico deportivo.

—Perdón —pronuncié intentando controlar el castañeteo de mis dientes—, creo que me he equivocado de sitio. ¿La emisora de radio de Longfellow?

—Arriba —dijo el calvo levantando la vista de su astroso diario y mirándome con curiosidad.

Junto a la barra había unas escaleras estrechas y empinadísimas que llevaban al país de las maravillas. «Súbeme», pensé jugando a ser Alicia. Y eché de menos al conejo blanco que, a esas alturas, si no había muerto por congelación, estaría disfrutando de su merecida jubilación echando una partida de cartas con los colegas de abajo. Subí y subí y subí. Un montón de escalones altísimos, sin descansillo, con las paredes tan cerca en aquella luz menguante —la única iluminación era la de los focos polvorientos de la barra del señor calvo y con bigote— me llevaron a pensar en los torreones de los castillos medievales y a temer una incipiente claustrofobia.

Me paré cuando faltaban tres escalones porque había encontrado la puerta. Enorme, de madera oscura y sin picaporte. Allí estaba, justo al final del último escalón, sin descansillo en el que recuperar el aliento. Una puerta con una cerradura aparatosa de color cobrizo, con una llave grande y hermosamente labrada descansando en su único ojo.

Subí otro escalón y golpeé la puerta con los nudillos pero el sonido resultó tan patético como mi presencia allí. Respiré hondo, subí el último escalón y empujé con ambas manos el muro de madera. Nada. No me quedó más remedio que poner la mano sobre la llave y girarla. La puerta se abrió con un chirrido de castillo encantado y Alicia entró en la madriguera del conejo ausente.

La primera vez que puse los pies en la emisora de Long-fellow Radio creí que me había equivocado de lugar y había ido a parar a una de esas acogedoras y hermosas cabañas de madera donde todo huele a pino recién cortado y el suelo cruje bajo tus pies. Por alguna peregrina razón que escapaba a mi entendimiento en aquella primera visita, el desastroso vestíbulo del centro cívico conducía a una buhardilla de madera cálida, bien iluminada y escondida de sus ancianos habitantes por alguna peregrina razón que se escapaba a mi entendimiento.

La puerta se cerró con un suspiro quejumbroso y me quedé sola, en un agradable silencio, en aquella habitación de paredes de madera, suelo de madera, vigas y techo de madera, y mesas enormes llenas de papelotes y material de oficina. Me quité el abrigo y la bufanda y los dejé colgados con el bolso en una de las perchas vacías de la entrada. Olía a papel, a biblioteca, a librería, a las estanterías vie-jísimas de los depósitos de libros de la facultad. Se estaba caliente. Se estaba a gusto.

La pequeña habitación tenía al fondo unos diez esca-lones, también de madera, con sus barandillas a ambos lados, que llevaban al piso de arriba: dos platós de graba-ción separados por una pecera de igual tamaño. Uno de los platós estaba iluminado y el piloto rojo de la entrada brillaba alegremente. Desde la pecera, el técnico de sonido me hacía gestos con la mano para que subiese.

—Pasa —me gritó a través del cristal—, te están espe-rando. No hagas caso del piloto, hay un descanso publici-tario de cinco minutos justo ahora.

Un simpatiquísimo hombrecillo rechoncho con espe-sa barba negra y pelos enloquecidos me miraba sonriente como el Gato de Cheshire desde el umbral del estudio de grabación.

—Eh, hola, ¿qué tenemos aquí? —dijo el hombrecillo feliz logrando que sus ojos achinados casi desaparecieran por entre los pliegues de su sonrisa.

—Soy Kate —dije con mi vocecita más tímida—. Ven-go de parte de Josh.

El aludido apareció al momento y se apresuró a darme un breve abrazo y un par de besos.

—Qué bien que hayas venido, Kate. Mi madre me dijo que no estaba segura de que aparecieras por aquí esta noche.

—Yo tampoco lo estaba.

Resultaba complicado entrar en el pequeño estudio con el hombrecillo de la barba ocupando más de la mitad del vano de la puerta así que me quedé allí quieta, intentan-do mantener la sonrisa mientras él seguía mirándome em-bobado. Pasaron unos segundos, que a mí me parecieron semanas, hasta que Josh se dio cuenta de la situación y echó un brazo por encima de los hombros del hombrecillo barbudo para apartarlo.

—Este, con ínfulas de portero, es William. Nuestro meteorólogo.

—Hola, bienvenida.

Entré en el caldeado estudio y me encontré con un chico nervudo, con gafas, que no se levantó de su cómodo asiento tras un micrófono de proporciones gigantescas.

—Hola, Kate. Yo soy Xavier, el que corta y reparte el bacalao por aquí —dijo tendiéndome la mano desde su sillón de rey—. Me alegra añadir al programa una voz femenina.

Pero no parecía alegre en absoluto.

—Chicos, medio minuto y entramos —nos dijo una voz a través del micrófono general.

—Y él es Santi, nuestro técnico de sonido. Gracias, Santi. Todos a vuestros puestos. Entramos con Josh, en tres, dos, uno y…

Josh me indicó un lugar a su lado y me tendió unos auriculares. Se ajustó los suyos y cogió el guion que tenía sobre la mesa. Parecía relajado y feliz. Me alegré de tenerlo al lado, Josh siempre me había parecido un tipo inteligente e intuitivo, demasiado racional a veces, pero siempre dispuesto a brindar protección a las damiselas en apuros. Y en esos momentos, en esa noche de viernes en pleno corazón del invierno más crudo de mi recién descubierto pueblecito de Longfellow, yo era sin dudas una chica desamparada en tierra extraña.

—Buenas noches, radioyentes, esto es Longfellow Radio y estamos en la segunda mitad del programa más ingenioso y brillante de la semana: *¡Por fin es viernes!*

Santi nos obsequió con una salva de aplausos, gritos y silbidos enlatados.

—Buenas noches, Josh, ¿qué nos traes hoy en tu sección…?

—¡Moribles 2013! —gritó Josh con entusiasmo.

William todavía me miraba embelesado, Xavier me ignoraba educadamente, Santi seguía sonriendo tras su impoluto cristal y Josh había empezado a hablar acerca de cómo iban las apuestas sobre las personalidades susceptibles de dejar de respirar durante el año en curso.

Estaba en una buhardilla de madera rodeada de personas que todavía eran capaces de poner pasión en un programa de radio por el que nadie les pagaba. Gente tan excéntrica como yo misma pero con las ganas de vivir todavía intactas, convencidos de que los momentos que valen la pena son aquellos que se pasan en buena compañía, compartiendo su ingenio y su buen humor con hipotéticos oyentes que buscaban relajarse un poco tras una larga y dura semana de trabajo.

Yo solo quería irme a mi casa a dormir.

—¿Qué te ha parecido el programa? —me preguntó Josh en cuanto Xavier se despidió de los radioyentes y Santi dio paso a la carátula final de *¡Por fin es viernes!*

Creo que hasta aquel momento de mi anodina vida nunca me había fijado de veras en las voces de quienes me hablaban. Como buena comunicadora en el exilio, lo que me importaba era la claridad y veracidad del mensaje, solo eso. El vehículo quedaba en un lejano segundo plano. Compartir esa hora y media con aquellos experimentados locutores aficionados me había hecho recordar la capacidad de transmisión de una voz amiga en medio de la noche.

El estudio de la Longfellow Radio era un pequeño refugio de madera, colgado entre el cielo y la tierra, a medio camino de esa noche sin estrellas, en donde se me había declarado bienvenida. Pensé que estaba a salvo del mundo, rodeada de buena gente.

—¿Eh? —dije todavía presa del hechizo.

Josh me miró algo extrañado y volvió a repetir la pregunta.

—¿Qué te ha parecido?

—Ah, genial. Muy divertido.

Y no mentía. Aquellos chicos tenían ingenio y mucha gracia. Todos tenían carisma, a su manera, y una buena dicción ante los micrófonos. Pero sobre todo tenían ganas de estar allí, de olvidarse del gris uniforme de sus respectivas semanas y compartir con los amigos dos horas de buena compañía y buen sentido del humor, sin censura. En ese programa podían dejar de ser ellos mismos y dar rienda suelta a su nada desdeñable creatividad.

—¿Qué podrías aportar? —intervino Xavier quitándose los auriculares y mirándome muy serio.

—Creemos que incorporar una chica al programa nos dará cierto punto de equilibrio y mucho juego —me confió Josh.

—Además tú eres periodista, ¿no? Qué envidia.

Aunque entonces no podía saberlo, aquella frase fue lo más sincero que Xavier llegó a decirme durante el tiempo que compartimos programa en aquella buhardilla radiofónica aislada del resto del mundo.

—Sí, pero no ejerzo.

—¿Por qué? —se interesó.

—Porque ser periodista es como ser médico o bombero, es algo vocacional. Yo no tengo esa vocación.

Noté cómo enrojecía hasta las orejas. Acababa de hacer una confesión bastante íntima a unas personas a las que había conocido hacía una hora y media.

—¿Qué habíais pensando para mí? —pregunté mirando a Santi, que seguía feliz en su pecera reordenando papeles y carpetas.

—Una sección, por supuesto, como la que tenemos los demás. Y que intervengas a discreción en el turno de los otros o en las entrevistas —contestó Xavier con cara de tedio.

—¿Algo cultural? ¿Planes de fin de semana o algo así? —reflexioné en voz alta.

—Lo que quieras —me dijo William—. Seguro que nos sorprendes.


Mientras nos poníamos los abrigos, los sombreros —¡Josh y William llevaban sombrero!— y las bufandas en la zona de redacción, como la llamó Xavier, los chicos bromeaban y comentaban sus planes de fin de semana. Yo ya estaba buscando alguna idea genial para mi sección del viernes siguiente, algo que los dejara boquiabiertos y felices de haber tenido la amabilidad de ofrecerme un lugar en el personalísimo círculo de su amistad de los viernes por la noche. No se me ocurría nada. Nunca he sido buena con las ideas, lo mío siempre ha sido expresarlas con corrección, no tenerlas.

Fue entonces cuando comprendí que había sucumbido al hechizo de la radio en la buhardilla. Yo, que había ido a regañadientes, por no hacerle un feo a Josh y corresponder con cariño a la preocupación maternal de Marian, que me había arrastrado a desgana hasta allí con el propósito de encontrar una excusa plausible para no volver nunca más, de repente me estaba planteando en serio tener mi propia sección, formar parte de aquel pequeño circo tan bien avenido.

Creo que parte de mí comprendía que la soledad suele cobrarse su precio de las maneras más inesperadas.

—Vamos a tomar algo al Cascarón —gritó William mientras bajábamos las tortuosas escaleras del centro cívico.

Los viejecitos del dominó y las viejecitas del ganchillo habían desaparecido en su totalidad. También el calvo del bigote tras la barra brillaba por su ausencia, y todo el salón dormía sumido en la penumbra de las luces de emergencia. Me pareció vislumbrar tras una silla las orejas suaves del conejo blanco, pero cuando me fijé mejor resultó ser un pañuelo olvidado en el respaldo.

—¿Te vienes, Kate? —me dijo Josh—. Cuando terminamos el programa solemos ir al Cascarón a tomar una copa y a picar algo. Está aquí mismo, a un par de manzanas. La excusa es comentar cómo ha ido y esbozar un poco las secciones y la temática del programa siguiente. Pero al final siempre acabamos hablando de cualquier otra cosa.

—No, gracias, Josh. Estoy cansada. Prefiero irme. Adiós, chicos.

—¿Te vas? —se sorprendió Santi— Ven un ratito al Cascarón, mujer.

Habíamos salido a la calle y Xavier estaba cerrando con llave la puerta del hermoso edificio histórico. El frío me dejó sin aliento, pese a la sincera invitación de los chicos y a las graciosas nubecillas que se formaban delante de nuestros labios cuando hablábamos.

—Gracias, pero hoy mejor me voy. En otra ocasión —me excusé.

—Entonces, ¿cuento contigo para el próximo programa? —me interrogó Xavier—. Bien. Anota mi teléfono por si tienes alguna duda. Prepara un espacio de unos diez minutos, pero ten en cuenta que los demás intervendremos según la marcha y se alargará.

Asentí sonriente. Respondí con un movimiento de mano a la despedida de William, soporté con estoicismo la larga mirada de pena que me dedicó Santi y le aseguré a Josh que no hacía falta que me acompañase hasta el coche porque estaba ahí mismo, pero muchas gracias.

Cuando desaparecieron tras la esquina, suspiré aliviada y me di cuenta de que no podía dejar de sonreír. El maldito frío polar de Longfellow me había congelado los músculos de la cara.

Entré en el coche y sonó el móvil. Era mi jefe, Rodolfo Torres, terror de Milton Consultants, desayunador de becarios, comedor de gerentes y merendador de directores. El único caso vivo conocido de homo sapiens sin alma; prueba viviente de cómo debió ser vivir en la época de los Tiranosaurios rex.

—¿DÓNDE ESTÁ? —ladró su voz a través de las interferencias. Al parecer Longfellow estaba más apartado de la civilización de los satélites de lo que me había imaginado.

—Señor, son casi las doce de la noche.

—NO ENCUENTRO EL INFORME DE LOS IM-BÉCILES DE DRACO CONSTRUCCIONES.

—Está sobre la repisa de la ventana. A la izquierda de la rejilla de ventilación, bajo la carpeta amarilla.

—¿POR QUÉ ME LO HA ESCONDIDO? NO PUEDO TRABAJAR ASÍ.

—Es muy tarde, señor ¿Por qué no se va a casa a descansar un poco?

—NO QUIERO IRME A CASA.

—¿Señor? —pero sabía que el T-rex ya había colgado, era su estilo—. De nada.

Puse en marcha el coche, encendí la calefacción y volví a la ciudad. No fue ninguna sorpresa que, pese al cansancio, me sintiera incapaz de irme a dormir.

# LA CHICA DE LOS CABELLOS FLOTANTES
## (Don)

La primera vez que vi a Kate fue en el bar escondido del Ambassador.

Podrías suponer, lector, que me fijé en ella por lo guapa que era, por su pelo largo y suelto de color castaño y sus minifaldas de Lolita. Incorrecto. Fueron dos las cosas que me llamaron la atención de Kate: que al llegar se fue directa a la barra a hablar con Pierre y que no miraba a su alrededor, como si ignorara que todos estábamos conteniendo el aliento desde que la habíamos visto entrar. Esa chica se movía como si estuviese en un sueño, como si nada de lo que la rodeaba tuviese importancia porque jamás llegaría a tocarla de veras. Una vez le confesé a mi hermano Charlie que esa primera vez en que la vi entrar con pasitos de hada en tacones, y aire somnoliento, pensé que esa chica caminaba por una versión distinta de nuestro mundo.

Por aquel entonces yo tenía grandes planes de justicia divina y de venganza, así que cualquier persona nueva que entrase en mi campo de visión me parecía una oportunidad, una señal del destino para la consecución de mis planes criminales. Por eso estaba allí con Punisher y Sierra la noche en la que Kate entró y se fue directamente a hablar con Pierre. Y si quiero explicar bien esta historia, debería empezar contando quién soy yo y qué demonios hacíamos en aquella época tres de los mejores hackers de Europa en el bar del hotel Ambassador un viernes por la noche.

La primera parte es sencilla: soy Donald Berck, Don para los amigos, The Ghost en las redes. Tengo treinta y dos años, nunca llegué a licenciarme en Ingeniería informática y soy policía en la Unidad de Delitos Informáticos Federal, más conocida por la UDIF. No voy a aburriros con mi currículum ni con el montón de casos que he resuelto. Modestia aparte, hago bastante bien mi trabajo y soy algo más diestro y escurridizo de lo que quiero dar a entender a los malos que me tantean.

Por la época en la que conocí a Kate vivía en la vieja casona de mis abuelos junto a mi padre, Norm, jubilado con aficiones dispares, y a mi hermano menor, Charlie, consultor financiero de actividades algo turbias y de escasa moralidad. Tanto Charlie como yo teníamos suficientes ingresos como para vivir por nuestra cuenta, pero nos resultaba cómoda nuestra sociedad de tres. La casa de mis abuelos era enorme, tenía jardín, un montón de habitaciones, buena cobertura wifi y un agradable silencio a las afueras de la ciudad. Durante la semana solíamos coincidir poco en casa y los fines de semana tenían el atractivo de que mi padre se ponía a cocinar. Y créeme, lector, cuando Norman Berck cocina se te olvida cualquier ventaja que pudieras sopesar para marcharte de la casa de tu padre.

El hotel Ambassador representaba una dicotomía difícil de explicar. Los arquitectos, los expertos en turismo y la oficina de la alcaldía guardaban un misterioso secreto sobre las razones de su excéntrico emplazamiento. ¿Por qué un hotel de cinco estrellas gran lujo se erigía imponente cerca del mar, en una de las avenidas más prestigiosas, pero en el corazón del barrio más degradado y peligroso? Por más que sus promotores se empecinaron en ignorarlo, la hermosa avenida que cruzaba la ciudad de un extremo a otro y presumía de ser «la tercera milla más cara» iba a morir en el arrabal con el índice de criminalidad más alto del país. No importaba el lujo, la amplitud y la hermosura que desplegaba en el resto de su trazado, sus dos últimos kilómetros morían en medio de la oscuridad y la marginalidad más absolutas.

Era como hospedar a las ovejas justo al lado de los esquiladores. Como si los turistas más ricos vinieran para ser atracados en el barrio más miserable, apenas a unos pasos de las arcaicas pero impecables puertas giratorias del Ambassador. Aunque quizá resulte mucho más cómodo ser víctima de un robo cerca del hotel en el que te hospedas: andar descalzo por media ciudad porque te han robado hasta los mocasines italianos de mil doscientos euros siempre es una faena.

Además, quizás por el buen café que se servía gratis a los agentes de la ley y el orden en el vestíbulo del Ambassador, o porque el hotel era el punto de encuentro de las redadas al amanecer, los turistas podían poner la denuncia sobre sus objetos sustraídos en la misma recepción.

Pese a su absurda ubicación, el Ambassador era un hotel elegante y discreto, con tarifas escandalosas y escasa ocupación durante los meses de invierno, excepto cuando se celebraba alguna feria de comercio. A mí me gustaba pasarme por allí algunas noches por tres razones: era el lugar más tranquilo, silencioso y agradable de la ciudad; conocía sus instalaciones informáticas como la palma de mi mano porque eran obra mía, y me sentía a gusto en el pequeño bar escondido del hotel, en el que servían la mejor cerveza negra del mundo.

El gerente de día del Ambassador —y quizá también su homólogo del turno de noche, aunque nunca supe si hablaban al respecto— entendía el inconveniente del bar escondido y había colocado cartelitos metálicos de grafía elegante y flechas indicadoras para que los huéspedes lograsen encontrarlo. Pero el encanto del bar escondido era precisamente su disimulada localización y los cartelitos indicadores no tardaron en desaparecer para desazón del esforzado gerente de día. Pierre Lafarge, el barman importado del Loira que presidía el recóndito local, tenía sus sospechas sobre la desaparición de los carteles indicadores pero habría preferido quemarse la lengua con una quiche ardiendo antes que confesar sus teorías al gerente. A Pierre Lafarge el grupo de los viernes le caíamos bien.

El misterio del bar escondido no era tal misterio. El decorador de interiores, en un exceso de vanidad, había añadido un par de paredes tras uno de los arcos de la elegante recepción del Ambassador que desembocaba en un pasillo. Se trataba de una trampa visual para dar la sensación al visitante de que tras aquella peculiar puerta de inspiración gótica no había más que un laberinto de estuco en dos tonos de lavanda. Sin embargo, si se disponía de la suficiente curiosidad como para traspasar el arco, el tercero por la derecha junto a los ascensores, podía doblar dos esquinas sucesivas y llegar a un pequeño vestíbulo, la antesala del bar escondido. A Pierre le gustaba pensar que las indicaciones de un mapa del tesoro del siglo XVIII no eran tan complicadas como explicarle a un cliente la ubicación de su bar.

Allí no se servían desayunos ni comidas. Era un local de ventanales altos y escasa luz, para resguardar la privacidad, salpicado de comodísimos sillones, sofás apenas hollados por los huéspedes y mesitas bajas. De noche la iluminación era todavía más suave, a excepción de la zona de servicio, con unas pocas lámparas de pie distribuidas estratégicamente por la sala. La barra, de sólida madera pulida en un incongruente estilo de galeón británico, ocupaba toda la pared del fondo; desde ella el barman dominaba la entrada. Por las mañanas el servicio corría a cargo de un camarero aburridísimo. Por las noches Pierre Lafarge reinaba con gracia y soltura detrás de su magnífica barra de pirata.

Los viernes por la noche, el sofá y los dos sillones morados de la pequeña mesa bajo los ventanales solían estar ocupados por tres amigos con corte de pelo excéntrico e indumentaria tan oscura como sus almas: el grupo de los viernes.

—¿No podrías vestirte de otra manera? —le recriminé esa noche a Punisher cuando me di cuenta de que llevaba una camiseta de *Matrix* con letras fluorescentes.

—¿De qué manera?

Punisher era programador en una multinacional (aunque llevaba años funcionando como un perezoso servicio de *help desk*) que cumplía todos los tópicos del informático friki de manual: exceso de peso, pelo largo, barba de chivo, aquejado de alergia y/o asma, coleccionista de montañas de *merchandising* de películas de ciencia ficción, incluidas sus camisetas. Para no echar a perder la leyenda, vivía en el garaje de sus padres.

—Pues para pasar más desapercibido —intervino Sierra apoyándome.

—¿Con traje y corbata? Porque tengo corbata —advirtió un sonriente Punisher.

Sierra, delgado, pálido y aquejado de una enfermiza timidez, vestía aquella noche su atuendo acostumbrado: una camisa blanca de manga corta y pantalones y corbata negros. Era su uniforme en la tienda de reparación de ordenadores. Se llamaba Frank y era el hijo pequeño de una familia de empresarios, alta burguesía de rancio abolengo. Creo que su padre también le pagaba la cuota de socio del club de polo pero, para ser justos, Sierra era un chaval íntegro y leal con los amigos que llevaba con discreto orgullo no haber puesto nunca los pies en dicho club. Se había independizado a los veinte años y vivía de su sueldo de esclavo tecnológico, lo que le hacía sentirse felizmente libre pese a que dependía de los regalos de sus hermanos y padres para no sufrir la abstinencia de su única adicción: las zapatillas de deporte Nike. Tenía más de ciento cincuenta pares.

—No vale si es una corbata del pato Lucas o de *Star Wars*.

—Ni de nada que no sean colores lisos o motivos geométricos, sin dibujos ni logotipos o símbolos —intervine en ayuda de Sierra hasta que la sonrisa de Punisher se esfumó de su cara.

Confortablemente instalados en los sillones morados del bar escondido, entre los tres acumulábamos suficiente parafernalia tecnológica como para asaltar las bases de datos del Pentágono: cinco portátiles, tres iPads, cuatro *smartphones*, cables, conectores, amplificadores de señal, discos duros adicionales y algunos cachivaches más que, el lector me perdonará, no pienso mencionar debido a su dudosa legalidad a estas alturas de nuestro siglo.

Apenas nos mirábamos a la cara mientras hablábamos, con la confianza que dan los años —nos habíamos conocido durante el primer curso de universidad—, concentrados en nuestros respectivos ordenadores. Sorbíamos despacio tres cervezas negras, amparados por la penumbra. Era un lugar agradable donde pasar una noche con los amigos y ultimar planes malvados para destruir el mundo. Aunque parezca una exageración, en aquella época sentía tanta rabia e impotencia que bien podría haber pensado eso mismo en serio.

—No hace falta ponerse traje y corbata. Pero la semana que viene venid vestidos de manera más neutra e informal. Tampoco hace falta que parezcamos hackers de película —apunté.

—No entiendo por qué vamos a seguir reuniéndonos aquí —se quejó Punisher.

—Porque el sitio nos gusta y porque la conexión es potente y segura.

—¿Cómo lo sabes? —intervino Sierra subiéndose las gafas por el puente de la nariz con el dedo índice.

—Porque yo mismo la instalé.

Punisher levantó la cabeza de la pantalla de su portátil, dio un trago a su cerveza y paseó la mirada por el bar. Un par de ejecutivos alemanes acodados en la barra discutían en voz baja mientras bebían vino, y un grupo de cinco japoneses estaban sentados en el otro extremo de la sala, aparentando no estar incómodos y aburridos delante de sus cervezas de importación. Ese era todo el aforo de la noche.

—El barman a veces nos mira —se sorprendió Punisher en voz alta.

—Lo sé —dije sin inmutarme y sin dejar de mover mis dedos con rapidez sobre una de los iPad que acababa de coger de encima del sofá.

—Me parece que es un espía industrial.

—¿Crees que sospecha algo?

—¿Por eso nos mira?

Punisher y Sierra a menudo tendían a hablar a la vez. Sus preguntas se solapaban pero los tres ya estábamos acostumbrados.

—No, no y no —les tranquilicé. Dejé con pereza el iPad y miré a mis dos amigos sin sonreír—. Pero es el único en todo este hotel que sabe de qué va la cosa.

Entonces entró Kate y se me olvidó respirar.

Nunca sabré si me habría fijado en ella aquella noche, en ese preciso y precioso instante, si no hubiese sacado la cabeza de la pantalla para tranquilizar a mis amigos. Me gusta pensar que sí —lector, sé clemente—, que la suerte misteriosa del destino me habría hecho levantar la vista para ir a su encuentro por la sola fuerza de su presencia en el bar escondido.

Llevaba un abrigo largo gris y una bufanda larguísima de muchos colores. Su pelo suelto y largo se movía extrañamente sobre sus hombros, como si flotase en un sueño. Supe que siempre recordaría ese momento, esa primera vez de la chica entrando en la penumbra del bar escondido, iluminándolo todo a su paso. Nunca he sido hábil con las metáforas, pero recuerdo con certeza de esa primera vez que vi a Kate fue que pensé que me había quedado dormido y estaba soñando con ella. Todo lo que rodeaba a Kate en aquel tiempo era justo así, como un sueño. Todo en ella y a su alrededor se movía más despacio y más suave, a un ritmo onírico que desconcertaba.

Bajo el abrigo asomaban sus piernas enfundadas en medias negras y llevaba zapatos de tacón grueso, zapatos de bruja con las medias equivocadas (¿no deberían haber sido a rayas rojas y blancas?). Cuando se quitó el abrigo, antes de sentarse sobre uno de los taburetes de la barra, confirmó mis sospechas de observador hipnotizado: minifalda negra. Pero no de esas faldas estrechas de tubo tan desagradables, sino una falda oscura de capas superpuestas, acampanada, al estilo de una colegiala. Su camisa azul, de mangas anchas sin puño, como de princesa medieval, hacía juego con sus ojos de mirada insomne.

Fue entonces, después de pellizcarme para comprobar que seguía despierto, cuando pensé que aquella criatura extraña resultaba, simplemente, perfecta; que por muchos años que viviese nunca volvería a presenciar una escena, un momento, un segundo tan increíble como ese: la chica de los cabellos flotantes entrando en la penumbra del bar escondido.

Si hubiese sido un maldito romántico, diría que fue entonces cuando me enamoré.

Por suerte, no lo soy.

## SI ES VIERNES, ESTO ES EL BAR ESCONDIDO
## (Kate)

Antes incluso de que mi coche ignorara el giro a la derecha y decidiese, por la fuerza de la costumbre, seguir hasta el final por la plácida avenida adentrándose en el barrio más peligroso de la ciudad, ya sabía que pasaría por el Ambassador en lugar de ir a casa a intentar dormir. Era casi la una de la madrugada pero los viernes por la noche no eran viernes por la noche si no me tomaba un Martini con aceitunas en la buena compañía que siempre resultaba ser Pierre.

Cuando entré en la agradable penumbra del bar escondido apenas había un par de mesas ocupadas. Pierre me vio llegar desde detrás de la barra y me sonrió.

—Llegas tarde —me dijo.

—No puedes imaginar de dónde vengo.

Dejé el bolso sobre uno de los mullidos taburetes y me quité la bufanda y el abrigo antes de sentarme en el de al lado. Pierre ya estaba preparando mi bebida.

—¿Finalmente has ido a Radio Marcianos?

—Longfellow Radio —le corregí con un enérgico movimiento de mi dedo índice.

—¿Y cómo son?

—Marcianos.

—Lo sabía.

—El lugar es perfecto: una buhardilla en uno de los torreones de un precioso edificio clásico del XIX, totalmente recubierta de madera en tonos claros, con escaleras empinadas y suelos crujientes —suspiré.

Pierre me puso tres aceitunas en mi copa de Martini y lo deslizó hacia mí. Levantó su vaso de whisky con hielo y entrechocamos nuestras bebidas.

—Por las aceitunas sin hueso.

—Por las buhardillas.

Di un pequeño sorbo y respiré hondo. Todo volvía a estar bien en el mundo.

—¿Cómo le va a Mario?

Mario era la pareja de Pierre desde hacía unos trescientos años. A mí me parecía un mentiroso insoportable con ínfulas de grandeza, pero era un diseñador de interiores con bastante éxito social. Pierre estaba enamorado y Mario y yo, en nuestros papeles respectivos de novio y mejor amiga, nos detestábamos cordialmente desde el primer día en el que tuvimos la desgraciada idea de conocernos.

—¿De verdad quieres saberlo?

—No.

Pierre, alto, delgado, moreno, con barba de tres días y ojos pequeños y escrutadores, no se dignó a mirarme. Conocía demasiado bien la animadversión mutua entre sus dos personas preferidas en el mundo.

—¿Cómo está Josh? —preguntó sin inmutarse para propiciar un cambio de tema.

—Bien, tan encantador como siempre. —Sonreí.

—¿Y los demás?

—Uf, ¿por dónde empiezo? El director es un tipo delgado y bajito con un ego tamaño Godzilla y muchas ganas de recordarnos lo imbéciles que somos todos comparados con su desbordante talento.

—¿Tiene talento?

—Me temo que no. Ah, y también está convencido de que solo él lee a los clásicos.

—Este chico lo tiene todo, excepto el talento.

—Después hay un meteorólogo en paro, rechoncho y barbudo, inteligente y gracioso, que siempre aporta buenos comentarios en el mejor momento. Y un técnico de sonido con la mesa más desordenada del mundo y los cristales de su pecera tan limpios que resultan imperceptibles.

—La semana que viene sintonizo el programa y os escucho —prometió un solemne Pierre.

—No creo que te guste. Xavier hizo una broma sobre Plutarco.

—¿Y alguien, además de ti, la entendió?

—Josh, claro. Pero a mí me obviaron, creo que piensan que las chicas en minifalda no pueden conocer a Plutarco.

—Eso está fuera de toda discusión, cielo. Lástima que no seas rubia.

Pierre apuró su whisky de un trago y se acomodó contra la pared de detrás de la barra. Miró por encima de mi hombro y sonrió enigmáticamente.

—Entonces vas a volver la semana que viene.

—Sí. Me han dado una sección de unos diez minutos y total libertad para hablar de lo que se me ocurra. Como el programa es de humor y ya tienen secciones de sexo, ocio y cine, debo pensar en algo distinto. No sé, algo cultural o costumbrista.

—¿Costumbrista? —Se rio Pierre.

—No sé, no tengo ni idea. Ya pensaré en algo. Pero no hoy, no ahora, estoy hecha polvo.

—¿Sigues sin poder dormir?

—Apenas unas horas cada noche. No puedo con mi alma.

—Y, sin embargo, esas ojeras te quedan de muerte —bromeó mi amigo—. Estás preciosa con esos aires de princesa gótica.

—Qué gracioso, Pierre. Es muy cruel reírse así de los insomnes.

—A mí me parece muy romántico.

Y fue entonces cuando una pequeña idea asomó por una de las esquinas de mi cansado cerebro. Tenía que darle un par de vueltas más, pero ya iba bien encaminada respecto a mi futura sección radiofónica. Al menos, era algo original.

—Oye, deberías buscarte otro trabajo, en serio. ¿Cuántos años hace que estás con el T-rex en Milton?

—Pues lo cierto es que deberías ponerme otra copa, barman, porque estoy de celebración: hoy hace exactamente siete años que trabajo en Milton. Siete años —dije presa de una súbita tristeza— sobreviviendo a las carnicerías y a los rugidos del T-rex. Siete años de números sinsentido y personas que ni siquiera merecen ese calificativo.

Pierre movió la cabeza y volvió a llenarme la copa que le tendía con los restos de la coctelera.

—Dijiste que sería un trabajo temporal, mientras encontrabas algo que te gustase más —me recordó la voz de mi conciencia disfrazada de camarero insolente.

—Lo sé, era un trabajo para pagar el alquiler, nada más. Y mírame, estoy atrapada.

—Hay vida fuera de Milton.

—Lo sé, lo sé. Estoy buscando otro trabajo, de verdad. Hace años que lo busco. Pero sabes lo que me cuesta tomar decisiones, soltar amarras, arriesgar… —me lamenté por millonésima vez.

Incluso a mí misma me sonaba patética esa excusa. Y, sin embargo, algo había empezado a cambiar aquella misma noche, lo intuía. ¿Sería posible que algo parecido al valor viniese pisándome los talones desde que me había atrevido a subir las empinadas escaleras de la emisora de Longfellow?

—¿Te van a pagar en la radio? —interrumpió mis pensamientos Pierre.

—¿Me tomas el pelo? Son un grupo de náufragos que comparten salvavidas los viernes por la noche. Creo que serían capaces de pagar ellos con tal de seguir yendo a terapia. No, no van a pagarme.

Mi amigo volvió a mirar por encima de mi cabeza y se sentó tranquilamente frente a mí.

—Oye, cielo, no te pongas tan triste. Haces que las botellas de vino blanco pierdan aroma.

—Lo siento, Pierre —me disculpé arrepentida de verdad—. Sí que estoy triste. Y atrapada en un empleo horrible en el que solo les falta fustigarme con un látigo para demostrarme la nada esclavizada en la que me he convertido. Y no puedo dormir.

—Lo sé. —Pierre se acercó a la barra y me acarició una mejilla—. Lo sé. Deja ese trabajo. Dile adiós al T-rex. Empieza de nuevo.

—Yo no sé hacer eso. No sé empezar nada. Lo desconocido me da miedo.

—Pero has ido hasta esa radio de Longfellow donde no conocías a nadie y piensas volver. Has empezado algo nuevo.

—Es cierto, ¿te lo puedes creer? —dije admirada de mi ridícula osadía—. Aunque me envió Marian y allí tengo la red de seguridad de Josh.

—Por algo se empieza.

Pierre me dejó un momento sola, meditando sobre mis posibilidades de cambio, y fue a atender a los clientes japoneses que le llamaban discretamente desde una de las pocas mesas que estaban ocupadas. Sirvió algunas bebidas más y volvió a plantarse delante de mí con una misteriosa sonrisa.

—No te gires —me susurró interrumpiendo mis elucubraciones— pero el chico de negro del grupo de los viernes no te quita los ojos de encima. Creo que le has impresionado.

—¿El grupo de los viernes?

—Don, Frank y Punisher (o algo parecido), pero yo les llamo el grupo de los viernes. Se sientan siempre en los mismos sillones morados, piden cerveza negra y se dedican a hackear la NASA o el Pentágono, o algo así. Podrían estar haciendo caer gobiernos chinos o provocando el caos bursátil en Berlín. O al menos eso me gusta pensar. Siento debilidad por ellos, son extrañamente encantadores y les reservo su sitio cada viernes por la noche.

—Eso —dije enfatizando la palabra— sí que es romántico.

Me giré con disimulo y vi a tres tipos rodeados de un montón de parafernalia futurista digital totalmente concentrados en las pantallas de sus portátiles de última generación. Calculé que ellos solos contribuían a incrementar en un 200 por cien la factura de la electricidad del Ambassador.

—¿Quién es quién? —me interesé por los nuevos protegidos de Pierre—. Nunca me habías hablado de ellos.

—¿Es que un hombre no puede tener secretos?

Pierre se acodó sobre la barra y los observó sin disimulo.

—El pálido flacucho, bastante mono por cierto, el de la camisa blanca y los bolígrafos en el bolsillo es Frank, pero también le llaman Sierra (no me preguntes por qué). El gordito desastrado de la camiseta verde y las greñas es Punisher. Y el atractivo y misterioso, alto, con cuerpazo de gimnasio y cara de malas pulgas es Don.

—¿Cómo lo sabes?

—Tengo mucho tiempo libre para aburrirme recogiendo las pocas mesas que ocupan los clientes que consiguen encontrar el bar. Y, como buen camarero, sé escuchar.

—Les espías.

—Shhhhh —me riñó Pierre poniéndose súbitamente serio—. Creo que el guapo es policía.

# CAFÉ, TORTITAS Y ARGONAUTAS
## (Don)

Los sábados siempre comenzaban igual.

Me desperté y supe que serían casi las ocho y media sin necesidad de mirar el reloj sobre la mesilla de noche porque el olor a café se había colado ya en mi habitación. Charlie decía que era imposible, que la cocina quedaba en el piso de abajo y que ni siquiera estaba alineada con mi habitación, que los olores no se teletransportaban así, ni por el tiro de la chimenea. Pero mi padre siempre sonreía, se encogía de hombros y callaba.

Fui descalzo hasta mi despacho, eché una ojeada a los tres ordenadores que tenía encendidos y trabajando, comprobé que todo funcionase con relativa normalidad y bajé a reunirme con mi familia. Para entonces, al olor misteriosamente teletransportado del café se le había añadido otro dulce y apetitoso.

—Tortitas —suspiré entrando en la cocina.

—Buenos días, Don —me saludó mi padre armado con una paleta de plástico y siempre atento a su sartén de los sábados—. Llegas justo a tiempo, como siempre.

—Los sábados toca tortitas —dijeron a dúo Jacob y Jasper.

Jacob y Jasper eran gemelos, tenían seis años y resultaba imposible distinguirlos. Papá, Charlie y yo lo conseguíamos muy pocas veces y siempre acabábamos por reconocer que se había debido al puro azar. Así que, rendidos a la fatalidad de la naturaleza, habíamos optado por hablarles como a una entidad unitaria de dos cabezas y nombre elidido; aunque mi padre a veces se refería a ellos como los argonautas, por lo mucho que habitualmente les costaba volver a su casa. Como siempre, Charlie había sido el último en rendirse.

—Es que me dan grima —decía—. Míralos, ahí tan rubios e idénticos. Tan siniestros como Tedd y Todd.

A mí los chicos no me parecían siniestros en absoluto. Supongo que Kate hubiese dicho de ellos que eran «adorables», pero como a estas alturas de la narración se supone que todavía no he hablado con Kate, sintiéndolo mucho, lector, tendrás que conformarte con que te confiese que yo los encontraba simpáticos. Me gustaban por tres razones: solían aparecer en casa por sorpresa, sacaban de quicio a Charlie y sus respuestas siempre contenían una innata sabiduría pese a su edad (o quizás a causa de ella).

Los gemelos eran hijos de Sarah, nuestra vecina más cercana (vivía a cinco minutos a pie si se atravesaba un pequeño bosque de abedules) y chica para todo de papá. Sarah solía pasarse un par de veces por semana para limpiar la casa, traer la compra y echarle un ojo a nuestras coladas. Éramos bastante autónomos en los aspectos más prosaicos de nuestra vida doméstica pero no nos venía mal de vez en cuando una ayuda. Charlie era el más eficiente, siempre pulcro y ordenado con todas sus cosas y su persona. Sin embargo, había dejado de ser el favorito de Sarah desde que le sugirió que marcara con un rotulador indeleble a uno de los gemelos, en la frente, con la inicial de su nombre o algo similar, para que todos pudiésemos diferenciarlos. A la chica se le congeló la sonrisa en los labios y desde entonces apenas ha vuelto a hablar con Charlie, ni siquiera para echarle una mano en decidir cuál era la tintorería más cercana con mejor reputación en la recuperación de manchas de salsa sobre corbatas estampadas.

—No entiendo por qué se enfadó tanto —recuerda a veces mi insensible hermano menor—. Apuesto a que no soy el primero que se lo sugiere. ¡Por todos los demonios! ¡Si ni siquiera ella misma es capaz de diferenciar a sus hijos!

Esa mañana de sábado los gemelos estaban sentados a la mesa, tenedores empuñados, esperando impacientes a que mi padre pusiese en sus platos las primeras tortitas.

—Buenos días, papá —saludé de camino hacia la cafetera—. Buenos días, chicos.

—Hola, Don —me contestó uno de ellos echándome una mirada rápida.

—Las primeras tortitas ya están pedidas —me advirtió el otro niño rubio y pecoso—. Tendrás que esperar tu turno.

Junto a la fregadera estaba la imponente máquina de café que Charlie nos había regalado por Navidades. Un monstruo que funcionaba con unas cápsulas carísimas que se suponía que contenían mezclas sofisticadas de café de países exóticos. Papá y yo solíamos ignorarla a no ser que tuviésemos mucha prisa y nos resultase imprescindible un café antes de salir corriendo; utilizábamos la cafetera convencional de toda la vida, esa metálica y con aspecto desastrado y herrumbroso que se rellena con café molido y se pone al fuego.

—El café está recién hecho. —Me guiñó un ojo mi padre.

Acababa de servirme una taza que olía como debe oler en el paraíso de los cafetales de Juan Valdés cuando una chica rubia vestida con un riguroso traje de chaqueta negro, zapatos de tacón y un bolso que seguramente costaba dos veces mi sueldo de un mes entró en la cocina.

Los gemelos decidieron que la recién llegada olía mejor que las tortitas y se quedaron mirándola boquiabiertos.

—Buenos días —le sonrió papá a la desconocida—. ¿Tortitas?

—No —dijo mi hermano cogiendo a la rubia por un brazo y llevándosela con rapidez—. Miranda ya se iba.

—Bueno —dijo la chica con timidez—, no es que tenga prisa.

—Tonterías —la cortó Charlie con una sonrisa escalofriante —. El taxi ya está en la puerta.

Mi padre y yo nos miramos con la firme sospecha de que nunca más volveríamos a ver a la rubia y elegante Miranda.

Cuando Charlie volvió minutos después, fue directo hacia su máquina de café.

—Me muero por un *espresso* doble.

—¿Quién era esa chica? —preguntó uno de los gemelos.

—¿No le gustan las tortitas de Norm? —se interesó el otro.

—¿Por qué están aquí otra vez los clones? —se quejó mi hermano mientras esperaba su *espresso*.

—Algún día, Charlie, cuando te canses de echar a la gente de tu lado, te darás cuenta de lo solo que puedes llegar a quedarte —dijo mi padre poniendo las primeras tortitas en los platos de los gemelos.

—¿Lo dices por Miranda? —se sorprendió Charlie—. No es más que un…

—Ya —le cortó nuestro padre—. Como la chica del sábado pasado, y la del mes pasado y la de hace tres meses y las demás que aparecen por aquí un fin de semana y no vuelven nunca.

—Nosotros volvemos siempre —le tranquilizó uno de los gemelos a mi padre poniendo su manita sobre la manaza de cocinero que sostenía todavía la espátula.

—Nos gustan mucho tus tortitas, Norm —dijo el otro.

—Gracias, chicos.

Mi padre recuperó su sonrisa de los sábados, yo reclamé mi ración de tortitas y leche condensada y Charlie desapareció refunfuñando camino de su habitación con una taza de *espresso* en una mano y la prensa económica del viernes en la otra. Típica escena de sábado por la mañana en casa de los Berck.

Cuando el primer botón de los pantalones de los gemelos quedó tan tirante que amenazaba con salir disparado, los chicos dieron por concluido el banquete, se despidieron felices y prometieron volver al día siguiente. Les devolvimos el saludo a través de la ventana cuando los vimos pasar montados en sus bicis camino de su casa, y nos quedamos unos minutos más sentados a la mesa de la cocina disfrutando del silencio, con los codos cotidianamente apoyados en el mantel de cuadros verdes que recuerdo desde que el mundo es mundo.

—Allá van dos hombres felices y satisfechos en busca de aventuras —dijo papá empezando a recoger la mesa.

—Hablando de aventuras…

—¿Todavía sigues con lo de Segursmart? —se preocupó mi padre.

—Sí. Algún día darán un mal paso y esta vez no pienso perdérmelo.

Mi padre suspiró y de repente me di cuenta de que hacía tiempo que había dejado atrás la década de los cincuenta. ¿Cuándo había envejecido hasta el extremo de tener el pelo totalmente blanco y bolsas en la parte trasera de los pantalones?

—Don, ¿no crees que ya ha llegado la hora de dejarlo, de pasar página?

—Papá, tú mejor que nadie sabes que no puedo. Y se merecen algo peor por hundir a Gabriel. Por lo que le han hecho a centenares de personas. Sé que están actuando mal y si no actúo para evitarlo, me convierto en cómplice.

—Lo único que necesita el mal para triunfar es que los hombres buenos no hagan nada —apuntó mi padre—. Edmund Burke.

—Pues si lo entiendes, deja que siga adelante.

—Me preocupo por ti, hijo. Ya han pasado casi cinco años, me gustaría que siguieras adelante. Sé que fue horrible, eso nunca podremos olvidarlo, pero a veces tengo la sensación de que…, eh…, de que te has quedado atascado con el resto de tu vida.

Le puse una mano sobre el hombro y me sorprendió su solidez.

—Lo sé —dije mientras salía de la cocina—. En cuanto termine con esto, seguiré con mi vida.

Mi padre había sido carpintero toda su vida. A menudo nos recordaba, siempre que la conversación se prestase mínimamente a ello, que cogió el martillo por primera vez cuando tenía seis años.

—Y te machacaste el dedo pulgar con tu primer clavo —solíamos terminar a dúo Charlie y yo como parte de una tradición familiar no escrita.

—Pues sí —nos contestaba paciente y feliz—, así fue. Entré de aprendiz a los quince años en el taller de un amigo de vuestro abuelo. A los veintitrés ya había abierto mi propio negocio.

Charlie y yo recordábamos bien la carpintería de mi padre, Maderas Berck, porque habíamos pasado muchas horas de nuestra infancia jugando entre el serrín y dibujando con esos lápices rojos, enormes en nuestras manos de niños.

Mi madre murió en un accidente de coche cuando yo tenía cinco años y Charlie dos. No fue culpa de nadie, ni de otro conductor, ni de un exceso de velocidad, ni de un error de conducción. Simplemente había llovido, como casi siempre en Coleridge, y su coche se salió en una curva inundada por una falta de tracción en las ruedas delanteras. Se estrelló contra el quitamiedos, lo rebasó, cayó por un pequeño barranco, dio un par de vueltas de campana y mi madre tuvo la mala fortuna de golpearse fatalmente en la cabeza. En el asiento de atrás, atado en su sillita, iba mi hermano Charlie. Salió ileso pero tardaron dos horas en sacarlo del coche. Mi padre dice que los bomberos se temieron lo peor cuando por fin consiguieron cogerlo en brazos. Pero Charlie solo estaba dormido, se había cansado de llorar llamando a su madre.

Durante los dos años siguientes, la abuela Sofía, la madre de mi madre, se vino a vivir con nosotros para cuidar de Charlie y de mí. No es que ella no quisiese cuidar también de mi padre, es que resultó una tarea imposible. Norm se convirtió en un cactus humano que pinchaba a cualquiera que se atreviese a acercarse a menos de un metro de su dolor.

Yo no recuerdo demasiado de toda aquella época, aunque sí tengo memoria de mi madre. Seguramente desdibujada por el paso del tiempo, recuerdo su voz, su cara, sus manos, y una tarde de verano en la que salimos ella y yo a pasear por la playa y comimos un helado. Una vez Charlie me preguntó si me acordaba de ella. Él tendría unos ocho años y todavía dormíamos en la misma habitación, en literas. Le oía llorar quedamente, amortiguado el llanto bajo su almohada, porque otra vez se habían vuelto a meter con él en el colegio. Me hubiese gustado consolarle, incluso arreglar cuentas con los abusones de turno, pero con Charlie las cosas no funcionaban así. Si algo había aprendido de experiencias anteriores, mi hermano era orgulloso y duro, a su manera, y no aceptada nada que no hubiese pedido antes. Cuando necesitase mi ayuda, o algo de consuelo, sería él quien daría el primer paso.

—¿Tú te acuerdas de mamá? —me preguntó cuando fue capaz de controlar los sollozos y aparentar una voz más o menos normal.

—No —le mentí.

Oí su suspiro de alivio. Charlie era tremendamente competitivo conmigo —incluso después de pasada la adolescencia lo siguió siendo—, y se habría tomado como una afrenta que yo hubiese tenido algo que a él le resultaba imposible. Me pareció que le producía cierto consuelo pensar que éramos huérfanos en igualdad de condiciones. Con Charlie a menudo se pisa terreno incógnito, es difícil seguir sus procesos mentales o sus pautas de comportamiento. En la academia nos entrenan para anticipar las reacciones emocionales de las personas, para estar alerta y actuar en consecuencia. Pocas veces he conseguido adivinar qué iba a hacer mi hermano menor antes de que lo hiciese.

—Pero tenemos a papá —le dije—. Él sabe cuidar de nosotros igual de bien que cualquier otra madre de las que están a la puerta del cole por las tardes. Puedes contarle lo que sea.

No me contestó y crucé los dedos para que a la mañana siguiente fuese capaz de vencer su orgullo y pedirle ayuda a papá o a mí. Al cabo de lo que me pareció mucho tiempo, a punto de caer dormido, oí a Charlie murmurar:

—Gracias, Don.

No sé cuándo ni cómo, pero el tiempo pasó, la abuela Sofía se fue de casa y mi padre ocupó todo el espacio que había quedado vacío en nuestra pequeña familia. Su carpintería era nuestro verdadero hogar. Allí íbamos después del colegio, era espacio de juegos, de estudio, de meriendas e incluso de cenas. En mi memoria, Maderas Berck siempre fue un espacio caldeado, con luz color caramelo, pedazos de madera con los que construirse un fuerte y jugar a los indios, virutas de serrín hasta en los calcetines y la risa y el buen humor de mi padre en cada rincón de la tienda taller. En contraste, el piso familiar, al que solo íbamos a dormir (pasábamos casi todos los domingos en la casa de mis abuelos, en la que ahora vivimos), no era más que un lugar feo y desangelado del que he borrado minuciosamente todo recuerdo.

Papá recuperó poco a poco su espíritu reposado, su manera imperturbable de hacer las cosas y tomarse con calma los imprevistos. Volvió a ser la persona comprensiva que había sido, con tiempo para escuchar a quien lo necesitase y con la mirada clara sobre los misteriosos caminos de la vida. Pero aunque yo estaba demasiado distraído creciendo como para darme cuenta, fue entonces cuando sus ojos grises se oscurecieron un poco, y un poso de tristeza, apenas visible para los que no le conocían bien, se instaló para siempre en el fondo de su iris.

Cuando mi padre se jubiló tenía en plantilla a cinco carpinteros profesionales y dos aprendices. Hacía unos quince años que mis abuelos habían muerto, habíamos vendido el piso de la ciudad y nos habíamos trasladado a esta magnífica casa. Papá traspasó Maderas Berck a sus empleados y estuvo más de un año embarcado en las mejoras del que había sido el hogar de sus padres: tejado, chimeneas, paredes, pintura… Con paciencia restauró la casa y la acondicionó con tanto acierto y cariño que Charlie y yo todavía seguíamos viviendo en ella pese a ser adultos y económicamente independientes.

—¿Y tú por qué no te has vuelto a casar? —le preguntó mi hermano una vez en la que Norm le había estado dando la lata por la intermitencia de sus conquistas.

—No estamos hablando de mí. Aunque si quieres seguir por ese camino, te diré que tu madre se quedó a desayunar conmigo todos los sábados desde que nos conocimos.

Charlie comprendió que tenía perdida la batalla y se retiró tras su periódico económico o el informe financiero de turno.

Pero una tarde de invierno en la que papá y yo matábamos el tiempo jugando al ajedrez cerca de la chimenea, antes de irnos a dormir, me pudo la curiosidad.

—Papá, nunca te pregunto por tu vida… Tu vida amorosa, o cómo se diga.

Me miró sorprendido por encima de las pequeñas gafas de concha que se ponía para leer las instrucciones de una receta o los ingredientes de una salsa, y se pasó una mano por sus cabellos blancos.

—¿Acaso te pregunto yo por la tuya? —Sonrió para no resultar tan brusco.

—Pues a veces nos das la charla a mi hermano y a mí sobre lo importante que es elegir a alguien y tener una familia.

—Eso es porque esta casa necesita niños corriendo por ella.

—Ya tenemos a los argonautas.

—Ah, una bendición —dijo quitándose las gafas y mirándome risueño—. Me gustaría ser abuelo.

—Nos iremos de casa y te quedarás solo.

—Pobre de vosotros si no lo hacéis. ¿Es por eso por lo que no os vais de casa? ¿Porque tenéis miedo de dejarme solo? —se sorprendió.

—Pues no sé las razones de Charlie, pero en mi caso es porque estoy demasiado a gusto para irme. Además, mudarme a la ciudad no va conmigo. ¿Crees que deberíamos irnos, dejarte tu espacio?

—No, hijo. Creo que debéis hacer lo que sintáis aquí dentro —dijo llevándose una mano al pecho— que debéis hacer. Me alegro de ser todavía…, eh…, buena compañía para vosotros dos, pero me apena verte tan solo.

—No estoy solo. Y no me cambies de tema, que eres un experto.

—Yo tuve a tu madre.

—No, ¿vas a contarme otra vez el mismo rollo? —me quejé.

—No es ningún rollo, Don. Ella fue la única. Tuve suerte de encontrarla, ¿cuántas veces crees que pasa eso en la vida?

Me encogí de hombros. Hasta entonces nunca me había planteado mis sosísimas y caducas relaciones de pareja en términos tan absolutos.

—No voy a gastar saliva…, eh…, inútilmente. Pero me gustaría que Charlie y tú algún día podáis vivir lo que yo viví con vuestra madre.

—Pero ella no está —susurré.

—Te equivocas. Ella está siempre.

Me pareció ver un destello de pena en sus ojos y me apresuré a desviar la mirada hacia el tablero de ajedrez. No podría soportar ver otra vez la pena por la ausencia de mi madre en él. Pero, en cierto modo, me reconfortaba que al menos uno de nosotros hubiese sido capaz de mantener intacto su recuerdo.

A sus sesenta y muchos años mi padre tenía una vida activa y alejada del aburrimiento. La casa era tan grande y ofrecía tantas posibilidades, allí, en medio de la naturaleza, que casi siempre le ocupaba las mañanas: pequeñas reparaciones, la construcción de algún mueble o una nueva pajarera, el proyecto de un huerto (idea promovida por los gemelos), la posibilidad de un gallinero... Y por las tardes se desplazaba en el todoterreno hasta la ciudad, a su antiguo barrio, en donde se reencontraba con sus viejos amigos para jugar al dominó o participar en talleres de cocina, de lectura, de yoga, de artesanía, de ajedrez...

Sin embargo, durante aquellos años, pese a conocer a casi todos sus amigos y amigas, no le había oído hablar jamás de la posibilidad de una relación. Uno no suele creer que los padres tengan vida sentimental o sexual, simplemente el cerebro ignora esa posibilidad y la sepulta como un tabú.

—Estoy bien, Don —me dijo poniendo una de sus manos sobre la mía—, pero gracias por preguntar.

—Quizás hayas conocido a una guapa abuela de tu edad, en ese taller de plastilina senil al que te has apuntado, que quiera compartir sus nietos contigo. Y no te atreves a decírselo a Charlie por miedo a que quiera saboteártela relación en caso de que su plan de pensiones pudiese poner el peligro su herencia patrimonial.

—Nada de eso.

—¿Crees que Charlie no sería capaz?

—Por desgracia, le creo muy capaz. Pero no hay nadie así en mi vida.

—Sabes que puedes contármelo si lo hubiese, ¿verdad?

—Gracias, hijo. Serás el primero en saberlo si..., eh...,

si alguna vez ocurre. —Se puso de nuevo sus gafas de concha y me hizo un gesto para que volviésemos a nuestra partida de ajedrez.

Carraspeó para disimular una risa de niño travieso, movió su torre muy despacio y se comió uno de mis peones tan ricamente.

—Estoy aprendiendo a hacer pan.

—¿Qué? —me enfadé porque estaba claro que esa noche volvería a ganarme.

—El curso que estoy haciendo ahora en el centro del barrio. No es de plastilina senil, es de panadería artesanal.

—Lo que sea —gruñí.

—Y…, eh… Hijo, si mueves la reina ahí, mucho me temo que estarás en jaque.

# LA TRISTEZA INSOBORNABLE DE LOS DOMINGOS
## (Kate)

El fin de semana pasó deliciosamente borroso, como todos. Aunque Pierre me acusase con razón de agriar sus vinos blancos con mis aires de princesa triste, creo que no era del todo consciente de estarlo. Había bajado el volumen de la vida al mínimo hasta conseguir que nada me molestase lo suficiente como para seguir anestesiada. Las horas transcurrían en una agradable nebulosa en la que todo resultaba mejor cuando no pensaba.

No tenía ni idea de cómo había llegado hasta ese punto. Sospechaba que las cosas habían sido así desde que me quedé sola —mis padres y mi novio me habían abandonado en el húmedo clima de Coleridge—, entré a trabajar en Milton Consultants y pasaba los fines de semana intentando descansar. Me costaba dormir por las noches, pese al abrumador cansancio que marcaba parte de mis días.

Ese fin de semana no fue una excepción, dormí poco, pero practiqué el placer de leer en la cama y ver películas antiguas en DVD. Me resistí a visitar el supermercado hasta que las protestas de mis tripas se convirtieron en un concierto incómodo y las piernas empezaron a temblarme por el bajón de azúcar. Odiaba ir al supermercado los fines de semana. Las familias felices con sus carritos llenos de pañales, alimentos sanos, productos de limpieza con olor a frescor primaveral y palomitas me perseguían por los pasillos para recordarme lo patético que parecía mi cestito rojo de plástico semivacío. No era más que una caperucita perdida en la sección de congelados con dos manzanas amarillas, tres naranjas, un paquete de espaguetis y una minibolsa de queso rallado. Y aunque la invención de los envases alimenticios individuales había traído cierta paz a mi vida doméstica, si había algo que me ponía un nudo en el estómago y me sepultaba bajo toneladas de tristeza era esa persecución implacable de las familias felices 2x2 (dos adultos y dos adorables monstruos bajitos).

Como la visita al supermercado no me pareció suficiente castigo, al llegar a casa llamé a mis padres por Skype.

En abril se habían cumplido ocho años desde que mis padres se jubilaran y se mudaran a un pequeño pueblo costero llamado Mirall de Mar, en el litoral catalán. Ávidos de sol y buenas temperaturas, allí disfrutaban de un mar mucho más amable que nuestro océano indómito y se olvidaban de los interminables días de lluvia de Coleridgetown. A mí me gustaba la lluvia y la precoz penumbra en la que se envolvían las tardes, incluso en los crepúsculos primaverales. Pero a ellos no; eran jubilados en busca de sol y días largos.

No fue solo una decisión climatológica. Años antes, mi hermana Sharon se había casado con un seriosísimo notario catalán y se había trasladado a Girona. En una de nuestras visitas al hogar de los recién casados, mis padres descubrieron el pueblecito pesquero de Mirall de Mar, a pocos kilómetros de Girona, y se enamoraron del lugar. Supongo que cuando compraron allí una casa y me dijeron que se mudaban definitivamente, hacía años que lo tenían planeado. Sobre todo cuando Sharon empezó a dar muestras de una fertilidad pasmosa trayendo al mundo cinco hijos en nueve años. Supongo que no fue culpa de nadie que su mudanza coincidiera con la decisión de mi novio, Robert el Encantador, de irse a trabajar para una petrolera del mar del Norte en —como era de esperar— el mar del Norte. Yo me quedé atrapada en Milton, con el único consuelo de los crepúsculos lluviosos de Coleridge.

—Hola, papá —saludé a la granulosa imagen de la pantalla cuando, esta vez solo al quinto intento, contestó la llamada de Skype.

—Hola, cariño, qué sorpresa.

No era ninguna sorpresa, yo llamaba todos los sábados por la tarde porque así lo habíamos convenido hacía tiempo.

—¿Qué tal va todo?

—Pues hace sol, pese a ser noviembre. Y esta mañana hemos estado paseando por la playa. ¿Qué tal hace por allí?

Papá solía hablarme siempre del tiempo, sin tener en cuenta las preguntas que le hiciese. Me parecía una manía entrañable.

—Aquí llueve, como siempre. Pero está haciendo más frío de lo acostumbrado por estas fechas.

—¡Ah, magnífico! Un noviembre frío. Estaré atento a las noticias. Mira, aquí viene tu madre. Te la paso.

—Un beso, papá.

—Besos, hija.

—¡Hola, cariño! Di hola a la tía Kate.

En la pantalla apareció mi madre con una niña de unos ¿dos años? en brazos. Era una de mis sobrinas. O sobrinos. Poco era lo que sabía con seguridad sobre los hijos e hijas de mi hermana: que eran tres niños y dos niñas, si es que no me había perdido nada, y que tenían edades comprendidas entre los diez y los cero años. Hasta ahí llegaba mi capacidad de retentiva familiar. Era incapaz de ponerles nombres y edades concretas.

En aquellos momentos, mi madre sostenía sobre su regazo un ejemplar de nieto de sexo indeterminado —iba vestido de verde y sus rizos pelirrojos tapaban sus orejas— que masticaba con fruición un chupete blanco mientras miraba mi rostro en la pantalla.

—Hola, mamá. Hola, eh…, hola, bebé.

—Es tu sobrina Marion, la pequeña —dijo mi madre con impaciencia, mientras acariciaba la cabecita pelirroja, como si hubiese una «Marion, la mayor».

—Ya, es que todos me parecen iguales.

—No digas eso, ya empezamos. ¿Qué vas a regalarles cuando vengas por Navidad si no sabes quiénes son ni cuántos años tienen ni a qué suelen jugar?

Uf, terreno peligroso. Cuando mi madre se ponía en plan superabuela nuestras conversaciones acababan bastante mal. En realidad, nuestras conversaciones nunca tenían un final feliz, al menos para mí, que me dedicaba a pronunciar monosílabos mientras ella hablaba sin cesar sobre lo estupenda que era Sharon, lo maravilloso que había resultado ser su yerno el notario, y lo fantásticos y prodigiosos que eran todos sus hijos. Yo solía desconectar en cuanto ella se adentraba en el campo de la ciencia ficción sobre los poderes sobrehumanos de mis sobrinos —todos superdotados, educadísimos, deportistas de élite, futuros salvadores del mundo y además graciosísimos— y me preguntaba por qué nunca hablábamos de mí, de cómo me iba, de cómo estaba, de si les echaba de menos.

—Por Navidades iré a tu casa de la playa, mamá querida, y me acompañarás a comprar juguetes y regalos porque sin ti estoy perdida, y lo sabes.

Eso pareció aplacarla un poquito.

—Está bien, cariño. No puedo hablar mucho, tengo a los dos pequeños en casa y he prometido hacerles un pastel. Después vendrán Sharon y su marido y saldremos todos a cenar.

—Bien, me alegro. Da recuerdos de mi parte, por favor.

—Por supuesto, querida.

El bebé Marion decidió que ese era el mejor momento para escupir su chupete contra la pantalla del portátil y lloriquear un poquito en busca de la atención de su abuela.

—¿Qué le pasa a mi chiquitina?

Que no puedo dormir —hubiese querido decirle en voz alta—, que me he instalado tan cómodamente en esta soledad espesa que ya no soy capaz ni de permitir que alguien me toque. Que te echo de menos, que echo de menos mi vida cuando tú y papá estabais aquí, que echo de menos a Sharon antes de convertirse en la nave nodriza y no hablarme más que de pañales y ortodoncias.

Al fin y al cabo, teniendo en cuenta que Sharon era la mayor, yo debería haber sido su chiquitina.

Guardé silencio y me pregunté por millonésima vez si lo único que me pasaba es que tenía envidia de la vida de mi hermana.

Pese al reciente descubrimiento de una necesidad de cambio que había encontrado al desenterrar algunas fobias y manías entre el desorden de mi polvorienta alma dormida, sabía sin lugar a dudas que prefería seguir siendo yo misma. Ni siquiera el domingo más nostálgico, deambulando por las calles lluviosas de Coleridge, con un peso enorme en el corazón y un nudo en la garganta, era motivo suficiente para desear la vida de Sharon. O de mis padres.

El bebé Marion, sin chupete ni restricciones morales de ninguna clase, vomitó un par de bocanadas de un líquido blancuzco sobre el ordenador de mamá. Después me miró algo perpleja y me dedicó una sonrisa triunfal y desdentada.

—¡Puaj, qué asco! —gritó mi madre poniéndose en pie—. Mark, tráeme ahora mismo una bayeta, corre, antes de que el vómito arruine el portátil.

—Mamá…

Pero su imagen de abuela atribulada ya había desaparecido de mi pantalla y había sido reemplazada por un «fin de la comunicación». Podría haber sido mucho peor.


El domingo me invadió una especie de ansiedad nerviosa que solía venir asociada a mi falta de horas de sueño. Así que me puse abrigo, bufanda, guantes y gorro y salí desafiante al crespúsculo ventoso de la ciudad. No hacía tanto frío como en Longfellow pero la temperatura era demasiado baja para estar a principios de noviembre. Tomé buena nota de preguntarle a papá el próximo sábado sobre las estadísticas climatológicas de los últimos años.

Me encaminé a buen paso hacia el casco histórico y, como me sucedía siempre que paseaba sola por esas calles de otros tiempos que el siglo XXI apenas había cambiado, dejé que la desazón se fuese diluyendo en mi interior. Hasta que solo quedó la familiar melancolía de los domingos por la tarde.

No recuerdo con exactitud cuándo se convirtió casi en costumbre el sacar de paseo a mi desesperanza. Asida fuertemente de mi mano, la tristeza me lastraba a cada paso y me susurraba un compás incierto al caminar. Éramos buenas compañeras porque todos los demás se habían marchado y ahora ya solo quedábamos ella y yo.

La piedra rojiza de las calles y las casas bajas del centro de Coleridge, testigo mudo de una historia tan falta de pasión que ni siquiera se había manchado vez alguna de sangre, alfombraba aquella parte de la ciudad. El cambio de siglo no había conseguido penetrar entre los espacios mínimos de las calzadas, los pasajes escondidos, los puentes secretos, las hornacinas ciegas y vacías. No había asfalto ni circulación posible, solo silencio de una tarde de domingo y los sordos pasitos de mis botas de duende.

El pulso urbano se ralentizaba a medida que avanzaba hacia su corazón viejo y sordo. Sobre todo los fines de semana, cuando su población salía a divertirse hacia el extrarradio, hacia la playa, hacia las montañas azules que nunca estaban tan lejos como parecía a simple vista. La esencia de

Coleridge, su núcleo original, era una ciudad en sordina lejos del cristal y los rascacielos de su distrito financiero, apartada del colorido incesante del barrio comercial, olvidada por los colegiales que coincidían en los hermosos parques de las zonas residenciales; un corazón sin memoria desde que los museos se trasladaron a la parte nueva, un cascarón vacío y olvidado por otras calles. Quizás porque la desesperación es hermosa en el escenario adecuado, la piedra ancestral de Coleridgetown resultaba un ingrediente imprescindible de mi tristeza.

Caminé durante una hora por la parte sur de la muralla, sin detenerme ante los escaparates de las tiendas cerradas, esquiva con las cafeterías abiertas, cruzándome con apenas nadie. Mis pasos azarosos me dejaron a las puertas de la iglesia y entré un momento a descansar. Era una pequeña construcción románica, restaurada con tan poco acierto que las partes originales que todavía quedaban en pie y visibles parecían heroicas. El tono bermellón antiguo sobrevivía sin mezclarse con las nuevas paredes remozadas en gris. Casi dolía estar allí dentro; hasta que uno alzaba la mirada hacia el sencillo retablo de madera del altar y elevaba los ojos hasta la insólita vidriera. En los días de sol debía ser imposible mantener la vista ante aquella vorágine de violetas y azules. Pero en otoño el remolino de color abstracto, insólito en su época, daba cierto consuelo a las almas cansadas.


Llegaba a casa cuando el viento despejó por fin los cielos sobre la ciudad y dejó al descubierto un sol crepuscular que tiñó de naranjas, rosados y violetas ese final de tarde.

Antes de subir hasta mi piso, crucé la pequeña portería y abrí la viejísima puerta disimulada junto a los contadores.

Años atrás, cuando apenas hacía una semana que había empezado a vivir allí y todavía tenía un montón de cajas de la mudanza por las habitaciones y los pasillos, vino a visitarme la anciana señora Maudie.

—Vivo justo en el piso que hay bajo tus pies —se presentó.

Me observó con atención, me invitó a tomar té y galletas de jengibre en su casa y, tras una animada conversación —que me restó puntos de cordura— sobre los horrores que las nuevas tendencias culinarias habían sembrado en las jóvenes generaciones de cocineros, se levantó del sillón morado de orejas, salió un momento de la habitación y volvió con una enorme llave de hierro forjado.

—Toma —me dijo—. Yo tengo otra copia. Creo que estarás bien. —Volvió a mirarme con intensa concentración y murmuró más para sí misma que para que yo la escuchase—: Sí, estarás bien allí.

—¿Qué abre esta llave?

—Pues el jardín, ¿qué va a ser? Puedes bajar siempre que te apetezca y ayudarme un poco con las tareas de poda y demás. Aunque si te soy sincera, poco trabajo da. Siempre ha sido un jardín con una personalidad muy… muy suya, no sé cómo decirlo, de fuerte carácter, se decía en mi época. Así que me paso de vez en cuando a regar un poquito en los meses de verano, a podar alguna que otra rama díscola metida en apuros y a quitar las malas hierbas.

—Yo… es que no sé nada de jardinería —me excusé.

—Ni yo tampoco, niña. Pero ¿qué hay que saber? Tú

vete a ver el jardín. No creo que quieras devolverme la llave una vez hayas puesto un pie allí —dijo con un brillo enigmático en sus ojillos malvados.

Aquella misma tarde, en cuanto la señora Maudie se fue de compras —enfundada en su peculiar abrigo de topos y con un fular de plumas rosas al cuello—, bajé a la portería en busca de la puerta mágica. Cuando la traspasé fue como entrar en Nunca Jamás.

Lo que la señora Maudie llamaba jardín era una parcela rectangular de unos 380 metros cuadrados emplazada a espaldas de los altos edificios que rodeaban nuestra vieja casona de tres pisos. Una pequeña porción de selva exuberante y asilvestrada en donde árboles, arbustos y una mezcolanza, jamás vista por un botánico cuerdo, de plantas y flores crecían salvajes bajo el único criterio de su propia naturaleza. Robles, sauces, nogales, cerezos, castaños, naranjos y limoneros eran las columnas arrogantes de semejante palacio, dispuestos de tal modo que era imposible divisar cualquiera de los cuatro muros que limitaban el jardín. Salpicado de azaleas, hortensias gigantes, magnolios, hierbas aromáticas, galanes de noche, helechos de todas clases y tamaños y un sinfín de plantas y arbustos de cuyos nombres no sabría dar cuenta, el recinto era un amasijo imposible de tonos de verde y flores brillantes. Nunca había visto semejante vergel en Coleridge. Ni siquiera en la primavera más optimista.

Cuando me recuperé de la sorpresa y llamé a Pierre para hablarle de la señora Maudie, su té con galletas de jengibre, su boa de plumas rosas y la enorme llave que abría un trocito de paraíso, se mostró algo escéptico.

—Por supuesto, en esta ciudad todas las casas antiguas de vecinos tienen una anciana excéntrica, ¿no lo sabías? Viene en el contrato de arrendamiento, que seguro que no te has leído. Es una especie de normativa del Ayuntamiento. La boa de plumas también.

—No, Pierre, en serio. Tienes que venir a ver esto. Es increíble.

Hasta que no vino a pasar un fin de semana y le mostré el jardín de la señora Maudie no me creyó.

—Rápido, vamos ahora mismo a comprar unas sillas cómodas y una mesita para ponerlas justo en ese rincón, bajo el castaño, al lado de esa cosa gigante que parece una planta carnívora del Amazonas; contra la única pared que tiene esos ventanales altos y sucios surcados por enredaderas misteriosas.

Con un entusiasmado Pierre metido en el papel de decorador de exteriores, las sillas cómodas se convirtieron en un par de butacas viejas de segunda mano, a las que había que retirarles los cojines cada vez que se acercaba la larguísima temporada de lluvias de otoño e invierno, y en un enorme balancín blanco que chirriaba y había que engrasar siempre que se acercaba la primavera. Completado con una pequeña mesita de hierro pintada de blanco, se convirtió en el mobiliario perfecto para muchísimas tardes y mañanas de agradables excursiones al jardín.

Esa tarde de domingo, después de mi paseo, me senté en el balancín para disfrutar del inesperado crepúsculo de cielos despejados. Arrastrar los pesados jirones de mi insomnio, el lastre reconocido de mi tristeza, me había cansado. Aquel jardín indómito, del que la señora Maudie solía decir que tenía un carácter peculiarmente belicoso, era mi refugio del guerrero.

Contemplé en paz los tonos anaranjados que se filtraban por entre las ramitas desnudas del hermoso castaño. Un universo microscópico de motas danzarinas habitaba en los haces de luz otoñales. Todo era silencio y atardecer en la antesala de la noche. Un noviembre sin flores se había colado despacio en el jardín bajo la atenta mirada, todavía olorosa, de las hierbas aromáticas.

# FRAGMENTO DE LAS MEMORIAS
## DE WILLIAM DORNER

Antes de ser el famoso y reputado catedrático en el que me he convertido, fui meteorólogo en la Longfellow Radio, en un programa de escasa audiencia, desde principios de 2011 hasta el otoño de 2013.

Longfellow es un pueblo de unos 10.000 habitantes, al sudoeste de la ciudad de Coleridgetown, en el interior del país. Según los datos posteriores de las estaciones de observación y recopilación de datos atmosféricos y climatológicos, fue precisamente esa zona meridional la más afectada por los temporales de nieve de aquel año.

No me tengo por un presuntuoso, pero puedo afirmar, y estaré en lo cierto, que fui uno de los primeros meteorólogos en avisar a las autoridades de la cercanía del frente frío inusual que asoló parte del continente aquellos días. Fue en la Longfellow Radio, en mi sección de climatología del programa, cuando advertí repetidamente a nuestros escasos oyentes que el frente de nieve que se aproximaba distaba mucho de ser lo que los paisanos solían considerar «normal para esta época del año».

No fui pionero en las cuestiones del cambio climático del Planeta Azul, pero sí que fui de las primeras voces que alertaron de la conveniencia de quedarse en casa durante la tormenta de nieve que posteriormente habría de tomar el nombre de la Gran Tormenta Blanca.

# EL ROMANTICISMO ESTÁ EN EL AIRE
## (Kate)

El resto de la semana pasó rápido e indoloro. Acostumbrada a abrirme paso por entre la jungla impía de la oficina, esquivaba con tanto acierto los ataques de leones y bichos venenosos que a menudo me imaginaba pertrechada con machete y salacot. En mis momentos más idílicos confieso que me gustaba más imaginarme, además de con el imprescindible y romántico salacot, con los estupendos vestidos blancos de Eleanor Parker paseando en plena selva en *Cuando ruge la marabunta*; aunque no siempre estaba de humor como para pensar en un Charlton Heston joven, aguerrido y sudoroso, como marido inexperto en medio de las humedades infectas de la selva.

—¿HA LLAMADO PARA RESERVAR EN EL RESTAURANTE QUE LE DIJE? —gritaba mi jefe en su versión más clásica de «Voy a ver si encuentro algo con lo que seguir en guerra contra el mundo».

—Sí, para cuatro personas, a las dos.

—NO PIENSO CONDUCIR.

—Ya he avisado al señor Morgan para que pase a recogerle con su coche un poco antes.

—QUE NO ME PONGAN PAN CON SEMILLAS DE AMAPOLA. ODIO EL PAN CON SEMILLAS DE AMAPOLA.

—Deje que llame a presidencia. Seguro que no hay razón por la que no sientan entusiasmo en iniciar de inmediato una campaña de aniquilación mundial de las odiosas semillas de amapola.

—NO ME GUSTA EL SARCASMO.

—A usted no le gusta nada —susurré saliendo de su despacho y cerrando la puerta con suavidad.

El viernes por la mañana me tomé un café con Marian en la centralita. Solíamos hacer dos descansos de diez minutos para el café junto a la máquina expendedora de la planta de servicios legales —quedaba dos pisos por encima del nuestro pero nos parecía que los abogados siempre tenían un café mejor que el resto de los mortales, seguramente privilegio de los futuros candidatos a ocupar plaza fija en el infierno—, aunque los viernes nos permitíamos uno extra a pie de centralita.

Le expliqué que el fin de semana había estado escribiendo sin tregua en el portátil y, con paciencia y muchos *delete*, había hecho una especie de guion temático para la que sería mi sección en el programa nocturno de *¡Por fin es viernes!* en la Longfellow Radio. Había decidido que abriría las líneas telefónicas y daría voz a nuestros hipotéticos oyentes.

Ese plan contaba con dos incertidumbres insondables: una, que no sabía si sería posible jugar la baza de las llamadas, y dos, que desconocía por completo si el programa tenía algún oyente; además de la abuela de William, supuse.

—Milton Consultants, buenos días. Sí, por supuesto, ahora le paso. Entonces, ¿esta noche vuelves a Longfellow? Me alegra mucho, creo que necesitas sacudirte un poco la rutina y aventurarte a salir por ahí. Sabes que no toda la gente es tan mala, ¿verdad? Que en esta oficina haya más hijos de p… Ah, sí, señor director, ahora le paso… por metro cuadrado que en cualquier otro planeta habitado de la galaxia no significa que fuera de aquí se cumpla esa norma.

—Claro —dije no muy convencida mientras me escondía tras una enorme taza de café.

—Josh dice que les dejaste a todos boquiabiertos la semana pasada.

—No es cierto. Creo que les da un poco de miedo que les pueda romper el equilibrio que tienen establecido. Se lo pasan muy bien en *petit comité*. Son buenos amigos.

—Por supuesto que nos tomamos en serio las amenazas de bomba, señor director. No entiendo por qué nadie le avisó de que estábamos desalojando el edificio. No volverá a ocurrir.

—No sé si encajaré allí.

—No, esto no es una central nuclear, se equivoca de número… Por supuesto que sí, querida. En cuanto recuerdes que hubo un tiempo en el que solías tener sentido del humor, todo saldrá bien.

—Ya veremos.

De lo que sí estaba segura era de cómo abriría la sección de ese mismo viernes: iba a hablar sobre los conceptos equívocos actuales entre la palabra «romántico» y el romanticismo original. ¿Por qué no? Rodeada por la penumbra de la buhardilla, por encima de los tejados del casi durmiente pueblo de Longfellow, no se me ocurría un tema del que me apeteciese más hablar que del movimiento vital que se inició a finales del siglo XVIII, reaccionario a las luces de la razón y a la impertinencia de los enciclopédicos científicos, empeñados en explicar los misterios del mundo.

—¿Qué tu sección trata de… de qué? —se atragantó Xavier cuando le hice mi apasionada introducción.

A William se le escapó una risilla; estaba visiblemente encantado de que sorprendiese al, en ocasiones, repelente jefe de programa.

—Me gustaría abrir líneas telefónicas y comentar con los oyentes algunas reflexiones sobre…

—Esto es un programa de humor.

—Por supuesto, en clave desenfadada y de humor. Pero pensé que la sección de cultura estaba vacante y que os apetecía hacer algo sobre literatura o música o teatro…

—A mí me parece buena idea —me apoyó Josh con esa sonrisa suya capaz de derretir los polos—. Veamos qué tal suena.

—Gracias —le dije sinceramente—. Cada semana lanzaré un tema a los oyentes y estos podrán participar con sus aportaciones.

—Es muy buena idea —me animó Josh, siempre caballeroso hasta las últimas consecuencias—. Nunca hemos abierto micrófonos y me parece que le puede dar mucho juego al programa.

Xavier me miró con cierto asco y se levantó.

—Está bien, probaremos a ver qué tal. Pero si no funciona y no llama nadie, lo dejamos. Voy a hablar con Santi para ver cómo gestionamos las llamadas, aunque desde el punto de vista técnico no debería suponer un problema.

—Es buena idea, Kate —me aseguró Josh.

—Es genial —corroboró William, el hombrecillo feliz de la meteorología.

—Nosotros te seguimos —puntualizó Josh con un guiño.

¿Qué iba a decirles? Después de cinco días aguantando los gritos de mi jefe y el desprecio explícito de una docena de gerentes vestidos con traje y corbata en el salvapantallas del infierno que era la oficina de Milton Consultants, que aquellos seres humanos me demostrasen una lealtad como aquella, sin apenas conocerme, me puso lágrimas en los ojos. Empecé a pensar que Marian había tenido razón al enviarme a la Longfellow Radio como una misteriosa terapia de choque contra mi atípica locura.


—Un romántico no es un tipo que te lleva a cenar a un restaurante con poca luz y te regala flores —me lancé—. Un romántico es un apasionado rebelde que desafía tempestades y grita por encima de los acantilados y la niebla, que…

William me miraba embobado y Josh asentía levemente con la cabeza.

—Tenemos la primera llamada de la noche —interrumpió Xavier con su estilo más radiofónico—. Buenas noches, ¿con quién hablamos?

—Hola, buenas noches, soy Fred. Creo que Kate tiene razón, la confusión actual del término romántico es muy embarazosa.

—Hola, Fred —saludé emocionada a mi primer oyente—. ¿Lo dices por experiencia?

—Pues sí. El otro día estaba cenando con unos amigos y se me ocurrió decir que me gustaba mucho la literatura romántica. Estaba pensando en Byron, en Shelley, en Goethe, en… Bueno, ya me entiendes.

—Sí —le animé encantada.

—Pues todos me miraron alarmados y uno de ellos me comentó que nunca habría sospechado que yo leía novelas «de ese tipo». Cuando le pregunté a qué se refería con eso de «ese tipo», me dijo: «Ya sabes, novelas rosa».

Fred tenía voz de contable algo mojigato, me dio risa imaginarle rojo hasta las orejas por la acusación de sus amigos sobre sus confesos gustos literarios.

—Exacto, a eso me refiero. En la actualidad confundimos el término. Una cosa es el movimiento romántico que nació a finales del siglo XVIII y otra muy distinta es la acepción de «romántico» asociado a los asuntos amorosos.

—Pero tampoco es que la novela de romances tenga nada de malo —apuntó Josh echándonos un capote.

—No pienso decir nunca más que me gustan los románticos —se quejó Fred al otro lado del teléfono—. Lo sufriré en silencio.

William soltó una carcajada, totalmente inmerso en el doble sentido de la frase.

—¡Ja! Bien hecho, Fred.

Santi despidió la llamada desde la pecera y al momento Xavier volvió a anunciar otra entrante.

—Hola, soy Adriana. La verdad es que a mí me parece hilar muy fino eso de diferenciar entre los dos romanticismos, ¿no? Quiero decir, que los dos tratan sobre lo mismo, sobre el amor.

—No exactamente, Adriana. El movimiento cultural y literario de finales del XVIII y principios del XIX lanzaba un hechizo fatal a sus pacientes por «lo terrible y lo sublime». No se trataba solo de amor sino también de oscuridad, de pasión, de la naturaleza desatada, de lo misterioso, lo gótico, lo inexplicable, la libertad…

—Lo sombrío y terrible, la morbosidad y el misterio de la tiniebla —me interrumpió Josh con la voz enronquecida—. Eran capaces de morir de amor, es cierto, pero también de luchar a muerte por la libertad y sus ideales.

—Sí, pero, por ejemplo, podemos decir que la historia de *Drácula* de Bram Stoker es romántica en ambos sentidos, ¿no? Por la historia de amor y por el mito terrorífico y sangriento —aportó nuestra tenaz Adriana al otro lado del teléfono.

—Por supuesto —dijo Josh—. Los románticos del XVIII y del XIX también amaban apasionadamente; creo que, en general, todo lo hacían apasionadamente. Vivían apasionadamente, no habrían sabido vivir de otra manera. Pero la oscuridad y la sangre no pegan mucho con lo que hoy en día se entiende por novela rosa, ¿verdad?

Y así fue como la primera vez que estrené mi sección traspasé el umbral de los quince minutos, recibí más de veinte llamadas telefónicas (de las cuales solo ocho pudieron salir en antena por falta de tiempo), arrastré a todo el equipo a un apasionado debate sobre «lo terrible y lo sublime» y desaté la rabia rencorosa de un Xavier que esperaba verme fracasar estrepitosamente balbuciendo algo sobre moda, minifaldas y Manolos Blahnik en mi primera intervención.

—¿Por qué no seguimos con el tema el próximo viernes? —sugirió Josh todavía acalorado por su última intervención en defensa de los hitos románticos del joven Werther y el coqueteo con la muerte de los románticos originales—. Bueno, si a Kate le parece bien, que es su sección.

—Por supuesto. —Le sonreí—. Volveremos a abrir líneas telefónicas y preguntaremos a los oyentes qué es lo más romántico que han hecho últimamente.

—Pero romántico en el sentido de los románticos de finales del XVIII, ¿no? —Sonrió el hombrecillo de la meteorología.

—Por supuesto —le aseguré.

Cuando salimos de la emisora estaba eufórica. Me sentía feliz, capaz de mover el mundo con un micrófono, orgullosa de haberme sentido como pez en el agua hablando con desconocidos sobre un tema apasionante y extraño. Ni siquiera el frío cortante y despiadado de Longfellow me desanimó. Era cierto, algo estaba cambiando, me sentía valiente.

Acepté tomar una copa en el Cascarón, encantada de pasar un rato más con mis recién estrenados compañeros de ondas. Xavier se despidió en la puerta del bar murmurando una excusa sobre algo importantísimo que tenía que resolver al día siguiente temprano. Los demás nos sentamos juntos en una mesa, brindamos por el programa y por mi estreno y me sentí a gusto entre aquellos tres náufragos reencontrados cada viernes. Me reí de sus ingeniosos comentarios sobre las demás secciones y aporté mi pizquita de maldad cuando llegó el turno de criticar a Xavier.

—He estado esta mañana en el observatorio de la universidad —nos comentó William como si llevase mucho tiempo esperando a darnos una gran noticia que solo él sabía—. Viene la Gran Tormenta Blanca.

Santi, Josh y yo nos miramos un poco descolocados por el cambio de tema y se nos escapó una sonrisa de complicidad. Qué fácil me había resultado formar parte de aquel grupo de extraños exiliados. Me parecía ver a Pierre advirtiéndome —con un dedo en alto—:«El circo llega sin avisar y te han incluido en su programa». No me importaba ser otra rara más, me parecía mucho más consolador que seguir siendo invisible.

—¿Qué es eso de la gran tormenta blanca? —preguntó Josh por todos nosotros.

—Un temporal de granizo, nieve y temperaturas extremas como no se ha visto nunca en esta parte del país.

—¿Nunca? —me guiñó un ojo Santi.

—Bueno, quizás hace un par de milenios, pero en todo caso nunca en los últimos siglos. Será memorable.

—Suena terrible —bromeé.

—Lo será. Os aconsejo que no salgáis de casa la semana que viene.

Conducía de camino al Ambassador cuando mi teléfono sonó.

—¿DÓNDE DEMONIOS SE HA METIDO? ¡LE HE ESTADO LLAMANDO!

—Lo sé, señor, he visto sus veinticinco llamadas perdidas. Pero no podía atenderle.

—NECESITO QUE ESTÉ LOCALIZABLE, ¿DE QUÉ ME SIRVE TENER UNA SECRETARIA SI NO PUEDO HABLAR CON ELLA?

—Señor, es viernes. Es la una de la madrugada del sábado. No estamos en horario laboral.

—A MÍ NO ME CUENTE PAMPLINAS SOBRE LOS DERECHOS DE LOS TRABAJADORES Y LA REVOLUCIÓN INDUSTRIAL. NO ENCUENTRO LA ÚLTIMA VERSIÓN DEL INFORME DE SOERS INVERSIONES.

—Está sobre mi mesa. Pero todavía no he pasado los cambios.

—¿POR QUÉ NO?

—Pues porque he tenido mucho más trabajo, señor. Y porque según sus instrucciones todo era más urgente que Soers Inversiones. Y porque trabajar para usted durante doce horas al día me parece más que suficiente.

—VOY A DESPEDIRLA.

—¿Otra vez?

—¡POR EL AMOR DE DIOS! ¿CUÁNTAS VECES CREE QUE SE PUEDE DESPEDIR A UNA PERSONA?

—Depende, en mi caso recuerdo como unas dieciocho. Aunque nunca llegué a recibir aviso de recursos humanos y a usted se le olvidaba que me había despedido cada vez que me pedía otro café, otro informe u otro cambio de agenda.

—LE VOY A ENVIAR EL INFORME POR CORREO ELECTRÓNICO. HAGA EL FAVOR DE PASAR LOS CAMBIOS CUANTO ANTES Y DEVOLVÉRMELO CORREGIDO. ES URGENTE.

—Disculpe, señor, necesitaría saber si estoy despedida o no; no me gustaría trabajar el fin de semana para nada.

—DEJE DE TOMARME EL PELO Y CORRIJA ESE INFORME. ES URGENTE.

—Señor, ¿cuánto tiempo hace que no pasa un fin de semana en casa con sus hijos? ¿Señor?

Por supuesto, había colgado después de gritar la palabra más usada de su vocabulario empresarial: urgente.

# UNA DEUDA CON EL PASADO
## (Don)

—Creo que he encontrado algo —anunció Sierra con su discreción habitual.

Me pasó el portátil y se levantó del sofá para poder mirar por encima de mi hombro.

—Ahí —me señaló—. Por debajo de las cifras de facturación. Mira la entrada de la matriz francesa.

—Ya, es uno de los pagos trimestrales —me desanimé.

—¿Todavía estás con eso? Hemos mirado la contabilidad mil veces —se quejó Punisher—. Por ahí no hay de dónde tirar.

—Pues la he mirado mil y una veces, y he encontrado algo. Fíjate en las fechas, no coinciden con los pagos habituales y además no van al mismo departamento de facturación, creo que las iniciales son las del administrador.

—Podría ser —acepté—. Pero esto por sí solo no nos lleva a ninguna parte.

—No —me concedió Sierra—, pero tenemos la fecha en la que hay que mirar movimientos de información confidencial, ¿lo ves? Lo que saliera de Segursmart lo hizo entre el 23 y el 30 de abril.

—Vaya —concedió Punisher—, eso nos sirve.


Una vez tuvimos un buen amigo, se llamaba Gabriel Culler. Trabajaba en Segursmart como informático, una empresa de productos financieros que movía millones de euros cada semana, un peso pesado de las aseguradoras con presencia internacional. Yo no podía dejar de pensar, cada vez que traíamos a la mesa una nueva ronda de cerveza negra que en el grupo de los viernes faltaba él. Siempre habíamos sido cuatro.

Sierra, Punisher, Gabriel y yo nos habíamos conocido durante el primer año en la facultad de Ingeniería informática y habíamos trabado una sólida amistad. Pero a diferencia de mis otros dos amigos, Gabriel casi había formado parte de mi pequeña familia. Quizás porque era huérfano y vivía con su abuela materna —una señora tan mayor que no estaba segura del año en el que había nacido— o quizás por su buen talante y su cándida inseguridad, papá y Charlie lo habían acogido con agrado en casa muchas tardes y algunos fines de semana. Durante las vacaciones académicas, en primavera y en verano, mi padre incluso había extendido su invitación de pasar unos días en nuestra casa a la abuela de Gabriel con la excusa de que la anciana no debía perderse la floración del bosque cercano, o con la conveniencia de pasar unas pequeñas vacaciones fuera de la ciudad (abuela y nieto vivían gracias a la pensión de viudedad de la señora y su economía no les permitía viajar). La anciana, callada y agradable, solía aceptar las invitaciones de papá, sabedora de que en la enorme casa de los Berck había espacio suficiente para todos y contenta de ver a su nieto acompañado y feliz junto a una familia.

—¿Dónde están sus padres? —se había interesado Norm al poco de conocer a Gabriel.

—A su padre nunca lo conoció —le expliqué— y su madre le abandonó cuando era pequeño. Desde que tiene memoria ha vivido con su abuela.

Papá me había mirado horrorizado, con cierta preocupación.

—No puedo creer que unos padres sean capaces de abandonar a su hijo —se lamentó—. Una cosa así debe haberle marcado.

Gabriel era un chaval alegre y de buen fondo, un amigo leal. Pero a menudo demostraba una inseguridad casi patológica y un acusado complejo de inferioridad. Por eso todos nos alegramos cuando al terminar la licenciatura uno de nuestros profesores le ofreció una beca de un año en el departamento de seguridad informática de Segursmart. Lo mejor vino un tiempo después, cuando la multinacional aseguradora le cambió el contrato de prácticas por uno laboral indefinido. A mí me quedaban apenas unas semanas para terminar los exámenes de acceso para entrar en el cuerpo de ingenieros informáticos de la Policía de Coleridge, y Sierra ya había tomado posesión de su pequeño despacho en la tienda de reparaciones de ordenadores. Como Punisher todavía no trabajaba —según él, se había tomado un año sabático para probar la solidez y solvencia de la industria de los videojuegos—, solíamos tomarle el pelo a Gabriel sobre la suerte que había tenido colocándose tan bien y bromeábamos con la posibilidad de que se comprase un cochazo, empezase a frecuentar la compañía de ricas y hermosas herederas de la zona alta de la ciudad y se olvidase de nosotros. Él se reía de nuestras tonterías, nos aseguraba que pronto tendríamos un mejor puesto de trabajo que el suyo y que nunca nos dejaría. Gabriel faltó a su palabra, acabó por abandonarnos, pero no precisamente por la soberbia de su sueldo de cinco cifras mensuales.

Llevaba apenas un par de años trabajando en Segursmart cuando, casi por casualidad, Gabriel miró donde no debía y encontró unas irregularidades en un traspaso de información confidencial que vulneraba las leyes de protección de datos de las empresas aseguradoras. Lo comunicó a sus superiores pero estos le dijeron que estaba equivocado, que se metiera en sus propios asuntos y cerrase el pico. A Gabriel no le pareció bien; mirar hacia otro lado ante semejante inquina no estaba en su naturaleza. La infracción era grave y cuando tiró del hilo se dio cuenta de que las irregularidades iban mucho más allá: había descubierto una red de tráfico de información privilegiada que su empresa vendía a muy buen precio.

Gabriel acudió a mí y la UDIF abrió una investigación. La empresa le despidió en cuanto pusimos un pie dentro de su sistema. Adujeron despido improcedente, pero para entonces ya sabíamos por dónde iba el juego. La orden judicial para entrar hasta la cocina de sus redes llegó tarde, exactamente doce horas tarde, y cuando mis compañeros y yo tuvimos acceso a la plataforma informática de Segursmart todos los archivos comprometedores, todos los movimientos, ya habían sido borrados o estaban convenientemente modificados.

Logramos cursar denuncia por destrucción y manipulación de pruebas y datos confidenciales, pero eso fue todo. Aunque el departamento de delitos informáticos y el comisario en jefe me apoyaron hasta el final, al cabo de un año de búsqueda de nuevos rastros que pudiesen inculparles, el juez determinó el cierre del caso por falta de pruebas. En la UDIF nadie tenía dudas sobre su culpabilidad pero no había manera legal de demostrarlo.

Gabriel se empleó a fondo colaborando con nosotros, incluso conseguí contratarle a tiempo parcial como asesor de la Policía. Pero lo peor estaba por llegar. Segursmart no se limitó a borrar pruebas, falsificar entradas y despedir a Gabriel. Su implacable equipo de abogados, con minutas millonarias, denunció a mi amigo por mal uso de información privilegiada e incumplimiento de la cláusula de confidencialidad de su contrato. Le acosaron judicialmente, le vilipendiaron en público, escarbaron en su vida, se inventaron todo aquello que no pudieron demostrar y destruyeron su reputación profesional hasta tal punto que cuando llegaron a un acuerdo para no ir a juicio, meses después, ninguna empresa habría estado dispuesta a contratar a un informático tan tristemente célebre como en el que se había convertido Gabriel Culler.

Cansando de luchar contra la injusticia, desamparado ante la impunidad de las grandes empresas y los todopoderosos empresarios financieros, moralmente arruinado y sin expectativas profesionales, Gabriel se rindió. Se encerró en casa a cuidar de su abuela. Había protegido a la amable anciana que le crio de toda la avalancha de desprestigio mediático que había sufrido, pero no podía salvarla del desgaste de los años y la debilidad de su corazón. Su abuela murió al poco tiempo y Gabriel fue inconsolable.

Hay un momento en nuestras vidas en que el material del que estamos hechos, todo lo que somos, se pone a prueba. Gabriel siempre había sido un chico frágil e inseguro, incapaz de concebir que nadie se mereciese el alud de maldad e injusticia que se había abatido sobre él como una bandada de buitres sobre una carroña. La muerte de su abuela, la única persona a la que había querido sin reservas, fue el toque de gracia que resquebrajó definitivamente su ya tambaleante voluntad. Mi amigo se desmoronó como un castillo de arena hasta convertirse en un vegetal que dormía más de catorce horas al día.

Papá, Charlie y yo intentamos convencerle de que se viniese a vivir a casa una temporada, pero él decía que era mala compañía, que prefería estar solo, que pronto volvería a encontrarse bien. Las semanas pasaban y si nosotros (Punisher y Sierra incluidos) no íbamos a verle, él ni siquiera nos enviaba un correo electrónico.

Un día papá fue a verle a su casa sin avisar. Quedó profundamente conmovido por el grado de tristeza y desesperación del pobre Gabriel y consiguió, tras una larga charla llena de muestras de afecto, apoyo y amenazas de un futuro peor, que nuestro amigo le acompañase a una primera cita con un psicólogo. El psicólogo no tardó en derivarlo a un psiquiatra que le dictaminó una depresión severa y le programó una tabla de medicación. Me aseguré de que no faltase a su cita con el médico una vez cada quince días, pero no encontré en Gabriel ni un síntoma de mejoría.

—Venga, colega —le insistía Punisher—, si hasta yo he encontrado trabajo. Tienes que salir ahí fuera y buscarte la vida.

—Te ayudará tener una rutina —le animaba Sierra—, la que sea. No tiene por qué ser laboral, ahora mismo.

Gabriel se suicidó dos meses después de que su abuela muriese. Una madrugada subió a la azotea del edificio en el que vivía y saltó al vacío desde quince pisos de altura. No dejó nota de despedida, había estado despidiéndose de nosotros durante todo ese tiempo pero nos habíamos empeñado en no escuchar su adiós.

Ninguno de nosotros encajó bien su muerte. Punisher se convenció de que le habían asesinado los de Segursmart y se encerró en su garaje a elaborar teorías de la conspiración con una panda de pirados que había conocido en un foro de Internet. Papá y Charlie, preocupados por mi reacción, me acompañaron durante todo el proceso de duelo, pero fui incapaz de llorar por mi amigo. Me inundaron la rabia y el rencor, me quemaba la injusticia. Me lancé de cabeza a por Segursmart, entré ilegalmente en su sistema, acosé a los directivos, abrí una docena de expedientes en su contra. Pasaba la mayor parte de la noche en el gimnasio, pegándole a un saco de boxeo hasta que el cuerpo me dolía tanto que no me quedaba más remedio que derrumbarme en la cama al llegar a casa. Solo Sierra, con su prudencia y su sensibilidad acostumbradas, fue capaz de llorar a Gabriel como se merecía y conseguir, tiempo después, que

Punisher y yo volviésemos a nuestros cabales bajo su constante y paciente influencia.

No sé cuánto tiempo pasó hasta que mis compañeros en la UDIF empezaron a darme charlas sobre lo inapropiado de mi actitud profesional, pero algún tiempo después el comisario González me llamó a su despacho y me plantó en las manos un documento administrativo.

—Estás de baja, Berck —me soltó rotundo—. Dos semanas. Cuando vuelvas, no quiero volver a oír hablar de Segursmart. Estarás un tiempo en oficinas antes de que me decida a asignarte un caso. No es un consejo de jefe, es una orden.

Sierra sacó billetes de avión para Berna e hizo reserva en un albergue a pie de montaña. Nos tuvo a Punisher y a mí subiendo y bajando riscos nevados hasta que juré que si daba un paso más sería para estrangularle. Estaba seguro de que Punisher se hubiese hecho eco de mi amenaza sino no fuese porque ni siquiera le quedaba resuello para hablar desde hacía un par de kilómetros. Ese fin de semana, con los pies llenos de ampollas y los labios despellejados, les prometí que hundiríamos a Segursmart costase lo que costase. Y aunque al cabo de dos semanas me incorporé a mi rutina laboral, tiempo después Charlie y mi padre habrían de hacerme entender que fue entonces cuando mi vida se quedó definitivamente lastrada por la muerte de mi amigo. Para mí, el caso de Gabriel Culler no estaba resuelto y esa incapacidad de darle carpetazo y asumir el dolor de su pérdida me había embarcado en un viaje que recalaba cada viernes en el bar escondido del Ambassador.

Hacía cinco años que se había cerrado el caso de Segursmart por falta de pruebas y yo seguía obsesionado. Echaba de menos a Gabriel pero sobre todo me quemaba la desazón de no haber podido demostrar que siempre fue él quien decía la verdad. Llevábamos casi cuatro años dentro de los sistemas informáticos de la empresa que había sacrificado a mi amigo, silenciosos, ocultos, alertas a que volviesen a realizar una maniobra ilegal. Poco más podíamos hacer, salvo esperar a que estuviesen confiados en su impunidad para volver a vender datos ilegalmente, o algo peor, y esconder cualquier rastro que pudiese delatar nuestra presencia en sus sistemas. No es que cada viernes nos dedicáramos solo a buscar pruebas contra esa maldita empresa pero era un asunto que siempre teníamos abierto y al que dedicábamos tiempo, aunque solo fuese tiempo de vigilancia y espera. En el fondo sabíamos, aunque nunca nos habíamos atrevido a decirlo en voz alta, que tomar la cerveza de los viernes en el bar escondido debería haber sido cosa de cuatro.

—De hecho —intervino Punisher con su habitual pesimismo —, seguimos estando donde siempre. Necesitamos alguien dentro.

—Oh, no —se quejó Sierra—. Otra vez con eso. No tenemos a nadie.

—Charlie podría ayudarnos.

—Charlie no va a ayudarnos —le dije por enésima vez. Esa conversación ya la habíamos tenido como un millón de veces antes de esa noche y siempre acababa igual, en un callejón sin salida—. Charlie es uno de los malos, ¿ya se te ha olvidado?

—Pero es tu hermano.

—¿Y qué…?

Kate había entrado en el bar escondido, arrastrando su bufanda por el suelo, con el abrigo enredado en uno de sus brazos y su pelo castaño flotando alrededor. Se me olvidó seguir hablando. Sierra, que era el más observador de los tres, se dio cuenta de mi encantamiento y se giró hacia el motivo de mi despiste.

Llevaba un vestido corto gris con pequeñísimas florecillas negras bordadas. Era un vestido de tirantes, de gasa, a dos capas, y debajo llevaba un jersey también gris de manga larga; medias negras y los esperados zapatos de bruja buena. Estaba guapísima y lo mejor de todo es que habría apostado mi sueldo de un año a que ella no lo sabía.

Sierra lanzó un silbido apenas audible y me miró sorprendido.

—¿La bella durmiente?

—¿Qué? —me sorprendí.

—Esa chica ni siquiera sabe que estamos aquí —se explicó mi amigo—. No porque nos considere de poco interés, sino porque ni siquiera nos considera. Fíjate en su lenguaje corporal, como si no tuviese nada a su alrededor.

Punisher se giró hacia la entrada del bar y observó atentamente a Kate, que en esos momentos saludaba a Pierre con un beso y se acomodaba después en uno de los taburetes en los que solía sentarse cada viernes para charlar un rato con el barman.

—Colega —se quejó volviendo a meter la nariz en la pantalla de su portátil—, esa tía es muy rara.

—Claro, no como nosotros —la defendió Sierra.

—Pues a mí me gusta —intervine—, me cae bien.

Miré el perfil de Kate, suavemente iluminado en la penumbra del bar escondido, enmarcado por su hermoso cabello con vetas de miel. Parecía cansada, como siempre, y algo triste. O tal vez solo me lo parecía a mí. Porque ahora sé que durante los días anteriores a la tormenta, en los que Kate había empezado a intervenir en el programa de radio los viernes por la noche, nada había cambiado en su vida como para despertarla del sueño infeliz en el que estaba atrapada. De acuerdo, lector, ya ves que no soy bueno con las metáforas ni las comparaciones, pero si por aquel entonces alguien tan sensible como Sierra era capaz de llamarla La bella durmiente, eso debe darte algunas pistas (mejores que las de mi prosa de burócrata policial) sobre cómo era ella cuando la conocimos.

—Voy a por tres cervezas más —dije levantándome y sin pensar en nada más que en la necesidad de acercarme a esa chica extraordinaria.

Sierra sonrió para darme ánimos mientras Punisher movía la cabeza en señal de desaprobación.

—Si tantas ganas de aventura tienes —murmuró ceñudo—, ya te dije que podías unirte a mi grupo de *World of Warcraft*.

# EL GRUPO DE LOS VIERNES
## (Kate)

—¿Me has escuchado? —le solté radiante a Pierre en cuanto me hube sentado en uno de los taburetes del bar escondido.

Pierre me señaló un pequeño iPod con auriculares que tenía cerca de la caja.

—¡Por supuesto, cariño! Has estado muy bien. Pero en serio, ¿los románticos? Esos tipos morían muy jóvenes y casi nunca por causas naturales. Qué deprimente.

—Bah, calla, qué sabrás tú. Eran sublimes, eran románticos, románticos de verdad, auténticos. Byron, Shelley, Goethe, Caspar David Friedrich, Beethoven…

—¿Cuántas horas?

—¿Despierta?

Pierre asintió con gravedad mientras me preparaba un martini con aceitunas.

—He hecho doblete, unas cuarenta.

Mi amigo suspiró y movió la cabeza contrariado.

—No puedes seguir así, deberías ir al médico —me recomendó por enésima vez.

—No voy a tomar más somníferos, ni siquiera los de homeopatía. Me dejan atontada todo el día, sería presa fácil del T-rex. Necesito tener todos mis sentidos alerta para no caer en sus fauces. Por cierto, esta noche ha vuelto a despedirme.

—Ojalá fuera cierto.

—Hola —saludó el chico guapo del grupo de los viernes.

Era alto, fibroso, tenía cara de malas pulgas y el pelo tieso disparado en todas direcciones.

—Hola, Don, ¿otra ronda de negra? —Le sonrió Pierre.

—Sí, por favor.

Estaba tan cerca de mí que podía oler su agradable aroma a loción de afeitado y camiseta de algodón recién lavada. Inspiré encantada disfrutando de un segundo de perfección. A esas alturas yo no creía en la felicidad total — así, como concepto de una vida entera—, pero sí en los pequeños momentos felices, en esos detalles que te hacían sentirte en paz. La primera vez que tuve a Don Berck tan cerca de mí como para poder olerle, pensé que todo estaba bien en el mundo.

Llevaba una camiseta negra, unos vaqueros azules y unas deportivas también negras. De semblante muy serio, se movía con una seguridad en sí mismo que me pareció envidiable. Debajo de su ceño fruncido y el rictus severo de sus labios, era guapo; no como esos modelos de perfume que miraban al consumidor como si estuviesen perdonándole la vida, sino con una seriedad atractiva, circunspecta, pensativa.

—Te voy a ofrecer una cerveza distinta. Me ha llegado esta mañana, por equivocación. Creo que era para el club vip del penthouse pero, oye, no creo que vayan a echar de menos una caja más o menos —explicaba Pierre mientras ponía sobre la barra los tres botellines y los abría—. Luego me dices qué tal.

—Por supuesto. Aunque los chicos no son de paladar exquisito, precisamente.

Pierre levantó su vaso de whisky con hielo y nos invitó a brindar:

—Por los románticos muertos.

—Por los pijos del penthouse —dijo Don.

—Por las bufandas largas —dije yo.

Entrechocamos nuestras bebidas, dimos un pequeño sorbo y Pierre se apresuró a presentarnos.

—Don, esta es Katherine, una buena amiga de hace años. Solemos brindar cada viernes por las pequeñas cosas.

Don dejó la cerveza junto a los otros dos botellines que esperaban sobre la barra. Me fijé en sus manos, grandes, de dedos largos. Antes de que me diese cuenta, plantó un beso en cada una de mis enrojecidas mejillas. Me gustó sentir el tacto frío y algo duro de sus labios serios contra mi piel.

—Soy Don —me dijo sin variar ni un ápice su expresión enfurruñada—. También me paso por aquí los viernes por la noche con unos amigos.

—El bar escondido es un sitio muy agradable, ¿verdad? —Le sonreí al recordar que Pierre me lo había señalado la semana anterior como el posible policía del grupo de los viernes.

—Seguramente porque casi nadie es capaz de encontrarlo —me contestó.

—Es verdad. A veces Pierre me amenaza con planes de obras para remodelar la entrada. Perdería todo su encanto si estuviese lleno de gente.

—Bueno, la cerveza negra seguiría siendo la misma, ¿no? Y yo igual me sacaba algo más en propinas. —Pierre dejó su vaso bajo el mostrador y me cogió de la mano—. Escucha, cariño, ahora estoy un poco liado y no puedo hablar.

Miré sorprendida a mi alrededor. Solo vi una mesa ocupada al fondo, además del rincón tecnológico habitual del grupo de los viernes. Pierre se dio cuenta de mi confusión así que se apresuró a soltarme la mano y se giró hacia Don, que ya estaba recogiendo los tres botellines para ejercer de improvisado camarero de sus amigos.

—Tengo que hacer un tema de inventario. Ya hablaremos después. ¿Por qué no te tomas una copa con Don y luego paso a recogerte?

Si no hubiese conocido bien a Pierre, le habría creído. Pero si había alguien que conociese bien a Pierre era yo —bueno y el imbécil de Mario, pero ese en aquellos momentos no contaba para nada—. Quería que me fuese con Don y sus amigos frikis y a mí no me apetecía nada. Me encantaban los frikis informáticos, con esa jerga propia y ese misterio emocionante de sus correrías ilegales por la red, pero estaba cansada y necesitaba un hombro amigo sobre el que apoyarme; no un grupo de desconocidos delante de los que fingir que era simpática y que me importaba su conversación.

Don no me dejó reaccionar. Se apresuró a coger los tres botellines de cerveza negra de importación con una sola mano de largos dedos y apoyó su otra mano en la parte baja de mi espalda, con delicadeza.

—Claro —dijo. Y aunque no sonreía (con el tiempo aprendería que Don nunca practicaba el arte de la sonrisa), se las arregló para que su voz sonase amable además de firme y que no pareciese una orden marcial—. Ven a conocer a los chicos.

Pierre se asomó desde detrás de la barra y se apresuró a ponerme en las manos mi abrigo, mi bufanda y mi bolso.

—Ve, ve —dijo aguantándose la risa—. Luego hablamos.

Por supuesto casi todo se me cayó al suelo y tuvo que ayudarme a recogerlo.

—Y deja de estar tan triste, por todos los dioses —añadió en un susurro—. Vas a echar a perder toda la carta de vinos blancos.

Tuve ganas de darle un puñetazo en su sonriente y seductora boca justo medio segundo antes de recordar que yo no practicaba métodos violentos de negociación.

No me quedó más remedio que acompañar a Don hasta la mesa del grupo de los viernes.

—Chicos, esta es Katherine —dijo poniendo las cervezas sobre la atestada mesa.

—Kate —apunté.

—Kate, estos son Sierra y Punisher.

Nombres frikis, por supuesto, ¿qué esperaba? Al menos no tendría que parecer simpática, esos chicos estaban acostumbrados a la gente excéntrica.

El llamado Sierra, un chico alto y delgado con camisa blanca y gafas pequeñísimas sin montura, se puso en pie y me tendió la mano.

—En realidad, soy Frank. Pero puedes llamarme Sierra. O Frank. Como prefieras.

Sonrió y me pareció agradable. Su mirada era sincera, sin artificios, y su apretón de manos fue firme y natural.

Parecía un buen chico, algo estresado por el trabajo abrumador de salvar el mundo de los ciberdelincuentes. Aunque quizá mi falta de horas de sueño —muy grave a esas alturas de la semana— me hacía fantasear más de la cuenta con la vida de los demás.

Punisher no se levantó, pero me tendió la mano. Al menos, no seguían el odioso protocolo de los dos besos.

—Yo soy Punisher. Siempre —me advirtió antes de volver a enfrascarse en su ordenador.

Pero no me pareció hostil. Simplemente seguía las normas de sus propios intereses y yo no podía culparle de que lo que apareciese en la pantalla de su portátil fuese mil veces más importante que conocer a la pequeña e insomne Kate. Éramos desconocidos, sin nada más en común que habernos encontrado en la quietud acogedora del poco iluminado bar escondido.

Don apartó de un manotazo algunos cachivaches del sofá y me hizo sitio a su lado. Me olvidé de cualquier tensión nerviosa en cuanto me senté. Como si estar allí en ese preciso instante con aquellas personas fuese lo que de verdad me apetecía hacer. Sentada por primera vez junto a Don, me sentí como si hubiese llegado al sofá de casa y me hubiese quitado los zapatos después de un largo día en la oficina. Tiempo después, cuando llegué a conocer un poco más al grupo de los viernes, Sierra habría de confiarme, con esa delicada sensibilidad impropia de quien vive en un mundo virtual, que así era siempre pasar el tiempo con Don: los buenos se sentían a gusto casi enseguida —protegidos, dijo— y los malos solían salir huyendo.

Pensé que intentaba consolarme con sus palabras, pero lo cierto es que he acabado compartiendo su teoría sobre Don cada vez que lo veo sacar de sus casillas a algunos individuos por el extraordinario arte de levantar solo una de sus cejas eternamente fruncidas en señal de enfado con el mundo.

—¡Uaaa, colegas! —exclamó Punisher—. Mirad estas imágenes por satélite de la tormenta.

Giró la pantalla para que todos pudiéramos ver un borrón de colorines realmente bonito que se movía despacio sobre un mapa azul oscuro de geografía irreconocible.

—¿Es la gran tormenta blanca? —preguntó Don.

—Sí, dicen que estará aquí a finales de la semana que viene y que va a ser apocalíptica — explicó Punisher.

—Esta misma noche, un meteorólogo que conozco nos ha estado explicando que los expertos no acaban de ponerse de acuerdo sobre si la tormenta pasará por Coleridge o no —apunté.

—Y él ¿qué opina?

—Que sí, que pasará por aquí y que será de proporciones gigantescas. Montones de nieve y temperaturas por debajo de los cinco grados bajo cero. Pero no sé hasta qué punto es fiable su opinión —dudé al recordar al hombrecillo sonriente de la Longfellow Radio—, sus compañeros no suelen hacerle mucho caso.

Aquel viernes, si he de ser sincera, la tormenta y sus dimensiones me importaban menos que un rábano. Ninguno de nosotros se imaginaba hasta qué punto el bueno de William iba a tener razón.

# MERMELADA DE CEREZA EN EL DESAYUNO
## (Don)

—Te hemos guardado dos tortitas, Don —me saludó feliz uno de los gemelos.

—Con mermelada de cerezas de mamá. La que te gusta —añadió el otro.

Esa mañana iban vestidos con un jersey de rayas rojas y blancas, parecían más rubios y felices que de costumbre, y pensé que era estupendo poderlos tener allí. No quería imaginarlos de mayores, quería recordarlos siempre así, vestidos igual, con los pies colgando de la silla, tenedor en ristre y barbilla pringosa de mermelada y chocolate.

—Gracias, chicos —les dije sentándome en la silla que quedaba libre.

—Se te han pegado las sábanas —me acusó Charlie desde detrás de su periódico financiero.

—Bueno, así me evito tener que encontrarme en el baño con la última de tus *barbies*.

—Haya paz —nos riñó mi padre mientras me servía

una taza de café—. Hoy no ha habido rubias…, eh…, apresuradas saliendo por la puerta.

—¿Una mala semana, Charlie? —me metí con mi hermano.

—¿Un mal año, Don? —contraatacó implacable.

—Date prisa, Jacob, tenemos que ir de excursión —dijo uno de los niños.

Mi padre me miró divertido y alzó las cejas en señal de triunfo: la semana pasada habíamos estado especulando sobre si los gemelos sabrían realmente cómo se llamaban o si elegían un nombre al azar, entre Jacob y Jasper, cada vez que tenían que hablarse entre ellos. Por supuesto, Charlie se había quedado solo argumentando que hacía tiempo que los niños no recordaban sus propios nombres a fuerza de que nadie debía llamarlos por ellos desde hacía años. Ni siquiera su madre.

—Está lloviendo a mares, chicos —les desanimó mi padre—. No es momento para ir de excursión, ¿por qué no lo dejáis para más tarde?

Me rompió el corazón la mirada triste que intercambiaron los dos niños.

—Os propongo una cosa. Si habéis terminado de desayunar, ¿por qué no llamáis a vuestra madre para decirle que os quedáis hasta que deje de llover y me esperáis viendo la tele en el salón? Podemos jugar un rato con la consola.

—¡Siiiiiiiiiiiiiiií! —chillaron al unísono.

—Acordaros de darle las gracias de mi parte por la mermelada.

—Pero antes acabaros la leche —advirtió mi padre—. ¿Y ya sabéis llamar por teléfono?

—Nooooorrrrmmm —se quejaron los niños—. Hace años que sabemos llamar por teléfono.

—Claro, ¿como unos ocho años? —les pregunté serio.

—Muchos más —me aseguraron limpiándose con la manga del jersey los restos de leche sobre sus labios.

—Pero ¿cuántos años tienen? —se quejó Charlie cuando los gemelos desaparecieron camino del salón.

—Seis —dijo mi padre—. Ya no me acuerdo de la última vez que desayunamos un fin de semana sin ellos.

—Cierto —apuntó mi hermano con verdadero pesar.

Miré por la ventana del fregadero. Una fina cortina de lluvia velaba el paisaje. Pensé en Kate, seguramente a salvo de la ciudad en su pequeño piso. ¿Estaría durmiendo? Probablemente no. Había oído a Pierre comentar sus problemas de sueño. Me impacientaba saber que todavía faltaban seis días para verla de nuevo. Aunque el martes tenía una inspección de seguridad cerca del Ambassador, quizás podría pasarme un rato por el bar escondido y sonsacarle a Pierre algo más sobre la mujer que me tenía intrigado. Al fin y al cabo era policía, eso del requerimiento de información debía venirme de serie.

—¿En qué estás pensando? —me interrumpió mi padre.

—En una chica —dije sin darme cuenta.

Charlie bajó el periódico de golpe y casi tiró su taza de café.

—¿En serio?

—No es rubia, así que no te interesa —me defendí.

—¿A qué se dedica? ¿En qué empresa trabaja?

—No lo sé y no lo sé. Tiene un programa de radio los

viernes por la noche, pero por su ropa diría que trabaja en una oficina.

—¿En qué emisora?

—En la Longfellow.

—¡Bah! —bufó Charlie despectivamente—. Bohemia, seguro. Ya me la imagino, delgaducha, pálida, con gafitas y pelo de rata.

Pensé en el prodigioso pelo castaño flotante de Kate y sonreí.

—Pensaba que te iban más las mujeres de acción. Alguna compañera de la comisaría —me pinchó mi hermano.

—Tráela a casa —dijo mi padre levantándose de la mesa para llevar tazas y platos a la fregadera.

—Apenas la conozco, papá.

—¿Y a qué estás esperando?

# LIBERTÉ, ÉGALITÉ, FRATERNITÉ
## (Kate)

—Napoleón —dije acaloradamente—. Napoleón Bonaparte es una de las figuras más románticas que conozco.

—¡Pero qué dices! —se escandalizó Xavier—. Era un tirano.

—Al principio —le ignoré reclinándome un poquito más sobre el micrófono—, el joven Bonaparte llegó a París para defender los ideales de la Revolución Francesa y la Ilustración. Creía de verdad en la libertad, la igualdad, la fraternidad. Lideró los ejércitos revolucionarios y prometió liberar a toda Europa del yugo de las monarquías absolutistas, del sistema de clases basado en el clero y la aristocracia. Defendía la meritocracia, el gobierno del pueblo por el pueblo, la educación gratuita y obligatoria para todos los niños independientemente de su extracción social, la abolición del derecho divino por nacimiento, un precio controlado para los alimentos de primera necesidad…

La pequeña sala de grabación quedó en silencio. Ni siquiera se les oía respirar. Estaban todos pendientes de la próxima palabra de mis labios.

—Qué decepción —suspiré con tristeza—. Qué traición cuando se coronó emperador y se dejó llevar por sus sueños de poder absolutista.

William me miró asombrado y tomó aire. Aplaudió sin hacer ruido y me sonrió.

—Las ideas que constituían los cimientos de la Revolución Francesa, por ejemplo, también eran el colmo del romanticismo —continué.

—¿La guillotina? —me interrumpió Xavier, el absolutista.

—*Liberté, égalité, fraternité* —me apuntó con amabilidad Josh.

—Exacto, ¿qué puede haber más romántico que el ideal de libertad? La lucha por los derechos universales, el poder del pueblo para el pueblo, el principio de que todos los hombres nacen iguales. *El contrato social* de Jean-Jacques Rosseau, que dio pie a parte del espíritu de la Revolución Francesa, o la posterior guerra de la independencia de las colonias norteamericanas, que bebió directamente de la teoría revolucionaria, son buenos ejemplos del romanticismo al que me refería.

—Tenemos otra llamada —anunció Xavier con cara de asco.

—Hola, soy Marisa. Y acaban de despedirme por hacer el gesto más romántico que he hecho nunca en mi vida.

—Hola, Marisa, lo siento —contesté—. ¿Qué ha pasado?

—Trabajo… Trabajaba en una cadena de librerías conocida. Cuando no estaba en caja, me tocaba siempre la sección de libros de tapa dura. Y era feliz allí, la verdad. Hasta que me di cuenta de la soledad de los lectores de literatura fantástica.

Josh se atragantó y a William se le escapó la risa.

—¿Qué quieres decir? —intervino Xavier.

—Pues eso, que me parecían muy solos. Y siempre he pensado que esos lectores de fantasía épica debían ser unos redomados románticos. Ya sabéis, el romanticismo de reinos legendarios, héroes mitológicos, hazañas históricas, duelos de espadas, batallas grandiosas, amores eternos más allá de la muerte…

—Pues sí —apuntó Josh con simpatía—. Ahora que lo mencionas, el universo que crea Andrzej Sapkowski para su Geralt de Rivia es un escenario decadente, triste, gótico, muy romántico, en definitiva.

A esas alturas Xavier empezaba a echar chispas por los ojos y espuma por la boca.

—Cierto —le apoyé—. Y las leyendas artúricas o las de la Tierra Media también lo son.

—¡Exacto! —se animó Marisa al otro lado del teléfono—. Así que pensé que si colocaba los libros de romántica junto a los de literatura fantástica, podría ser que los lectores de ambos géneros tuviesen más posibilidades de encontrarse. No sé si me explico: las lectoras de novela rosa, ávidas de romance y amor, tropezando con los despistadísimos y encantadoramente épicos lectores de Tolkien y Rothfuss. Era un plan perfecto.

Xavier soltó una cínica carcajada.

—Sí, claro —dijo con sorna—. ¿Y funcionó?

—Pues no lo sé porque al día siguiente de que llevase a

cabo mi iniciativa, mis jefes se dieron cuenta de que había roto la distribución estándar de la tienda y me echaron la bronca. Me hicieron volver a ordenarlo todo como estaba antes. Me dijeron que mis teorías eran absurdas, que allí se vendían libros y que quien quisiese ligar lo hiciese en las redes sociales. Les dije que me parecía muy obtuso seguir un estándar de ordenación de títulos marcado por la matriz de la franquicia, era poco original y de besugos.

—Oh-oh —dijo William muy bajito.

—Sí, ya. Me despidieron ayer.

—Vaya, lo siento —le dije con sinceridad—. A mí tu idea me gustaba. Unir las dos acepciones del término…

—¿Verdad? Cuando te he oído hablando de románticos y romanticismo no he podido resistirme a llamar, sabía que vosotros me comprenderíais.

—¿Y qué vas a hacer ahora, Marisa? —intervino Josh, siempre atento.

—Pues no lo sé. Quizás busque otro trabajo similar aunque…

—¿Sí? —me interesé.

—Quizás no sea mala idea abrir un pequeño negocio por mi cuenta. Uno en donde pueda ordenar los títulos de los libros con total libertad.

—*Liberté, égalité, fraternité* —redondeó William la intervención.

Le miré con aprecio y una sonrisa se me dibujó en los labios. La sombra de una idea, de una posibilidad, tiñó con los colores del arcoíris mi cansadísima masa encefálica y me puso mariposas en el estómago. Marisa no tenía miedo. Quizás estuviese cansada, triste, decepcionada, pero no asustada. Había perdido un trabajo que no le gustaba y ahí estaba, dispuesta a intentar otra cosa.

Visto ahora, con la perspectiva que nos concede el tiempo, sé que no fue aquella llamada la que me convenció de ser valiente por una vez. Quiero pensar que el germen de la intención de dejar mi decepcionante trabajo llevaba tiempo viviendo conmigo y que Marisa no fue más que el pequeño detonante que estaba esperando. La tranquilidad de su voz, la convicción de que el mundo no terminaba en aquella librería, abrió la ventana que tanto tiempo llevaba atascada en un rinconcito de mi alma. Fue entonces, en la buhardilla de madera de una radio local, rodeada por los náufragos más encantadores de la historia, hablando sobre Bonaparte y la Tierra Media, cuando supe que había llegado el momento de atreverme por fin a pasar página y probar suerte en otro sitio.

Xavier despidió a Marisa y dio paso a la publicidad. Se quitó los auriculares y dio rienda suelta a su rabia y a su amargura:

—¿Romanticismo? ¿Oyentes que desordenan libros y los despiden? ¿Napoleón Bonaparte? ¡Esto es un programa de humor, por favor! ¿Qué gracia tiene toda esta mierda?

—A mí me parece interesante —se apresuró a decir el hombrecillo de la meteorología mirándome con adoración.

—Es un contrapunto muy bueno al programa, en las demás secciones ya hay humor de sobra. No viene nada mal este apunte distinto —me defendió Josh—. Además, hemos tenido un montón de llamadas de los oyentes. Eso es señal de que está gustando.

Xavier seguía furioso pero, como además de imbécil tenía cierta vena cobarde, fue incapaz de mirarme a la cara. La sección nueva era mía, si no le gustaba debería haberme advertido en privado, no en un descanso publicitario delante de todos, y podría haberme sugerido hacer cambios. Pero no así, no de esta manera.

—Ya veremos —siguió diciendo—. El programa no va bien. No sé cuánto tiempo más seguiremos en antena.

Josh, William y yo recibimos sus palabras como un jarro de agua fría.

—Sesenta segundos y en el aire —nos anunció Santi desde su inmaculada pecera.

Terminamos el programa con la sección de meteorología de William, que seguía empeñado en atemorizar a la población —al menos a los escasos miembros de la población que nos escuchaban— sobre el fin del mundo conocido en forma de tormenta legendaria.

—Eso sí que es romántico —apuntó Josh—. La tormenta, quiero decir.

—Será muy romántica pero recuerdo a los oyentes que es importante que no salgan de casa al menos durante las seis primeras horas de temporal. Las autoridades civiles correspondientes deberían ser más rigurosas a la hora de informar sobre la gravedad de este fenómeno meteorológico que se avecina y de la idoneidad de hacer una buena previsión de alimentos, ropa de abrigo y de revisar cañerías y calefacción.

Observé a Josh y a Santi, que movían los labios en silencio mientras articulaban «bla-bla-bla», y me entró la risa. Xavier me miró con algo parecido al odio y despidió el programa.

# ALGO NUEVO
## (Kate)

—Por el joven general Bonaparte —dije cuando Pierre me hubo servido mi martini con aceitunas acodada en el magnífico mascarón de proa del bar escondido.

—Por los calcetines de colores —me contestó alzando su vaso.

—Creía que brindar con agua traía mala suerte.

—No, si en el brindis incluyes calcetines. Además, hoy no estoy para whiskies. He hablado con mi padre.

Pierre era el descendiente de un largo linaje de comerciantes textiles con dos únicas manías en el mundo: hacerse inmensamente ricos, o morir en el intento, y vivir en París. A lo largo de generaciones, los Lafarge triunfaban o se suicidaban bajo el peso de las deudas, no había término medio. Aproximadamente el noventa por ciento de los antepasados de mi amigo que habían conseguido amasar una pequeña fortuna con sus tiendas y fábricas de calcetines y ropa interior se habían trasladado a París en un momento u otro de sus exitosas vidas. El resto había dispuesto que, una vez muertos, sus cenizas se esparcieran desde un puente cualquiera de la hermosa capital francesa. No sé qué pensarían las autoridades parisinas de semejante infracción de la ley, pero a mí me resultaba morbosamente bello.

Mi amigo era uno de los pocos Lafarge que había roto la maldición familiar de dedicarse a la fabricación y venta de calcetines, y de momento parecía resistir con estoica heroicidad el determinismo acuciante de trasladarse a París. A mí no me hubiese importando acompañarle pero este Lafarge, con el que había tenido la suerte de establecer una espontánea complicidad, parecía del todo inmune a los designios familiares.

Había estudiado Bellas Artes en un arranque tardío de rebeldía adolescente, pero una vez que logró sacar de sus casillas a sus padres, tíos, primos y demás caterva familiar que solía rondar por la mesa navideña a finales de cada año, colgó los estudios y se fue a Italia a comprobar con sus propios ojos las promesas de belleza que había intuido en las diapositivas de sus profesores. Tras corroborar por sí mismo que el síndrome de Stendhal no era suficiente para seguir respirando, y agotadas las concesiones paternas para alimentación y vivienda que las influencias de una madre distante pero preocupada le habían dispensado, Pierre empezó a trabajar de camarero y doctorarse en el sublime arte de servir un café en Italia.

A partir de ahí la biografía de mi amigo se me hacía borrosa y vaga. Sabía que había vivido en varios países europeos, siempre errante, alérgico a cualquier tipo de compromiso incluso cuando se había enamorado de un lugar, de unas gentes, de una persona, de una vida. Siempre que se refería a sus años de peregrinación procuraba no entrar en detalles pero no se me escapaba el brillo de su mirada mientras recordaba, el tono de nostalgia de su voz, el gesto breve de pérdida entre sus manos.

«¿Por qué volviste a Coleridgetown? —me atreví a preguntarle una dorada tarde otoñal a pie de los castaños de la plaza del Ayuntamiento, donde estábamos tomando un chocolate caliente perfumado al caramelo».

«Mis padres ya se habían ido a París y me habían dejado la casa para mí solo.»

«La maldición de los Lafarge. —Le sonreí sabiendo que me mentía».

Por lo poco que sabía sobre la vida familiar de Pierre, no había vuelto a ver a sus padres desde hacía varios años. A veces, le llamaban por teléfono para reprobar su vida de barman ex-errante, seguir insistiendo en la conveniencia de que volviese al redil de los calcetines y la fiebre parisina e interesarse por su salud; exactamente en ese orden. Con el tiempo, mi amigo había aprendido a evitar las discusiones sin ceder ni un ápice, pero las conversaciones con sus padres solían dejarle taciturno durante varios días.

—¿Lo de siempre? —me interesé.

—Más o menos —cuando Pierre me mentía solía desviar la vista y pasarse una mano por su rizado pelo moreno—. Otro día te lo cuento.

Sus pálidos ojos azules me pidieron una tregua que le concedí encantada. Yo también estaba cansada, era viernes. Últimamente, mi vida estaba llena de viernes. De viernes por la noche. De madrugadas de viernes.

—¿Has escuchado el programa?

—A ratos. ¿Napoleón? ¿En serio? ¿Qué tiene eso de humor?

—Verás, cuenta la historia que cuando Bonaparte logró escapar de su exilio en la isla de Elba e inició su marcha hacia París, el rey Luis XVIII, un Borbón de escasa popularidad que ocupaba el trono de Francia, decidió enviar a los ejércitos a detener su marcha antes de que entrase en el país. Pero casi todos los soldados franceses que enviaba el rey para interceptar la vuelta del héroe caído eran veteranos de guerra y cuando se encontraban frente a frente con su antiguo y querido general no dudaban en cambiar de bando y volverse a poner a las órdenes de quien un día los llevó a luchar por la república y la libertad. Y así estaba la cosa, Luis XVIII venga a enviar tropas para frenar el avance del corso y Napoleón cada vez más cerca de París con un ejército creciente. Hasta que una mañana, dicen que el rey se despertó y se encontró con una pintada en una de las paredes de palacio que decía: «No me envíes más tropas, primo, ya tengo suficientes». Pensó que era la señal definitiva para hacer las maletas y poner pies en polvorosa.

Pierre soltó una carcajada.

—¿Lo ves? Es divertido.

—No sé, cariño, solo me hablas de hombres muertos.

—¿No son los mejores?

Mi amigo hizo un gesto de fastidio pero se le escapó media sonrisa.

—Eh, Pierre, ¿me pones tres más de lo mismo?

Punisher, vestido con unos vaqueros y una camiseta oscura sorprendentemente sin estampar, estaba apoyado en la barra, justo a mi derecha. A saber el tiempo que llevaba allí escuchándonos.

Mi móvil sonó y contesté sin mirar la pantalla. Sabía quién era.

—Buenas noches, señor.

—NO ENCUENTRO MI AGENDA. LA DEJÉ ENCIMA DE MI MESA Y AHORA NO ESTÁ. CREO QUE SE LA HAN LLEVADO LOS DE MERCURY PARA ESPIARME.

—Señor, su agenda está junto al acuario. Se la puse allí para rescatarla del desorden de papelotes que tiene sobre su mesa.

—ESTA AGENDA NO ES.

—Usted solo tiene una agenda, que yo sepa.

—SE PARECE A MI AGENDA, PERO NO ES. LAS CITAS ESTÁN MAL. ESTA SEMANA NO TENGO REUNIÓN DE PRESIDENCIA.

—¿Está mirando la segunda semana de noviembre?

Se hizo un silencio inusual al otro lado de la línea.

—YO MIRO LAS SEMANAS EN EL ORDEN QUE ME DA LA GANA.

—Por supuesto, señor.

—KATHERINE, LOS PECES DE ESTE ACUARIO SON DE PLÁSTICO.

—Sí, señor. Los de verdad murieron hace un año, aproximadamente, y usted me amenazó con tirar la pecera por la ventana si volvía a ver…, ¿cómo lo dijo? Asquerosos cadáveres flotantes de colores.

—¿Y A USTED LE PARECE NORMAL LLENAR EL ACUARIO CON PECES DE JUGUETE?

—No demasiado. Me da escalofríos cada vez que entro en su despacho. Parece que me estén mirando con esos ojillos muertos. ¿Quiere que me deshaga de la pecera?

—NO, ESTÁ BIEN. ASÍ ACOJONARÉ A LOS GERENTES.

—Como quiera —suspiré.

—¿CÓMO ESTÁ EL INFORME DE CROSS? SI NO LO TENGO MAÑANA SOBRE MI MESA, NO HARÁ FALTA QUE VUELVA EL LUNES A TRABAJAR.

—Estaré despedida. Otra vez.

—MAÑANA, SOBRE MI MESA.

—Sobre su mesa ya no cabe ni un solo papel más. Además, mañana es sábado, no voy a ir a la oficina, ya cumplo trabajos forzados durante bastante horas allí durante el resto de la semana. Y usted también debería dejar de ir a la oficina y pasar el fin de semana con sus hijos, ¿cuánto tiempo hace que no pasa los sábados con ellos?

Pero el señor Torres ya hacía tiempo que había cortado la comunicación.

—¡Cooolega! —exclamó Punisher a mi lado—. ¿Quién era ese?

Pierre había ido a atender a otro cliente —el único otro cliente que se había aventurado esa noche en el bar escondido además del grupo de los viernes y yo— antes de ponerle las cervezas al friki, así que nos habíamos quedado solos en la barra. Le miré con las cejas alzadas.

—Vale, ya sé que me meto dónde no me llaman, pero… Qué pasada, ¿no? Gritaba tanto que podía escucharlo desde aquí. Creo que Don y Sierra también podían oírlo desde la mesa.

—Era mi jefe.

—¡Cooolega! —repitió Punisher impresionado—, deberías hacerle caso y no volver allí el lunes. Nadie se merece esos gritos a estas horas de la madrugada. Bueno, quizás yo sí —reflexionó poniéndose moralista—. Pero ¿dónde narices trabajas?

—En Milton Consultants.

Cuando Don me había presentado a sus amigos el viernes pasado tuve la sensación de que por algún motivo importunaba a Punisher, que le había caído mal desde el principio. Por eso me conmovió su cara de circunstancias.

Pierre volvió tras la barra y le sirvió las cervezas al informático.

—En serio, tía, búscate otro trabajo. Eso no es normal. —Me echó una última mirada de pena y cogió sus bebidas —. Gracias, Pierre.

Se fue hacia la mesa del grupo de los viernes. Don se apresuró a girar la cabeza hacia la pared contraria; me pareció que nos había estado mirando.

—El melenas tiene razón —apuntó Pierre con voz de cansancio.

Me encogí de hombros y le di un sorbo a mi bebida.

—Me he acostumbrado.

—Ten cuidado con lo que dices. Si te acostumbras a que te traten como una mierda, acabarás creyéndote una mierda.

—Voy a irme de Milton —suspiré.

—Hace años que te oigo decir eso mismo, pero sigues allí.

—Verás, esta noche ha llamado una chica a la emisora.

—¿La que creía que era muy romántico que su novio le regalase un koala en su próximo aniversario?

—No, esa no.

—Ah, porque los koalas no se compran en las tiendas de mascotas. No sé si os habéis dado cuenta tu pandilla de náufragos radiofónicos y tú.

—Marisa, la chica a la que habían despedido de la librería por cambiar el orden de las colecciones.

—Y comen una cantidad ingente de hojas de eucalipto. No sé de dónde las iba a sacar.

—Me ha parecido tan valiente, tan serena. Acababan de despedirla pero no se había caído el mundo. Ella había contribuido a mejorar la librería pero no habían querido escucharla.

—Una vez vi un reportaje sobre koalas en el que explicaban que esas hojas a menudo les hacían vomitar porque su organismo no las procesaba correctamente.

—Simplemente, buscar un nuevo trabajo, empezar en otro lugar. Tampoco es tan difícil.

—Qué asco, toda la casa llena de vómito de koala.

—No tenía miedo, era como si supiese que empezar en otro sitio era una oportunidad, no un desastre.

—Y duermen abrazados a un árbol alto. Cosa muy poco práctica teniendo en cuenta la poca altura de los techos de las casas de Coleridge. Quizás la copa podría salir por el tiro de la chimenea.

—Me ha… inspirado. Algo ha hecho clic en mi cabeza cuando la he escuchado. Creo que yo también puedo hacerlo.

—Así el koala estaría calentito.

—En una semana me voy de Milton. Pondré las cosas en orden durante estos días y me iré. Estoy harta de ser una llorica.

Pierre dejó de sacar los vasos del lavavajillas y se me quedó mirando, súbitamente atento.

—Te vas —dijo en tono neutro.

—Sí.

—Lo dices en serio.

Al menos había dejado el tema de los koalas y sus vómitos.

—Esta vez sí, no pienso cambiar de idea durante el fin de semana. El lunes aviso en recursos humanos de que me marcho en una semana.

—Lo has dicho otras veces y luego ha quedado en nada. Y solo porque una chica, una… librera con ideas góticas, llama a la radio, vas tú y te contagias de su locura.

—De su valentía, de su sencillez a la solución de un problema. No se acaba el mundo más allá de Milton y hace años que estoy más que harta de dejarme machacar por ellos. No hago más que quejarme pero nunca hago nada. Me he acomodado a costa de mi parálisis. Estoy harta de estar triste y no poder dormir. No sé por qué me miras así. Cuando por fin te digo que quiero empezar algo nuevo, algo diferente… —Hice un mohín de los que tanto incomodaban a Pierre.

Él solía decir que conocía bien esos mohínes, que eran preludio de lágrimas. Y no soportaba ver llorar a sus amigos.

—Está bien, te creo —me concedió—. Cuéntame más, ¿qué quieres hacer después?

Respiré hondo, terminé de un trago lo que quedaba de mi martini y me acodé sobre la barra en plan confidencial.

—No tengo ni la menor idea —confesé.

—Bueno, eso ya es algo.

—No te rías.

—No lo estoy haciendo. Admitir que no sabes qué vas a hacer es un buen comienzo. La semana que viene nos sentaremos juntos en tu jardín y pensaremos cómo seguir a partir de ahí.

Asentí como una niña buena y obediente que por fin tiene toda la atención de su profesor preferido.

—Y por el amor de Noé, deja de estar tan triste. Al vino blanco y a mí nos desesperas.

# MÁS PELIGROSO
## QUE UN TROL DE LAS CAVERNAS
### (Don)


—Oye, Don, tu chica necesita un trabajo nuevo —me soltó Punisher en cuanto volvió a nuestra mesa con la segunda ronda de la noche.

—No es mi chica.

—Lo que sea. —Hizo un gesto con la mano y volvió a ponerse el portátil en el regazo después de dar un largo sorbo a su bebida—. Su jefe le grita cosas sobre peces muertos. A la una de la madrugada de un sábado.

—Eso no tiene mucho sentido —apuntó Sierra, siempre contemporizador.

—Y creo que amenaza con despedirla un día sí y otro también.

—Pensaba que no te caía bien —le dije algo seco.

—No es eso. Es que la trajiste aquí, sin más, cuando podría ser una espía de Segursmart.

—¿Otra vez con eso? —suspiré—. Segursmart no sabe ni que existimos.

—Creo que podríamos proponerle a Kate que fuese nuestro hombre de dentro, bueno, nuestra mujer de dentro. Charlie conoce a la secretaria de recursos humanos, podría arreglarnos una entrevista de trabajo.

—Eso sí tiene sentido —intervino Sierra.

—¿Qué? —me sorprendí—. ¿Tú también crees que podemos jugar a los espías?

—Don, seamos prácticos —me calmó el fan fatal de las deportivas Nike—. Si de verdad vamos en serio con esto…

—Vamos en serio —dijimos a coro Punisher y yo.

—Llegará un momento en el que necesitemos acceder físicamente a uno de los servidores. Técnicamente es sencillo, se puede montar todo en un dispositivo de memoria. En la práctica, todo se reduce a que alguien entre en la sede de Segursmart y conecte ese *pendrive*. Es un momento, pero se necesita la oportunidad.

—Y nosotros la tenemos —insistió Punisher—. Charlie conoce a esa rubia de recursos humanos.

—¿Estás seguro? —dudó Sierra.

—Créeme, si es rubia y trabaja en Coleridge mi hermano la conoce. Apuesto lo que quieras a que ha estado un sábado por la mañana en mi casa y no se ha quedado a desayunar.

Me incorporé en el sofá de pana morada y estiré la espalda y los músculos cervicales. Llevaba demasiado tiempo inclinado sobre la mesita baja de cristal, tecleando con desgana en el portátil. Desde donde estaba tenía una vista sesgada de la barra. El suave perfil de Kate se adivinaba algo borroso entre las luces tenues. Al entrar, llevaba el pelo recogido en un moño alto pero se lo había soltado y su melena prodigiosa se derramaba sobre su espalda. Aquel viernes llevaba pantalones y botas. Eché de menos los zapatos de bruja y me enfadé conmigo mismo por esa tontería.

Como si Kate hubiese escuchado mis pensamientos, se giró de improviso y me pilló mirándola. Sonrió y me saludó con la mano. Correspondí con un gesto de cabeza y me sentí como un estúpido. ¿De verdad esa chica me hipnotizaba de tal modo que había estado a punto de devolverle la sonrisa? No, en serio, yo no era de esos, yo no sonreía a menos que me contaran algo verdaderamente divertido. ¿Qué sería lo próximo? ¿Coger la bicicleta y salir a buscar ranas con los gemelos?

—No voy a meter a nadie más en esto, y menos a Kate. No voy a ponerla en peligro —mascullé.

—Colega —se quejó Punisher—, ni que la enviaras a luchar contra un trol de las cavernas.

—Ni obligarla a hacer algo de… de dudosa moralidad —sentencié.

—Como si su trabajo en Milton fuese tan inocente como las canciones de los Lemmings —insistió Punisher en voz baja.

—¿Dónde has dicho que trabaja? —se interesó Sierra.

—En Milton Consultants. Me lo acaba de decir ella.

—He visto el nombre de esa empresa antes —murmuró Sierra dejando la cerveza sobre la mesa y tecleando en el portátil—, por aquí…

—Busca en la lista de los criminales más buscados del FBI —siguió Punisher—. Menuda panda los de Milton.

—Charlie tiene buenos amigos allí.

—Aquí están —nos interrumpió Sierra—. Ya sé por qué me sonaba el nombre.

—Es una de las más importantes consultorías internacionales, nos suena a todos —puntualicé—. Lleva los asuntos legales y financieros de más de la mitad de las empresas de Coleridge.

—Sí, pero no me refería a eso —dijo Sierra—. Me sonaba porque hacía poco que había leído ese nombre aquí dentro. Es la empresa que auditó las cuentas de Segursmart hace cinco años. Han sido sus auditores y consejeros financieros hasta hace un par de años.

—La semana pasada encontraste ese movimiento de dinero, justo cuando estaban los de Milton —le apuntó Punisher—, seguro que Kate puede ayudarnos.

—No voy a meter a Kate en esto —me enfadé—. Podemos hacerlo sin ella y sin Charlie. Olvidaros de las finanzas, concentraos en el rastro informático.

Sierra me miró de una manera extraña que en aquellos momentos no fui capaz de comprender. Lo atribuí a que estuviera teniendo sus dudas sobre nuestra capacidad como hackers. Poco podría haberme imaginado que en la cabeza de mi amigo había empezado a gestarse un plan alternativo que iba a dejarme fuera de juego. Aunque yo no tuviese ni la menor idea, fue entonces, durante aquel breve descubrimiento sobre la empresa en la que trabajaba Kate, cuando el destino acabó de encajar la última pieza del rompecabezas y se puso en marcha la maquinaria que habría de sacudir los cimientos de los cinco últimos años de mi vida.

Me encogí de hombros, distraído, con la atención puesta en lo que ocurría en la barra de piratas del bar escondido. Kate se estaba despidiendo de Pierre con un beso (ni siquiera voy a molestarme en mentir sobre la punzada de inquietud que me produjo imaginarme cómo sería ser besado por ella), cogió sus prendas de abrigo y el bolso y se plantó ante nuestra mesa. Estuve a punto de atragantarme con el último trago de cerveza negra.

—Hola, chicos, buenas noches.

Punisher le dedicó un gruñido bastante amistoso y me miró con las cejas cómicamente alzadas y los ojos desorbitados.

—Hola —contestamos Sierra y yo.

—Solo pasaba a saludar, ya me iba. Nos vemos el viernes.

—Espera —solté de repente—. Te acompaño. Yo también me voy.

Empecé a recoger el equipo mientras intentaba convencerme de que la súbita aceleración de mi ritmo cardíaco se debía a que me había levantado demasiado deprisa del sofá.

Me despedí de mis amigos y atravesé la penumbra del bar escondido junto a Kate. Hubiese jurado que, al pasar junto a la barra de galeón pirata de nuestro refugio, Pierre me había guiñado un ojo, pero la luz allí nunca fue la suficiente como para tener la certeza.

En el vestíbulo del Ambassador esperé a que Kate se pusiera sus trescientas chaquetas y abrigos. No le faltaba razón, la noche era ventosa y fría, incluso demasiado para ese principio de noviembre.

El primer golpe de viento nos cogió desprevenidos y su pelo me acarició la cara. Olía tan bien que estuve a punto de decirlo en voz alta.

—Uf —se quejó ella intentado retener algunos mechones con la mano enguantada que no sujetaba el bolso—, es la tormenta.

—¿Qué tormenta?

—Creo que os lo comenté el otro día. Tengo un conocido meteorólogo que dice que se acerca una tormenta que nos dejará aislados.

—¿Que nos dejará helados?

—Bueno, eso también. —Sonrió —. Mi coche está aparcado ahí.

—Ya espero a que entres, este barrio…

—Lo sé, gracias. Pero no es necesario.

La acompañé hasta el coche sintiendo el peso del portátil en el hombro y las ganas de decirle algo que la retuviese un minuto más. Pero nunca se me han dado bien esas tácticas sociales. Charlie era un experto, Charlie se la habría llevado a casa esa misma noche y la habría puesto en un taxi al amanecer, sin tortitas. O quizás no, quizás Kate fuera un hueso duro de roer incluso para Charlie. Esa chica ausente y amable, atrapada en una especie de aire distinto al que respirábamos el resto de los mortales, tenía un complicado mecanismo de aislamiento resistente a las técnicas de encriptación más sofisticadas. Y a mí se me estaba yendo la olla la madrugada de un sábado a las puertas del Ambassador.

—Buenas noches —me dijo.

Abrió el coche, un pequeño Ford considerablemente viejo, dejó sus cosas en el asiento del copiloto y entró.

Al tercer intento, empezó a ser evidente que el coche no iba a arrancar. Bendije en silencio la obsolescencia programada de la tecnología automovilística y el inusual frío que estaba contribuyendo a hacer posible el milagro de una Kate abandonada a mi suerte.

Algo azorada, volvió a girar la llave de contacto pero el motor seguía mudo. Di unos golpecitos en su ventana y saltó asustada.

—¿No arranca? —A veces me deleito a mí mismo (espero que al lector también) con estas frases dignas de un genio.

—No sé qué le pasa. Funcionaba bien hace una hora.

Sacó las llaves del contacto, las miró intrigada y volvió a introducirlas. Lo intentó una vez más pero todo seguía en silencio. El viento se había abierto paso por entre las costuras de mi cazadora y empezaba a tener frío.

—Déjalo, Kate.

—¿Qué?

—Quizás si bajases la ventanilla un momento me escucharías mejor —dije molesto.

Dudó unos segundos antes de hacerme caso y seguir mi sugerencia.

—No sé qué le pasa —me repitió.

—Oye, Kate, te diría que me dejases echarle un vistazo pero es que no entiendo nada de mecánica. Hace frío, es muy tarde y este no es un barrio por el que dar un paseo a la luz de la luna. Deja el coche aquí, ya te llevo yo a casa.

Me miró con algo parecido al horror. Resultó tan evidente, incluso para ella misma, que se apresuró a desviar la vista hacia cualquier otro foco de atención que no fuese yo.

—Ya sé que no me conoces apenas. Pero ahí fuera hay un montón de gente mala a la que tampoco conoces, y yo preferiría que siguiese siendo así. Podrías hacer una excepción a la regla de no ir en coche con desconocidos y dejar que te lleve a casa. Si te sirve de algo, soy policía.

De repente todo me pareció extraño. Ahí estaba yo, intentando convencer a la que parecía la mujer más frágil de toda la ciudad de que no iba a hacerle daño.

—Vale, ahora sí que parezco un psicópata.

Kate soltó una risa breve y me di cuenta de que había ganado la batalla.

—Ya, no es eso —dudó ella buscando una excusa porque realmente «sí era eso»—. Es que no quiero molestarte.

—No me molesta en absoluto. Lo que me molestaría sería dejarte aquí tirada.

—Podría llamar un taxi.

—Sí, podrías. Te acompaño al Ambassador y le pedimos al amable recepcionista de noche que nos llame un taxi.

Confiaba en que Kate supiese también que el recepcionista nocturno era un gorila calvo que odiaba a muerte a la humanidad y que preferiría cortarse un dedo de la mano antes que llamar un taxi para alguien que ni siquiera estaba hospedado en el hotel.

—O puedo esperar a que Pierre termine.

—A no ser que Pierre tenga planes después del trabajo —le dije—. Va, coge tus cosas, te acerco a casa en un momento, no me cuesta nada. Pareces cansada.

Salió del coche, lo cerró con llave y echamos a andar hacia el aparcamiento subterráneo del hotel. No muy convencida, se detuvo y miró hacia atrás.

—Mira, haremos una cosa —la animé—. Tengo un amigo que tiene un taller no muy lejos de aquí. Si me dejas las llaves, el lunes le podría echar un vistazo.

Kate parecía haber perdido las ganas de discutir, así que separó la llave del coche de su llavero y me la dio sin más excusas.

—Gracias —dijo con un hilo de voz.

Bajamos al aparcamiento, la ayudé a instalar sus cosas en el asiento de atrás y me dijo dónde vivía. Conocía el lugar, estaba bastante cerca del centro de la ciudad.

Fuera, la noche se había adueñado de las calles de Coleridge. Pese a que el viento había amainado, la intensidad del frío había disuadido a sus habitantes de salir de sus casas; no se veía un alma y los vehículos que circulaban eran muy escasos.

—Así que policía —dijo Kate un poquito burlona por mi salida de caballero andante—. ¿Y vas armado?

—Vale… ¿Y quién parece ahora la psicópata?

La escuché reír flojito y me gustó. Tenerla allí sentada, tan cerca de mí, percibiendo el roce de su ropa, el olor a jabón de su pelo, me hacía sentir bien. No quería llegar demasiado pronto a la dirección que me había dado y procuré conducir lo más despacio posible. Con algo de suerte, todos los estúpidamente coordinados semáforos de la ciudad estarían en rojo.

—Ni siquiera soy un poli de verdad, trabajo en la UDIF, la unidad de delitos informáticos.

—¿Y te gusta?

—Sí. La mayoría de investigaciones son bastante aburridas, burocracia cotidiana, pero a veces salta un buen caso, algo interesante, y me… me desafía.

—Te motiva.

—Sí, eso es.

—Ese es el secreto —suspiró ella—, encontrar la motivación, hacer algo que te parezca útil.

—¿Qué haces tú?

—Nada tan interesante como la UDIF y rescatar a chicas en apuros de barrios poco recomendables en plena noche.

Noté su voz algo temblorosa y subí un par de grados la calefacción. Se había quitado el abrigo y una de las chaquetas, y a la luz de las farolas vi su traje gris claro y su camisa azul de chica buena.

—Pierre me dijo que tenías un programa de radio. A mí eso me parece interesante.

—Trabajo en una oficina, en Milton Consultants.

Entonces la información de Punisher era correcta. Kate trabajaba en el ojo de huracán y hablaba de ello como si fuese lo más tedioso del mundo. Me alegré de que fuese así.

—Ay.

—Sí, exacto, «ay» ¿Los conoces?

—No, pero mi hermano Charlie trabaja en bolsa y habla de ellos con morbosa admiración. Tiene amigos allí.

—¿Con admiración? —se horrorizó ella.

—¿Que parte de «mi hermano Charlie trabaja en bolsa» no te ha quedado clara?

Kate soltó un bufido a medio camino de la carcajada y un fingido horror y me golpeó ligeramente el brazo en señal de protesta.

—Los viernes por la noche colaboro en un programa de humor de la Longfellow Radio. Tengo una pequeña sección —me explicó a media voz, como si tuviese miedo de despertar a alguien.

—¿Y de qué va tu sección?

—De hombres muertos —suspiró.

—No debería haberte dejado entrar en el coche.

Cuando giramos en una pequeña calle, Kate me indicó a qué altura estaba su casa. Detuve el vehículo a la puerta de un pequeño edificio tan viejo y paupérrimo que parecía a punto de venirse abajo. La fachada, de piedra muy antigua y sucia, como del Pleistoceno, no parecía que fuese a aguantar en pie mucho más. Las ventanas estaban cerradas con oscuros postigos de madera y forja de hierro pintado en negro que debieron conocer mejores tiempos, allá por la Segunda Guerra Mundial. Por una broma cruel del destino, el pequeño y destartalado edificio estaba encajado entre dos pisos de nuevo diseño, de amplios ventanales y ladrillo rojo.

—¿Vives aquí? —dije impresionado por semejante construcción.

—Sí —Kate parecía estar aguantándose la risa.

—Ahora entiendo por qué no querías que te trajese a casa.

—¡Eh! —protestó mientras luchaba por volverse a poner parte de la colección de chaquetas que se había quitado al entrar en el coche.

—No, en serio, ¿no tienes miedo de que se te caiga encima el techo cuando estés durmiendo?

—No duermo mucho. Y no, no tengo miedo. Los edificios antiguos son los más seguros.

—Esto no es antiguo, es una ruina. En serio, Kate, ¿vives aquí?

—Claro.

—Pero ¿por qué? —me preocupé.

Ella volvió a reírse y convirtió la penumbra del interior del coche en un lugar donde nada malo podría pasar.

—Estoy muy cerca del centro histórico. Y por dentro no está tan mal.

—Como mínimo no estará tan mal como por fuera, sería imposible.

Me miró con los ojos brillantes y la sonrisa todavía bailándole en la comisura de los labios. Parecía muy, muy cansada, y tremendamente guapa.

—Está bien. —Levantó una mano para evitar que la interrumpiese con mis protestas—. Como ha quedado bastante claro que el psicópata no eres tú, me gustaría que entraras para enseñarte algo.

Kate me pilló echándole otra mirada desconfiada al edificio y se aguantó la risa. Salió del coche y me esperó en la acera, con las llaves en la mano y la respiración casi visible por el frío. Ya no había viento, una extraña calma, un silencio casi sólido se había adueñado de la noche. Pensé que me gustaría recordarla así, esperándome.

—Será solo un momento —me animó—. Te prometo que la casa aguantará un poquito más, al menos hasta que hayas salido tú.

La puerta principal parecía a punto de descolgarse de sus goznes. Tenía una especie de aldaba medieval que no hubiese tocado, por el riesgo de contagiarme de tétanos o algo peor, ni aunque estuviesen apuntándome con una pistola. Kate introdujo una llave enorme y extraña en la prehistórica cerradura y la hizo girar durante lo que a mí me parecieron unas cincuenta vueltas. Confieso que me decepcionó que la puerta no chirriase al abrirse y que el vestíbulo no fuese más que una portería corriente, de las que podían encontrarse en casi todos los edificios de viviendas. Me consoló comprobar que no tenía ascensor.

—Somos cuatro vecinos —me informó Kate mientras subíamos las escaleras—. Yo vivo en el segundo piso. Espera un momentito aquí mientras paso a dejar el bolso y cojo las otras llaves. Tendremos que volver a bajar.

Kate entró y salió rápidamente de su piso y me indicó que la siguiese de vuelta a la portería. No se había quitado el abrigo ni su larguísima bufanda.

Al llegar a la planta baja, atravesamos el pequeño vestíbulo y nos paramos frente a otra puerta, bastante menos aterradora, disimulada detrás del armario gigante de los contadores de la electricidad y el agua.

—Ahora —me susurró Kate— debemos hablar muy bajito para no despertar a nadie. Dos de mis vecinos son bastante ancianos y tienen el sueño ligero. ¿Preparado? —me preguntó antes de abrir la puerta.

Asentí con la cabeza y traspasé el umbral tras ella.

Estaba pensando en cómo sería hundir las manos en aquella masa suave de cabello que tenía delante cuando me di cuenta de que habíamos vuelto a salir al exterior y el silencio era de nuevo distinto. Oí un *clic* y un millón de diminutos leds blancos se iluminaron a mi alrededor. Fue como cuando, de pequeño, enciendes las luces del árbol de Navidad por primera vez.

Una pequeña selva, frondosa y aromática, se iluminó ante mis ojos. A través de las ramas de los limoneros y las enormes hojas de los helechos y las hortensias (o algo parecido, no habría sabido decirlo con exactitud entre semejante orgía de verdes, amarillos, naranjas y marrones), con el telón de fondo de una pared enmoquetada por un sinfín de enredaderas, vi una mesa con dos butacas y un balancín blanco. Todo era verde y plata bajo las ristras de lucecitas que se entrelazaban alrededor de aquel jardín inesperado. La luna, casi llena en esa primera semana de noviembre, jugaba a las sombras chinas por entre las hojas.

Kate, que se había adelantado un par de pasos, casi había desaparecido tras las ramas colgantes de un extraño roble colonizado por las enredaderas. Las aparté a un lado y me asomé como si acabase de descubrirla en medio de aquel bosque en miniatura.

—El doctor Livingstone, supongo —le dije.

Ella se acercó y me sostuvo la mirada. Parecía extrañamente en paz, casi feliz, el cansancio había desaparecido. Estaba tan guapa bajo aquella iluminación de pesadilla navideña que tuve que morderme la lengua para no decirlo en voz alta.

—Este sitio es increíble —susurré.

Kate sonrió triunfante, orgullosa de su caótico jardín. Parecía a punto de decir algo más cuando dejó caer las manos, hizo un gesto de extrañeza y se apartó de mí para mirar el cielo sin estrellas a través de las pesadas ramas del árbol que nos cobijaba. Algo había cambiado en la noche.

El silencio se espesó, el aire se quedó mudo y quieto, como si el mundo entero estuviese conteniendo el aliento. Durante unos segundos, todo quedó inmóvil, en suspenso. Hasta que, lenta, perezosamente, empezaron a caer los primeros copos de nieve de aquel invierno anticipado.

Kate se giró para mirarme, su hermoso rostro iluminado por la ilusión de esa primera nieve, su sonrisa de ángel
despistado desarmándome.

—Tengo que irme —mentí—. Antes de que se ponga
a nevar en serio.

Yo no hubiese querido estar en ninguna otra parte. Ni
en ningún otro tiempo.

# FRAGMENTO DE LAS MEMORIAS
## DE WILLIAM DORNER

Debido a su proximidad al mar y la influencia de la cordillera cercana, Coleridgetown y su entorno no está considerado por los meteorólogos como zona de especial incidencia tormentosa. Sus temperaturas más bien suaves (entre los 0 y los 12 grados de media invernal, y entre los 15 y 23 estivales), vivimos en una zona climatológica atípica del país, a salvo de los vientos fuertes pero marcada por una abundante pluviosidad (cuyos índices se adjuntan en el gráfico de lluvias incluido en el anexo XXIII).

Quizás por estas peculiaridades, en noviembre de 2013 las autoridades no alertaron con suficiente antelación ni insistencia de la llegada de vientos huracanados de fuerza seis y anómalas precipitaciones de nieve y granizo que incomunicaron la región durante varios días. El gabinete del primer ministro reconoció que los datos de la estación meteorológica de la capital no iban acompañados de comentarios alarmantes ni recomendaciones de intervención civil.

Yo envié varios correos electrónicos, tras la imposibilidad de hablar por teléfono con el responsable de la estación o de Protección Civil, en los que informaba de la gravedad de la tormenta que se acercaba. Puede que el núcleo principal de cumulonimbos fuese impresionante ya de por sí, pero en la próximas horas se le iban a unir media docena de células más.

Nadie me creyó.

Nadie contestó a mis correos.

# EL PAPEL DE MORIARTY
## (Don)

—¡Don! —me gritó Charlie a través de la puerta mientras la aporreaba sin piedad —, es tarde, baja ya. Los clones van a dejarte sin tortitas.

Hacía un rato que disfrutaba del aroma del café recién hecho y de las animadas voces infantiles que a veces se colaban hasta allí arriba.

—Ya voy.

Bajé al agradable caos en el que se había convertido la cocina. Los gemelos se turnaban para subirse en un pequeño taburete y ayudar a mi padre a dar la vuelta a las tortitas en la sartén. En el suelo había ya una buena muestra de sus intentos fallidos.

—Buenos días —saludé.

Mi padre me guiñó un ojo y me hizo gesto de que me sentara a la mesa.

—Hoy hacemos nosotros las tortitas —me informó uno de los niños rubios con la cara manchada de masa y su pequeño jersey de osos polares arremangado hasta los codos.

—Es una gran responsabilidad —le aseguré.

Me miró muy serio, asintió con gravedad y corrió a relevar a su hermano en el taburete.

—¿Por qué nunca podemos desayunar como las familias normales? —se quejó mi hermano.

—Charlie, las familias normales se componen de adultos y niños. ¿Por qué vas todavía en pijama?

—No sabía que ahora hubiese normas de etiqueta para tomarse un café por las mañanas.

—¡Tortitas! —gritó uno de los niños posando ruidosamente entre mi hermano y yo una fuente llena.

—Gracias, Ja…, gracias.

—Yo soy Jasper —dijo Jasper enfadado.

—Y yo soy Jacob —dijo Jacob algo fuera de quicio.

—Y yo soy el que se va a comer todas estas tortitas —coreó mi padre.

—Eh, un momento —intervino Charlie—. Volved a repetir eso. ¿Tú eras Jasper?

Pero los gemelos ya estaban disputándose el jarabe de caramelo.

—Buen intento —alabé a mi hermano.

Él gruñó algo ininteligible y se escondió detrás de su periódico.

—Esta tarde me voy a comprar provisiones —nos avisó papá—. Anoche, en el canal del tiempo…, eh…, anunciaron fuertes precipitaciones y nieve durante toda la semana. No cuesta nada ser previsor.

—Te ayudaré a ponerle las cadenas al todoterreno —me ofrecí.

—Estamos en el siglo XXI —nos lanzó Charlie desde

detrás de su periódico—, ¿creéis que van a dejarnos inco-
municados y tendremos que comernos unos a otros?

Los gemelos dejaron en suspenso su batalla de tenedores y miraron a mi hermano con espanto. Papá le lanzó a
Charlie una mirada asesina.

—Charlie está bromeando —les aseguré.

—¡Qué asco! —dijo uno de ellos.

—Seguro que Charlie tiene un sabor vomitivo. —Se
rio el otro.

—Hablaré con Sarah —intervino papá—. Quizás le
apetezca venirse unos días con los chicos.

—¡Siiiiií! —corearon a dúo.

—¿Es necesario? —se quejó mi hermano bajando el diario y dando por perdida su intención de leer e ignorarnos.

—Sarah no tiene calefacción y además trabaja fuera
todo este mes. No me cuesta nada echarle una mano con
los niños…, eh…, sobre todo si suspenden las clases por el
temporal de nieve.

—Y se caen los satélites y empieza el Armagedón —murmuró mi hermano de malhumor.

—Pueden ocupar la buhardilla, hay sitio de sobra.

—Don, ¿saldrás con nosotros en trineo? —se animaron
los gemelos.

—Por supuesto. Aunque mejor después de que haya
nevado lo suficiente.

—Esperaremos —me aseguró solemne uno de ellos—,
siempre que no tarde demasiado en nevar.

—Mientras, podemos ir haciendo un muñeco de nieve
—intervino su hermano con aplastante lógica—. Norm,
¿nos guardas botones y zanahorias?

—Charlie —llamé a mi hermano cuando los argonautas se fueron a su casa montados en sus bicicletas—, ¿todavía tienes algún contacto en Segursmart?

Mi hermano me miró con desconfianza.

—Sí, un par de nombres, ¿por qué? ¿Todavía sigues con lo de Gabriel?

—Cuánto menos sepas, mejor.

Cogió el mando a distancia y encendió el pequeño aparato de televisión que teníamos en la cocina. Tras repasar unos cuantos canales, fuimos conscientes de que todos hablaban sobre la tormenta que se avecinaba.

—No voy a quemar a ninguno de mis contactos por tus retorcidos planes de venganza —dijo Charlie sin apartar la mirada de las imágenes por satélite que mostraba la pequeña pantalla plana.

—No voy a utilizar a nadie que conozcas —le aseguré—. Se trata de meter a alguien dentro. Punisher piensa que conoces a la de recursos humanos.

—La conozco —masculló.

—Bien.

—¿Bien? ¿Qué quieres, Don?

—Una entrevista para alguien, solo eso. Para el puesto que sea, eso es lo de menos. Lo que surja.

—¿A ti eso te parece normal? —me dijo mirándome con atención.

—Gabriel también era tu amigo.

—No te pega nada el papel de Moriarty, hermano.

Cuando salí de la cocina, las voces de mi padre y mi hermano menor me siguieron por las escaleras.

—Está obsesionado —se quejó Charlie.

—Don no acepta bien la injusticia, eso es todo. Por eso trabaja persiguiendo a…, eh…, los malos, ¿recuerdas?

—¿Y por eso va a poner en peligro su carrera profesional y la de sus amigos? Que madure de una vez, la vida es precisamente así, injusta.

En la televisión, la chillona voz de una conocida presentadora auguraba vientos fuertes y temporales de nieve.

Como si fuese una novedad.

# CHOCOLATE Y BIZCOCHO EN EL JARDÍN
## (Kate)

Ahora que recuerdo todas esas noches sin luna, insomne, sentada en la repisa de la ventana de mi dormitorio con un libro abierto en las manos y la mirada perdida en el pedazo de cielo oscuro que los edificios de Coleridge me permitían contemplar, creo que no era infeliz del todo.

De alguna manera retorcida y estúpida legitimé la insatisfacción de mi vida, el vacío que sentía a todas horas, con la creencia de que la melancolía formaba parte de mí misma. Me envolví en cómodas capas de tristeza, cada una de ellas tejida con delicadeza por los hilos de algodón de mis pequeñas desdichas cotidianas, hasta que dejó de hacer frío. Sin apenas darme cuenta, me aislé del resto del mundo con la elegancia y la suavidad de un capullo de seda protector. Mientras nada consiguiese tocarme de veras, podría mantener la ficción de mi vida melancólica a salvo de cambios. No tenía que escoger ni correr riesgos. La rutina que me había fabricado, con paciencia y calculada soledad, no me obligaría a decidir. Estaba a salvo.

Llevaba tanto tiempo sola que el contacto físico con otras personas se registraba en mi memoria casi como una agresión. Las finas capas de aislamiento de mi crisálida temblaban de miedo y de rechazo ante el menor gesto de caricia o abrazo por parte de otro ser humano. Cualquier pensamiento de proximidad no era más que una promesa de futuro abandono. La ilusión de frágil equilibrio en el que se asentaba mi vida no habría soportado otra despedida.

Y, sin embargo, allí estaba, en el alfeizar de mis noches sin luna, con el respiro de cruzar el umbral de un jardín salvaje de vez en cuando, con el consuelo sencillo de los viernes en el bar escondido. Todo habría seguido imperturbable —o tal vez no— de no ser por la decisión, casi mecánica en medio de un cansancio infinito, de subir las escaleras que llevaban a la buhardilla de madera de la Longfellow Radio.

—Papá, anoche nevó un poquito.

—Oh, eso sí que lo echo de menos. —Sonrió la imagen algo pixelada de la cara de mi padre en el portátil—. Todo esto de los inviernos cortos y las primaveras cálidas está muy bien, pero donde se ponga una buena nevada…

—Parece ser que esta semana vamos a tener una tormenta importante.

—Bien, bien —se animó—. Ah, querida, te paso a tu madre.

Una señora de pelo rubio impecablemente peinado, con maquillaje discreto, pendientes de perla y un colorido conjunto de jersey y pantalón de estar por casa, tomó posesión de la pantalla.

—Hola, cariño —me saludó.

—Hola. Le decía a papá que esta semana vamos a tener nieve.

—¿Tienes calefacción en ese pisito?

—Sí, claro. Mamá, tengo novedades.

—¿Buenas o malas? Porque Peter y Ron tienen sarampión y no te imaginas el dolor de cabeza que me levantan con sus llantos.

—¿Están ahí?

—No, pero llevo toda la semana con ellos en su casa. ¿Te he dicho que tu hermana está reformando el cuarto de baño? Bueno, uno de los cinco cuartos de baño. Seguro que le queda precioso, con el buen gusto que…

—Mamá, voy a dejar Milton.

—¿El qué?

—Mi trabajo en la consultoría, mamá. Voy a dejarlo.

—¿Has encontrado algo mejor? Me alegro, tú te mereces mucho más, allí estabas desaprovechada.

—Pues no exactamente.

—¿No es mejor?

—No lo dejo por otro trabajo.

Mi madre me miró en silencio. Podía ver su decepción en cada uno de los diminutos píxeles de su mirada.

—No tengo otro trabajo, de momento —le expliqué con voz suave. Tuve la sensación de que hablaba para tranquilizarme a mí misma más que a ella—. Pero hace tiempo (interminables años) que estar en Milton me hace infeliz. Tengo algo ahorrado, me concederá el tiempo suficiente

151

para decidir qué quiero hacer, en qué quiero trabajar a partir de ahora. O para estudiar algo que me guste, algo práctico.

—Bueno, si es eso lo que quieres…

No, mamá, no tengo ni idea de lo quiero, pensé.

—Lo que te pasa es que has convertido tu trabajo en tu única vida social —me sorprendió ella.

—No es verdad —me defendí—, hace tiempo que no tengo ninguna vida social.

—Oh, sal por ahí, no seas deprimente. Búscate un novio. Ya verás cómo se te quitan tantas tonterías con el trabajo. Mira a tu hermana, es muy feliz con su marido y sus hijos, seguro que por las mañanas cuando se levanta no piensa «Oh, pobre de mí, no sé qué hacer con mi vida».

—No, seguramente echa mano de la tarjeta de crédito de su marido y llama al decorador para cambiar los muebles de toda la casa.

—Pues claro que sí —dijo con aprobación mientras sacudía con energía su perfecta melena rubia.

En esos momentos no me quedó demasiado claro si mamá era una persona sin capacidad de entender la ironía o con mucha capacidad para no escuchar nada de lo que estaba intentando decirle.

—Búscate un novio, cariño, sal por ahí y conoce a alguien. ¿Cuánto tiempo hace que te dejó aquel tal Ronald?

—Se llamaba Robert, mamá. Y no me dejó. Yo decidí dejar de verle.

—¿Por qué? Era encantador.

—Era un mentiroso controlador y cocainómano.

—Pero era un mentiroso controlador y un cocainómano encantador.

Lancé un exagerado suspiro para que hasta ella fuese capaz de entender mi desesperación.

—Esto no va a arreglarlo ningún novio, mamá, es cosa mía. No sabes cómo es la oficina. Todo son gritos y mal humor y desprecio.

—Seguro que es culpa de ese francés de las cocacolas.

—¿Quién?

—Aquel amigo tuyo del bar espantoso. Ese cuya familia es rica y vive en París.

—Pierre.

—Y tú vas y tienes que hacerte amiga de la única oveja negra de esa pobre familia, ¿no tiene un hermano guapo?

—Al menos él no me ha dicho que me busque un novio cuando le he contado que quería dejar mi trabajo.

Pero mi madre había dejado de escucharme y estaba mirando su móvil.

—Claro, querida —dijo distraída—. Ya me contarás.

Creo que hay pocas personas en este mundo que sepan escuchar de verdad. En cambio, las personas que huyen despavoridas cada vez que decides contarles que algo no marcha bien en tu vida son una plaga de nuestro planeta. La experiencia me ha demostrado que cuando alguien, no importa su grado de parentesco o de amistad, pregunta «¿Qué tal estás?», está genéticamente programado para ignorar cualquier respuesta que no sea «Bien».

«¿Cómo estás?»

«Fatal. Mi perro se ha largado de casa, mi jefe me acaba de despedir y el techo de mi habitación se cae a pedazos.»

«Ah, bien, bien, me alegro —contestarán con una sonrisa distraída».

«Además, me han diagnosticado un herpes incurable, mi marido me pone los cuernos con mi médico y todas las flores de mi jardín se han muerto misteriosamente».

«Perfecto. —Seguirán sonriendo mientras echan una rápida mirada a su reloj de pulsera—. Pues a ver si quedamos un día y nos vemos, ¿eh?».

«Creo que preferiría estar muerta a quedar contigo.»

«Fantástico, entonces. Hasta la vista.»

Mi madre no era una excepción a la mayoría de habitantes del planeta.

—Cariño, tengo que colgar. Tu hermana me llama por el móvil, quiere que la acompañe esta tarde a elegir unas cortinas nuevas.

*Voilà.*

—Ya.

—Espero que no te importe. Hablamos la semana que viene. Un beso. Adiós.

—Adiós —le dije a la pantalla vacía.

Yo estaba asustada. Para una persona que reconoce que tomar decisiones suele llenarla de pánico, dejar la oficina en la que ha estado trabajando siete años para saltar sin red a lo desconocido era un cambio espantoso. Cierto que Milton era el infierno, pero se trataba, al fin y al cabo, de un infierno conocido, de esos en los que a final de mes te ingresan la nómina en el banco y te permiten vivir en un pequeño piso en un edificio viejo cerca del centro con plantas salvajes en un jardín inesperado. A nadie le gusta su trabajo. Bueno, a casi nadie. Sabía que era una persona adulta, que tomaba mis propias decisiones —si es que me atrevía a tomarlas—, pero ¿era mucho pedir un poco de empatía por parte de mi familia?

Sin embargo, pese al miedo, hablaba con sinceridad cuando decía en voz alta que esta vez sí iba a marcharme. Sentía que algo estaba a punto de cambiar, que habían empezado a desprenderse las primeras piedrecillas que vaticinaban el inicio de un derrumbe de proporciones gigantescas —que no catastróficas, o eso esperaba—. Irme por fin de Milton Consultants, alejarme del horror tóxico que envolvía a aquel ejército de encorbatados sin alma y sin escrúpulos, era solo el primer paso.

El timbre de mi teléfono interrumpió mis amargas reflexiones sobre el cariño de mis padres. No conocía el número.

—¿Kate? Soy Don, el expsicópata.

—Hola, Don. —Sonreí de manera instantánea.

—He quedado el martes con mi amigo, el que tiene el taller. Iremos a echarle un vistazo a tu coche y te diré algo.

—Muchas gracias. Te debo una cerveza en el bar escondido.

Pensé en Pierre, en su valentía de viajero incansable. Quizás el secreto era tener una empresa familiar de calcetines pisándote los talones para motivarte a tomar decisiones drásticas. Calcetines y talones. Me había levantado graciosa esa mañana.

—Gracias, Don. ¿Te veo el viernes?

—Por supuesto. Cuídate.


El domingo, como un ángel salvador de las tardes interminables precedentes a mis noches llenas de desesperación, apareció Pierre.

—Llevas los zapatos más horrorosos que he visto en mi vida —le saludé.

—Y todavía no has visto mis calcetines.

Contempló mis pintas de domingo casero —jersey de lana de cuello vuelto, *leggings* negros, pelo recogido en un montón desordenado encima de la cabeza, cero maquillaje— y pasó felizmente de mi recibimiento.

—En cambio tú eres todo glamur y estilazo. Anda, ponte tu abrigo de viuda de los años veinte o una toquilla de abuela. Bajemos hasta tu pedacito de selva particular.

—¿Estás loco? Estamos a no sé cuántos bajo cero.

—Mentira. ¿Dónde tienes ese abrigo gris larguísimo que te hace parecer Catalina la Grande, Zarina de todas las Rusias? —murmuró a punto de ser engullido por las prendas que colgaban en mi perchero.

—¿Dónde está Mario?

—Tenía una *soirée* con unos colegas de Milán. Demasiado *cool* para mí. —Su voz sonó amortiguada por la ropa que se le había caído encima—. No me cambies de tema.

—No pienso bajar.

Me tendió mi abrigo más calentito y una de mis bufandas preferidas, la morada de florecillas verdes y rosas.

—Está bien, tendré que sacar la artillería pesada —dijo mostrándome un paquetito primorosamente envuelto que llevaba escondido en el bolsillo de su plumífero—. Bizcocho de yogur.

Cogí el abrigo y la bufanda, pero no hice gesto de ponérmelos.

—Oh, demonios, está bien. Contigo es todo o nada. —Echó a andar hacia la pequeña cocina del apartamento mientras me gritaba—: ¡Cinco minutos para hacer chocolate caliente y bajamos con todo!

—Caliente no —cedí por fin—, ardiendo.

Quince minutos después y tras algunos sorbos de chocolate a la taza escaldándonos la lengua, estábamos sentados en el balancín. Habíamos acercado la mesa a la pared preferida de Pierre, la de los ventanales a punto de ser engullidos por las enredaderas, en busca del amparo del rojo ladrillo contra el viento, bajo el cerezo sin flores que se mecía despacio y con crujiente paciencia otoñal. La vida parecía mucho más sencilla vista por entre aquellas ramas.

—¿Crees que salto hacia atrás cada vez que alguien intenta tocarme?

—Seguramente.

—Tú nunca me abrazas —le señalé con un dedo enguantado.

—No eres mi tipo.

—No, en serio.

—Ya sabes que no me va ese rollo. Y a ti tampoco. —Pierre dio otro sorbo a su chocolate caliente y siguió mirando las ramas más bajas del hermoso cerezo desnudo—. Pero sí, creo que tienes miedo.

—No puedo soportarlo —reconocí en voz alta.

—Lo sé.

Mi amigo respiró hondo el aire congelado y se balanceó despacio en el columpio. En aquel pedacito de selva sin domesticar, el silencio se había vuelto de algodón.

—No siempre va a ser así, ¿sabes? —dijo al cabo de lo que me pareció mucho tiempo.

—¿Así?

—Como si todo el mundo al que quieres tuviese que marcharse.

Me encogí en un acto reflejo, como si sus palabras hubiesen sido un golpe inesperado en la boca del estómago.

—Robert, mi hermana, mis padres —enumeré con un nudo en la garganta—, mis compañeros de clase, las oportunidades de un buen trabajo, las ocasiones de viajar…

—Robert era un imbécil.

—No lo era —susurré.

—No, vale, no lo era. Pero tenía que intentarlo. Dijo mucho de él que te dejara casi a punto de casaros para irse a sacar petróleo en el mar del Norte.

—Hace mucho que dejé de pensar en Robert.

—Lo sé.

Cerré los ojos y deseé quedarme dormida allí mismo, al amparo de Coleridge, rodeada de árboles con raíces tan profundas que jamás podrían irse a ningún sitio.

—Ni siquiera te pidió que le acompañases —dijo Pierre en voz muy baja, como si de verdad temiese despertarme.

—No creo que hubiese ido.

—Quizás también él lo sabía.

—Quizás.

—¿Qué tiene esta maldita ciudad decrépita que te retiene con tanta fuerza? Si fueses un Lafarge, no podría contigo ni la maldición parisina.

—¿De qué hablaste el otro día con tus padres? —Aproveché la ocasión para cambiar de tema.

—De nada, de todo, de lo de siempre. —Pierre suspiró y se llenó los pulmones con el aire congelado de la tarde.

Abrí los ojos y me fijé en que la escarcha rozaba el borde de las plantas junto al muro más sombrío del jardín.

—Creo que estas Navidades sí que iré a París. Pienso pedirle a Mario que me acompañe.

Las nubes navegaban perezosas por el cielo vespertino, un viento ligero, cargado de presagios, jugaba con las ramas altas del cerezo. Tener a Pierre sentado junto a mí me proporcionaba consuelo en la misma proporción con la que odiaba los domingos. Pronto anochecería, promesa de noviembre.

—No se lo tomarán demasiado bien —dije pensando en la familia ultraconservadora de los Lafarge.

—Probablemente. Pero iré con Mario y con el billete de vuelta cerrado. Cerradísimo.

—¿Lo ves? —me metí con él—, tú tampoco eres capaz de marcharte de esta ciudad lluviosa y fría.

Pierre dejó las tazas con los restos de chocolate sobre la mesa pequeña y me ayudó a ponerme en pie.

—Vamos —me dijo con esa media sonrisa suya ladeada que casi le convertía en un conquistador—. Hace un frío horrible, no sé cómo he dejado que me convencieras para salir a merendar aquí fuera.

Pero seguimos allí plantados, bajo el cerezo. Mirando con ojos nuevos el extraordinario legado de la señora Maudie.

—Sería estúpida si me fuese de Coleridge —le dije—, la tristeza me encontraría en cualquier otro lugar al que huyese.

# UN CAFÉ Y UN AVISO DE RENUNCIA
## (Kate)

—Milton Consultants, buenos días… Enseguida le paso. —Marian estaba en plena forma para ser lunes—. ¿Por qué tienes esa cara? Sí, señor, un momento, creo que está de viaje pero le diré que ha llamado.

—¿Qué cara?

—La del gato que acaba de comerse al canario.

—Vengo de la planta doce. Acabo de decirle a recursos humanos que me voy, que prepare mi liquidación y que la semana que viene pienso tomarme esos dos millones de días de vacaciones que esta asquerosa empresa me debe y que jamás me ha dejado disfrutar.

Marian se puso en pie de golpe, por la sorpresa, y levantó los brazos al cielo. Su cara era de cómica felicidad a pesar de seguir atendiendo las llamadas de la centralita.

—No, señora, no somos la consulta del dentista. Pero si quiere que le anestesiemos pruebe a pasarse por una de nuestras juntas semanales de accionistas… No se preocupe, adiós. ¡Kate! ¡Te has atrevido!

Se echó hacia delante y me dio un enorme abrazo por encima del mostrador. Debimos pulsar algunos botones de su futurista panel telefónico porque varias luces de la consola empezaron a parpadear.

—Estoy muy feliz —me dijo sonriendo y con los ojos húmedos—. Bueno, te echaré mucho de menos y todo eso. Pero creo que estarás mejor en cualquier otro sitio, en serio.

Marian había sido la única persona dentro de Milton que siempre me advirtió sobre el peligro de pasar demasiado tiempo entre aquellas bestias.

—No más gritos. No más dolor de espalda y cervicales porque los directores se gastan el presupuesto anual para sillas ergonómicas en fines de semana en Fidji. No más demandas ruinosas a pequeños negocios familiares. No más despidos por negarse a hacer horas extra hasta las diez de la noche. No más mentiras sobre beneficios sociales. No más discriminación encubierta a madres de familia y mujeres embarazadas. No más engaños con las bonificaciones por rendimiento que nunca nadie ha visto jamás. No más moqueta con pulgas y aire acondicionado sin filtros porque el dinero para cambiarlos se ha destinado a redecorar el despacho de los mandamases. No más desconfianza, ni falsos rumores, ni peloteo asqueroso, ni hipócritas que van a la iglesia después de mentir y engañar y perjudicar a sus compañeros y a sus esposas; ni trepas sin escrúpulos, ni congelación de sueldo durante años porque se han gastado las partidas presupuestarias en comilonas. No más desprecio, ni puñaladas, ni mentirosos encorbatados, ni falta de formación. No más mesas a la puerta del lavabo de caballeros.

—Se acabó.

Supe que era cierto. Me inundó un alivio inmediato. De verdad lo había hecho. El coraje me había dado suficientemente de sí como para calarme una vez más el salacot, empuñar con fuerza el machete y abrirme paso hasta la salida. Para siempre.

Y aunque tenía miedo y dudas y horror y unas ganas tremendas de ponerme a gritar de puro pánico, supe que estaba haciendo lo correcto. Si quería romper la crisálida y asomar la cabecita al mundo, aquel era el primer paso.

—¿Ya se lo has dicho a Torres?

—Ahora mismo voy. Quería que tú fueses la primera, amiga mía.

Marian me sonrió con los ojos llenos de lágrimas y me dio un apretón en la mano.

—Sí, por supuesto, le paso con el departamento legal. No creo que le devuelvan la llamada, pero todos tenemos un día de suerte, ¿verdad?

Le indiqué a Marian por gestos que volvería luego para nuestro café de las doce y fui en busca de mi jefe. Me asomé en la guarida del T-rex para asegurarme de que estaba solo y entré en su cueva.

—NO VEO NADA CON ESTAS LUCES NUEVAS DE DISEÑO QUE ME HAN PUESTO EN EL DESPACHO —me saludó con su encanto de costumbre.

Cogí el mando a distancia y le di al botón para subir las persianas.

—Buenos días —suspiré—. Tiene las luces apagadas y no había subido la persiana. ¿Mejor ahora?

—TRÁIGAME UN CAFÉ. PERO NO UNO DE ESOS DE MÁQUINA ASQUEROSOS PARA HÁMSTERS. QUIERO UNO DE PERSONA.

—Ahora aviso a la camarera para que se lo traigan.

—NO TENGO NADA EN CONTRA DE LOS HÁMSTERS. DE HECHO, NUNCA SE ME OCURRIRÍA DARLE UN CAFÉ COMO ESE QUE TIENEN EN LA MAQUINA DEL PASILLO.

—Señor Torres, me voy.

—¿A POR EL CAFÉ? —gritó sin mirarme siquiera.

—No, me voy de Milton. Ya he avisado arriba, en recursos humanos. El próximo lunes es mi último día aquí porque pienso tomarme todas las vacaciones que tengo pendientes hasta que se haga efectiva mi baja en la empresa.

—NO DIGA TONTERÍAS, USTED NO TIENE VACACIONES.

—Sí las tengo. Y usted también. ¿Por qué no se toma unos días y lleva a su mujer y a sus hijos a algún lugar relajado y con piscina?

Pero, como era previsible, ya había dejado de escucharme y tecleaba furiosamente en su portátil con la mirada muy cerca de la pantalla, clavada en ella, como si se estuviese enfrentado en un duelo a muerte con su peor enemigo. A buen seguro, solo estaría escribiendo un correo electrónico a alguno de sus colegas de dirección.


La semana transcurrió rápida y extraña, como si le faltasen días, o como si todos los días fuesen jueves. Pasé más horas que nunca en la oficina, ordenando archivos, cerrando temas pendientes, derivando responsabilidades y, sobre todo, avisando a todo aquel que acertaba a pasar por delante de mi mesa que la semana que viene ya no tendrían el privilegio de ignorarme cada vez que les saludase o les endilgase el buenos días / buenas tardes de rigor. Sin embargo, me sorprendió comprobar que seguía durmiendo muy pocas horas, pese a la tranquilidad de espíritu que me había proporcionado mi acertada decisión de dejar Milton. La mayor parte de mis noches seguía transcurriendo en el inquieto duermevela del inhóspito territorio desierto de mis sábanas, o entre lecturas impacientes y nerviosas de estúpidas novelas de misterio en la repisa de mi ventana, arrebujada en una manta suave y mullida.

El jueves por la tarde Don me llamó al móvil cuando estaba apagando el ordenador dispuesta a irme a casa.

—Kate, tengo malas noticias sobre tu coche.

—¿Ha muerto?

—No, es recuperable, pero el taller no lo tendrá hasta la semana que viene. No es una reparación demasiado cara pero requiere tiempo y parece que no podrán hacerte un hueco hasta entonces.

Eso me suponía un problema, porque el viernes tenía que ir hasta Longfellow para el programa de radio y después, casi a medianoche, volver a casa. Dudaba de que el horario de transporte público se extendiese mucho más allá de las once.

—Puedo prestarte mi coche, si lo necesitas —se ofreció amablemente Don.

—No, no pasa nada. El viernes cogeré un taxi y ya está.

—¿Vendrás al bar escondido?

—Sí, nos vemos allí. Gracias, Don.

Miré por la ventana. Fuera ya había oscurecido pero los árboles estaban quietos, el viento había cesado y tampoco nevaba ni llovía. Quizás incluso William había errado al vaticinarnos aquella tormenta de proporciones inauditas. Sonreí, satisfecha por primera vez en mucho tiempo, y empecé a recoger despacio mis cosas. Esa tarde no había rastro del T-rex, alguna reunión con un cliente importantísimo debía tenerlo atrapado. Desde el lunes, cada tarde buscaba la oportunidad de recordarle que el lunes sería mi último día en la oficina; él seguía empeñado en esa sordera selectiva que tanto encanto debía otorgarle en las juntas anuales de presidencia, donde lo imaginaba plácidamente dormido cada vez que uno de los ancianos socios fundadores tomaba la palabra para hablar sobre los viejos buenos tiempos.

# LA LLAMADA DE CALRISSIAN
## (Kate)

El viernes descubrí que un autobús interurbano, que tenía parada no lejos de la oficina, llegaba hasta Longfellow. El mal tiempo nos había dado una tregua y, pese a que hacía días que no veíamos el sol, había dejado de nevar. Llegué un cuarto de hora antes de que comenzase el programa y me detuve a admirar el pequeño edificio del siglo XIX. Bajo ese cielo oscuro sin estrellas, resultaba todavía más acogedor.

Eché un vistazo fugaz a los viejecitos ludópatas del salón de la planta baja, saludé con un gesto —ya casi familiar— al calvo de la barra y subí con cierta confianza los altísimos escalones que llevaban hasta la buhardilla. La habitual llave de hierro forjado descansaba en la cerradura; la giré y entré en aquel rinconcito de cálida luz, refugio de madera para los náufragos cansados.

William estaba hablando por teléfono acaloradamente y Josh le esperaba con cara de resignación a pie de las escaleras que conducían a los estudios. Desde la pecera, un entusiasmado Santi, trapo y limpiacristales en mano, me saludó con grandes aspavientos en cuanto me vio quitándome el abrigo y las chaquetas.

—Hola, Kate, ¿de qué vas a hablar hoy? —me saludó contento Josh.

—No me lo he preparado mucho, pero quería hacer un pequeño repaso sobre los exploradores y aventureros del siglo XIX, y conectarlo de alguna manera con el espíritu romántico de la época. Lo enlazaré con la moda actual de los deportes de riesgo, los safaris, las expediciones alpinistas, y esperaré a que los oyentes llamen.

—Tiene posibilidades —me animó.

—¿Con quién habla William?

Josh puso los ojos en blanco y suspiró.

—Lleva toda la tarde llamando al Ayuntamiento, al observatorio de Coleridge, al centro de meteorología de no sé dónde y a la NASA.

—¿A la NASA? —Me reí.

—Pudiera ser. —Se encogió de hombros mientras me invitaba a seguirle escaleras arribas—. Vale, seguramente a la NASA no. Está convencido de que se acerca la gran tormenta blanca y hasta el momento no parece tener demasiado éxito en convertirse en el héroe que alertó a las autoridades.

—Me sorprendería que se lo tomen en serio. Nevó un poquito a finales de la semana pasada, de acuerdo, y hace un frío inusual a estas alturas de noviembre, pero parece que todo está volviendo a su cauce. Fíjate, ni siquiera llueve.

—Yo qué sé —se quejó él abriéndome la puerta del estudio y dejándome pasar—. Dice que lo peor está por llegar, que las precipitaciones de estos días no han sido más que el principio.

Xavier, que estaba escribiendo en unas cuartillas, nos saludó y se interesó por el contenido de mi espacio. Puso mala cara cuando le repetí lo que le había explicado a Josh. Esperamos a que William nos honrase con su presencia de Nostradamus atosigado por la incredulidad de sus congéneres y Santi nos avisó de que en diez segundos estaríamos en el aire.

—En serio —insistió el encantador hombrecillo de la meteorología para rematar su espacio en el programa—, una tormenta de proporciones épicas se cernirá sobre Coleridge muy pronto.

—Pero ¿cuándo? —le apremió Xavier—. Llevas dos semanas hablando de lo mismo.

—A mediados de la semana que viene, si los vectores térmicos, los frentes nubosos y el viento del interior se mantienen como hasta ahora. Recomiendo a nuestros oyentes que hagan acopio de alimentos y no salgan de casa.

Xavier dio paso a la publicidad y se quitó los cascos antes de enfrentarse a William.

—Eres consciente de que la previsión actual del número de nuestros posibles oyentes está entre dos e inexistentes, ¿verdad? No creo que sirva de mucho avisarles del fin del mundo en lo que considero que es un programa de humor de muy baja audiencia.

William se encogió de hombros, no estaba dispuesto a compartir con Xavier sus esfuerzos por alertar a las autoridades pertinentes. Reconozco que incluso entonces todos seguíamos tomándonos un poco a broma los vaticinios del buen William, tomándole el pelo sobre las proporciones de la tormenta y las posibilidades de que tuviésemos que emigrar a tierras del sur, o elegir entre mutar nuestra herencia genética o sucumbir a la dominación de pingüinos y osos polares.

Mi sección transcurrió con menos brío que en viernes anteriores. Me notaba cansada y me faltaba inspiración, por no hablar de lo poco que me la había preparado. Josh me echó una mano aportando comentarios ingeniosos sobre la importancia de trepar por las montañas para demostrar a las cabras montesas el puesto que ocupaba el ser humano en la pirámide de los depredadores pensantes. Pero la sorpresa llegó cuando abrí las líneas telefónicas y Santi me hizo un gesto desde su impoluta y transparentísima pecera de que tenía a alguien esperando en línea.

—Tenemos a nuestro primer oyente de la noche —anuncié aliviada por que alguien siguiese escuchándonos después de las predicciones del bueno de William—. ¿Hola?

—Hola, buenas noches —dijo una voz de hombre algo distorsionada por algún artefacto electrónico—. Tengo una pregunta para ti, Kate.

—¿Con quién tengo el placer de hablar?

—Mi nombre no es importante. Puedes llamarme Lando Calrissian.

Xavier, William, Josh y yo nos miramos extrañados. Detrás de la pecera Santi había empezado a reírse en silenciosas carcajadas.

—¿Lando Cal… qué? —pregunté.

—Debe ser un alias —apuntó Josh.

—¡Lando Calrissian! —protestó la extraña voz de nuestro oyente—. Venga, hombre, ¿es que ninguno de vosotros ha visto la trilogía original?

—¿*Harry Potter* era una trilogía? —preguntó Xavier.

—No, eran un montón —acudió Josh en su auxilio—, o eso me pareció.

—No recuerdo a ningún Calrissian en *El señor de los anillos* —reflexionó William en voz alta—. ¿Será algún elfo?

—*Star Wars* —le corrigió la voz telefónica—. La única trilogía original es la de *Star Wars*.

Nada importaba demasiado a esas horas de la noche en la buhardilla de una radio diminuta perdida en el corazón del pequeño Longfellow.

—¿De qué querías hablarnos, Lando? —le animé.

Se oyó una especie de suspiro al otro lado del teléfono. Santi seguía muerto de la risa en la seguridad de su pecera cristalina.

—Me parece muy curioso que esta noche hables de aventuras y hayas pasado por alto el papel de los villanos en el romanticismo.

—¿Los villanos?

—Y más teniendo en cuenta dónde trabajas.

—¿En la Longfellow radio?

William, Josh y yo nos volvimos hacia Xavier. Si íbamos a hablar de los malvados de la emisora estaba claro a quién teníamos todos en mente. Xavier nos puso cara de asco, movió la cabeza en señal de negación y nos levantó el dedo anular groseramente.

—No, en Milton Consultants —me sorprendió la voz del misterioso oyente.

—¿Cómo sabes…?

—Lo sé —me cortó impaciente—. Sé que trabajas en Milton y que quizás no seas tan legal como pareces.

—Escucha, Lando Caruso, o como te llames… —se enfadó Josh.

Le puse una mano sobre el brazo y no le dejé continuar.

—¿De qué estás hablando? —le interrogué.

—Le he dejado un número de móvil a vuestro técnico. Si quieres saber de qué estoy hablando, llámame el lunes cuando estés en la oficina. Quizás tenga una aventura que no esperabas para ti.

Y colgó.

Santi nos hizo un gesto de resignación desde detrás del cristal, hubiese jurado que todavía tenía restos de lágrimas de risa resbalándole por sus mal afeitadas mejillas. Intrigada, aproveché un breve corte de publicidad y fui a pedirle ese número de teléfono.

—¿No irás a llamar a ese pirado? —me riñó Josh en cuanto volví a mi puesto detrás de los micrófonos.

—Ya veremos —le dije—. Tampoco parecía muy peligroso.

—Esos son los peores —aportó Xavier.

—Sí —reflexionó Josh —, fíjate en William. Lo mismo debían pensar de él en el observatorio de Coleridge la primera vez que le vieron.

El resto del programa fue mucho más tranquilo. Tuve un par de llamadas más: una de un arqueólogo enamorado del mito de Indiana Jones y otra de una chica, alpinista, que discutió, muy enfadada, la necesidad de conquistar las cimas de la naturaleza como un reto de superación personal (mientras ella hablaba, jugué a imaginármela como el personaje del cuadro de Caspar David Friedrich, *El caminante sobre el mar de nubes*, pero con faldas). Fuera de antena, Josh dijo que como reto de superación personal le parecía menos peligroso que el alpinismo, pero igual de absurdo, leerse toda la bibliografía de Jorge Bucay.

—Más bien, Jorge Uruk-hai —apuntó William antes de desaparecer camino del teléfono de la entrada para probar suerte una vez más con algún remoto organismo gubernamental relacionado con la meteorología.

Josh no quiso ni oírme mencionar nada sobre un taxi a esas horas y me llevó en su coche hasta la puerta del Ambassador.

—¿Vienes a tomar algo? —le ofrecí cuando llegamos a nuestro destino.

—No, gracias, otro día. He quedado. —Me sonrió.

—Muchas gracias, entonces. Nos vemos el viernes que viene.

—Si es que sobrevivimos al fin del mundo climático de William.

Entré en la agradable penumbra del bar escondido. Esa noche había dos mesas ocupadas además de la del grupo de los viernes. Me quité toda la parafernalia invernal, saludé con un gesto a Don y a sus chicos y me senté a la barra de Pierre.

—¿Has escuchado el programa?

—Sí —contestó mi amigo mientras preparaba mi martini con aceitunas de los viernes por la noche—. ¿Quién era el pirado ese de la llamada misteriosa?

—Ni idea.

—¿Le vas a llamar?

—Sí.

—¿Por qué?

—¿Y por qué no? No tengo nada que perder, me voy de Milton.

—Quizás tenías delante de las narices la mayor aventura de tu vida y ni siquiera lo habías sospechado.

—¿Verdad? —Sonreí—. He pensado eso mismo. Será una tontería o una broma pesada, pero no pierdo nada por llamarle el lunes desde la oficina y ver qué quiere.

—¿Se lo vas a contar al grupo de los viernes? Por cierto, no te gires, pero si tu policía sigue mirándote así va a licuar el aire que os separa.

Cogí la copa que me ofrecía Pierre, le lancé una mirada acusatoria por sus excesos románticos e intenté relajarme. La semana se había terminado, solo quedaba el lunes y después podría despedirme para siempre de Milton Consultants.

—No se lo voy a contar a nadie hasta que no sepa de qué va el asunto.

Pierre levantó muy serio el botellín de cerveza malteada del que estaba bebiendo y entrechocamos nuestras bebidas.

—Por la aventura y el misterio —dijo.

—Por los valientes y los arqueólogos —le contesté.

Pierre se sentó en su taburete al otro lado de la barra y me miró con cierta tristeza.

—Ya tengo los billetes de avión para París.

—Van a ser unas Navidades muy románticas.

—Sí, romantiquísimas. Con mi padre mirándonos reprobatoriamente, mi madre arrugando la nariz como si le llegase el olor a *fromage* de nuestros pies y el resto de familiares Lafarge haciendo comentarios insidiosos para disimular sus prejuicios. Tendré suerte si Mario no sale corriendo.

—Mario no va a salir corriendo. Te quiere y lo pasará bien, se reirá de todo eso. Y tú también deberías.

Pierre me guiñó uno de sus pequeños ojos azules.

—Parece que ahora soy yo el llorica.

—Tú nunca eres llorica. Insoportable, a veces, pero nunca llorica.

—Voy un momento en busca de un desfibrilador.

Le miré sin comprender y él se retiró bajo la barra simulando buscar algo en los armarios.

—Don viene hacia aquí, creo que va a comerte.

—¿Por qué dices eso?

—Si alguien me mirase así sufriría un infarto.

Noté una mano en mi cintura que me hizo girar en el taburete y quedarme parada frente al pecho de Don.

—Kate —dijo sin soltarme.

—Hola.

Se inclinó sobre mí y me dio un beso en la mejilla. Un solo beso. Paciente, firme, controlado, como el mismo Don. Su olor a ropa limpia y suave loción para después del afeitado casi me hizo suspirar.

—Ven conmigo y con los chicos.

—Sí, Kate —intervino Pierre saliendo de debajo de su barra como uno de esos muñecos diabólicos con muelles de las cajas sorpresa—. Me estás distrayendo y tengo mucho trabajo.

Le lancé una mirada capaz de reducir a cenizas a cualquiera menos duro de piel que Pierre Lafarge, aferré mi copa y mis aceitunas y dejé que Don me arrastrase hasta la mesa del grupo de los viernes. Mi bolso y mis prendas de abrigo quedaron a la deriva junto al hermoso mascarón de proa del barman pirata que, en esos momentos, a espaldas de un guapo policía de la UDIF, simulaba estar sufriendo un desvanecimiento que ya hubiesen querido muchas damiselas de principios del siglo XIX.

# CUANDO CAMBIA LA LUZ
# EN EL BAR ESCONDIDO
## (Don)

Kate entró en el bar escondido con cierto desajuste de sus movimientos oníricos. Su hermoso pelo castaño flotaba como siempre sobre sus hombros con el balanceo de cada paso de los tacones de bruja y su larguísima bufanda —aquella noche de rayas azules y grises— saltaba al compás, pero el *tempo* de sus pasitos de hada había sufrido una ligera aceleración, había ganado en seguridad, como si llevase en sus bolsillos la certeza de sus secretos. Si le hubiese contado a Charlie las variables de mis registros matemáticos sobre la manera de andar y de moverse de Kate, me habría dicho que estaba loco de remate. Papá se habría mostrado más receptivo, escuchando con interés mis observaciones antes de ofrecerme un café y un pedazo de pastel de zanahoria —o de cualquier otra variedad de tarta o de bizcocho— y concediéndome el beneficio de la duda después.

A Sierra y a Punisher no me atrevía ni a explicarles que aquella variación en la luz del bar escondido se debía a que Kate acababa de entrar en él, iluminándolo todo a su paso.

—¿Qué opinas, Don? —me preguntó Sierra sacándome de mi embeleso.

—¿Eh? ¿Sobre qué?

—Colega… —se quejó Punisher girándose para buscar el objeto de mi mirada—. La bella durmiente otra vez.

—¿Sobre qué va a ser? Estábamos hablando de la conveniencia de dejar de una vez la vigilancia de Segursmart —me explicó Sierra.

—No.

—¿No?

Sierra dejó sobre la mesa su portátil y me miró a través de sus gafas de montura metálica. Las ojeras de final de semana le daban un aire de profesor existencialista, de señor cansado.

—Don, quizás ha llegado la hora de dejar esto —suspiró.

—¿Has hablado con Charlie?

—No, es sentido común. Esto se ha convertido en una obsesión para ti y no estamos avanzando nada.

Dejé de escuchar a mi amigo en cuanto siguió hablando de responsabilidades, de pasar página, de lo que hubiese querido Gabriel y blablabla. Gabriel debería haber estado ahí mismo, sentado con nosotros, ocupando un cuarto sillón morado en nuestro rincón del Ambassador. Pero la paradoja era que no lo había querido así.

Sierra siempre había sido el más reticente de los tres, siempre había tenido sus dudas y ahora —después de cuatro largos años— parecía definitivamente cansado de la situación, dispuesto a dejar claro que su recomendación de hombre juicioso era abandonar ese caso perdido. Quizás estuviésemos atascados en nuestros planes de venganza, pero no podía dejarlo sin ningún final, sin algo que concluyese todos esos años de esfuerzo y dedicación, sin un colofón que me dejase dormir por las noches con la certidumbre de que todavía era posible algo de justicia, si no divina, al menos humana.

—No podrás empezar nada nuevo —interrumpió Sierra mis pensamientos señalando la hermosa espalda de Kate al otro lado del bar escondido— si no te deshaces de los fantasmas viejos.

—No puedo hacer eso. No sin que se resuelva de alguna manera.

—Ya lo sé —suspiró él—, pero mi deber de amigo es avisarte.

—Entonces, ¿atacamos ya sus sistemas o no? —intervino Punisher con su habitual falta de empatía.

Volví a mirar a Kate, su contorno difuminado en la tenue iluminación que caía alrededor de la barra, y supe que no podía seguir sentado allí ni un solo minuto más. Me levanté, crucé el local, la hice girarse hacia mí y la besé. Hasta que no hundí la nariz en su mejilla no fui consciente de lo mucho que había estado anhelando tocarla de nuevo.

Con el cómico beneplácito de Pierre, me llevé a Kate hasta nuestra mesa y la acomodé a mi lado, entre dos discos duros de color negro, uno de los iPad gigantes de Punisher y el *smartphone* de guardia de la UDIF. Sierra y Punisher la saludaron, cada uno con su peculiar encanto, y me sentí como una especie de cazatesoros que acababa de llevarse la pieza más valiosa.

—A ver —le dije medio en broma—, ¿dónde está esa catastrófica tormenta que había de dejarnos aislados? Mi padre se ha comprado medio supermercado y, a partir del lunes, tenemos durmiendo en el desván a nuestros vecinos de seis años porque no tienen calefacción en su casa.

Kate sonrió y masticó feliz una de sus aceitunas.

# TÉ Y GALLETAS HOY,
## PERO NO MAÑANA
### (Kate)

El lunes me quedé hasta tarde en la oficina, poniendo en orden lo poco que había dejado pendiente el viernes anterior, sabedora de que —esta vez sí— era mi último día allí. Volví a llamar a recursos humanos para recordarles que habían quedado en enviar a una persona que se hiciese cargo de los asuntos del T-rex.

—Es que nadie quiere —me confesó al borde del llanto uno de los chicos del departamento de personal.

—Si no pones a alguien en mi mesa mañana por la mañana que conteste a la llamada de la bestia, sus gritos van a llegarte hasta la planta doce. Y después de los gritos, subirá él, en persona, para preguntarte por qué no hay nadie en la mesa frente a su despacho. Sabe pulsar los botones del ascensor y tiene un directorio donde se especifica en qué planta del edificio está recursos humanos y cómo se llama cada uno de los empleados del departamento.

—Lo sé —casi sollozó, muerto de miedo—, una vez tuve que discutir un presupuesto para un acto promocional con él. Pensé que me arrancaría la cabeza.

—Tú mismo.

—Oye, ¿y no podemos convencerte de que te quedes? Puedo hablar con la central y negociarte un aumento de sueldo.

—No.

—No sé lo que cobras, pero yo estaría dispuesto a doblarte la nómina con tal de que no dejes suelto al señor Torres, ¿cómo has podido aguantarle todos estos años?

—Tiene un ángulo muerto —bromeé sin poder evitarlo—. Si te aproximas a él desde determinado punto no puede verte demasiado bien y no puede comerte. Y a los rugidos acabas por acostumbrarte.

—¿Podrías venir mañana? —suplicó—. Solo una semana más, hasta que encontremos a alguien.

Desde donde estaba podía ver la mesa vacía de mi compañera, al otro lado del pasillo. Se había ido en enero y todavía no habían encontrado a nadie que quisiese trabajar allí por el mísero sueldo que debían estar ofreciendo.

—No —dije segura—, lo siento pero no. Llevo muchos años trabajando aquí, más que tú, y conozco bien eso de «hasta que encontremos a alguien». Eso no existe. No creo que encontréis a nadie que soporte tanta mezquindad.

—Hay mucha gente desesperada —me dijo tembloroso.

—¿Tanto? Verás, me voy sin tener otro trabajo. ¿Qué crees que puede significar eso?

Escuché el angustioso silencio al otro lado de la línea y sentí pena. Me cuesta decir que no, pero era algo que estaba dispuesta a aprender.

—Buena suerte —le deseé antes de colgar.

Miré el reloj, todavía me quedaba un buen rato hasta las ocho, hora en la que llegaría el señor Torres y podría despedirme definitivamente de él y de sus gritos. Pensé que aquel era un buen momento para llamar al misterioso Lando Calrissian.

—Hola —dije cuando oí la extraña voz distorsionada al otro lado de la línea—, soy Kate.

—Hola, Kate. ¿Preparada para descubrir la verdad?

—Expediente X.

—¿Qué…?

—Eso de descubrir la verdad.

La voz masculina suspiró con una nota de desesperanza.

—La verdad está ahí fuera.

—Lo que sea.

—Busca el informe de cuentas correspondiente al ejercicio de 2008 de una empresa llamada Segursmart Inc. El informe original, el que está firmado por el auditor responsable y sellado por un organismo oficial.

—El Colegio de Auditores de Coleridge —le apunté.

Él podía ser un experto en ficción pero en el tema de auditorías financieras la que dominaba el asunto era yo.

—Lo que sea —me la devolvió.

—¿Y qué tengo que mirar?

—Nada. Tú solo encuentra el informe y después llámame. Quiero saber si hay alguna irregularidad en él.

—Pero ¿qué esperas encontrar?

—No voy a decírtelo. Ni siquiera sé si tú formas parte del engaño, me estoy arriesgando contigo.

—Pero ¿qué engaño?

—Kate, tú busca el informe, ¿vale? —Lando Calrissian perdió la paciencia—. Después hablamos.

Entré en la intranet de Milton y busqué el informe de Segursmart del año 2008. Había sido redactado por mí y, según se especificaba a pie de página, debería estar firmado por el responsable de la auditoría, mi jefe, el señor Torres. Fuese lo que fuese que estaba mal, lo había preparado yo. Era mi último día en esa empresa, ¿en serio iba a descubrir ahora que había colaborado en una trama criminal? ¿Que había ayudado a engañar al fisco redactando un informe fraudulento? ¿Que durante todos estos años había sido una espía enemiga acechada por Lando Calrissian? ¡Por todos los dioses! No tenía ningún sentido.

Fui hasta el despacho del T-rex, me esforcé en ignorar el inquietante movimiento flotante de los peces de plástico en su enorme pecera y busqué los archivos en papel que guardaba de cada uno de los informes que había firmado. Encontré con facilidad el original que estaba buscando, fechado, firmado y sellado por el Colegio de Coleridge. Me lo llevé a mi mesa y lo hojeé interesada pero no fui capaz de ver nada fuera de lo normal: un balance con ligeras pérdidas (en comparación con el año anterior).

Pero si quería hacer bien las cosas, si de verdad iba a asegurarme de que ese era el verdadero informe que se había presentado en Hacienda, mi deber como espía aficionada era subir hasta la planta 16 y compararlo con el segundo original, el que se guardaba en el llamado archivo noble. Todos los informes susceptibles de ser presentados ante organismos gubernamentales se emitían por triplicado: una copia para el cliente, otra para el auditor responsable y una tercera para la planta 16, la más cercana a los dioses del Olimpo, santuario polvoriento y decadente de los esplendores burócratas de otros tiempos. Se decía a media voz, en los corrillos junto a la máquina del café de cada pasillo, que el archivo noble era una cueva de Aladino, llena de tesoros robados y celosamente guardados por un dragón centenario y tres contraseñas mágicas.

Leyendas oficinistas aparte, el archivo de la planta 16 no era más que una enorme habitación con las paredes forradas de estanterías de madera (de techo a suelo) y con un sistema de clasificación por colores y letras que bien podría haber enloquecido al mismísimo señor Dewey. En él reposaban pacíficamente todos los informes originales de los clientes de Milton en Coleridge, desde la apertura de la oficina en la ciudad a principios del siglo xx. Marian no había conocido a ninguna otra responsable del archivo anterior a Dolores Weiseman, una venerable señora de edad indeterminada y memoria prodigiosa a la que nunca veíamos fuera de su mesa en la antesala del mítico almacén de documentos.

Me abracé al informe que había sacado del despacho del T-rex y cogí el ascensor para subir al archivo noble. Me imaginé con un largo abrigo negro victoriano, un gorro de cazador con orejeras y lupa en ristre para infundirle un poco de sentido del humor a aquella situación en la que me había dejado embaucar por un tipo que se hacía llamar Lando Calrissian. Reinaba una agradable penumbra en los vestíbulos de Milton y un silencio salpicado de decenas de dedos inquietos golpeando sobre los teclados de sus respectivos portátiles —pese a que ya eran más de las ocho— hipnotizaba a los más incautos. La planta 16 estaba en completo silencio cuando mis zapatos negros de hebilla y tacón ancho hollaron su alfombra inmaculada.

Dolores Weiseman, de pelo rosa pastel, gafas con cordones metálicos, cara dulcemente apergaminada y ojos grandes y brillantes, estaba esperándome con una cálida sonrisa desde que había oído el leve tintineo del ascensor llegando hasta su planta.

—Muy buenas tardes, querida —me saludó afectuosamente.

A su lado, una montaña de papeles en precario equilibrio, con separadores de *postit* de colores entre las páginas de distintos tonos de amarillo —iban desde un casi marrón salpicado de manchas de humedad o de café hasta el ocre algo grisáceo del papel reciclado— empequeñecía la menuda estatura de la encantadora archivera.

—Buenas tardes, señora Weiseman. —Le devolví la sonrisa—. Soy Katherine, de la planta ocho.

—Sí, sí —asintió despacio con su cabecita de rizos rosas—, la secretaria de Rodolfo Torres. Buen muchacho, muy agradable.

Me parecía, como mínimo, dudosa la clasificación del T-rex en la categoría de muchacho, por no hablar de la de agradable, pero mi misión no era discutir con la encantadora Dolores Weiseman así que sonreí con cierta tirantez y moví la cabeza en un gesto ambiguo. Eché de menos llevar puesto el sombrero de cazador con orejeras, seguramente me hubiese inspirado ingeniosos pensamientos deductivos en lugar de no poder dejar de especular sobre la montaña de papeles amarillentos.

—Venía a por un… Disculpe, Dolores. —Cedí finalmente a la tentación—. ¿Qué son todos estos papeles? Nunca había visto una montaña tan impresionante, ni siquiera en el pequeño caos de la mesa del Tiranosau… de mi jefe.

La archivera pareció complacida por mi observación, se irguió en su mesa, se quitó las gafas con un gesto que me pareció de pura coquetería y su sonrisa se amplió solo para mí.

—Ah, querida, esto es Historia —suspiró acercando con delicadeza una de sus huesudas manos a la enorme pila documental.

Sentí que Dolores me estaba midiendo y que debieron de gustarle las conclusiones a las que llegó porque me indicó que tomara asiento frente a su mesa y la esperase un momento. Desapareció por una pequeña puertecita situada a nuestra izquierda y volvió al cabo de unos minutos con una bandeja que contenía una tetera, dos tazas y un paquete de galletas. La ayudé a servir el té —negro, caliente, aromático, como deberían ser todos los té de este mundo— y volvimos a sentarnos, una enfrente de la otra, con la mesa verde entre las dos y esa inmensa montaña papelera cromática amparándonos en su temible sombra.

—Esto, querida, son las memorias de Milton —me confesó después de dar un largo y placentero sorbo a su tacita de porcelana blanca de bordes dorados.

—¿Las memorias de la empresa? —me extrañé.

—No, las memorias del señor Milton —me corrigió ella.

—El señor Milton…

—Murió hace tiempo, unos quince años, no estoy segura; a mí el transcurso del tiempo a menudo se me hace confuso desde tanta altura.

—¿Lo dice por la planta 16?

—Lo digo por la pila de sus memorias. —Se rio—. Reginald Milton llegó a Coleridge después de la Gran Guerra, de la que se había licenciado con honores y una terrible psicosis bélica tras haber sobrevivido a casi todos sus amigos en el sangriento lodazal que fue la batalla del Somme. Por aquel entonces, no estaba inventada la psicología moderna y a los soldados que volvían «mentalmente inestables» del frente —dijo marcando las comillas con sus dedos en el aire— se les internaba durante un año (o algo menos, dependiendo de la gravedad de sus secuelas) en grandes y aireados sanatorios situados en la campiña, o casas de reposo y recuperación, como se las llamaba. Allí, junto con otros jóvenes excombatientes atribulados, recibían el cuidado de unas enfermeras con vocación de sargento bolchevique que los obligaban a comer hasta recuperar el peso perdido entre tanto horror y tanta trinchera; instructores responsables que los animaban a hacer deporte y no quedarse solos jamás, y médicos desconcertados, y con más o menos ánimo experimental, que les preguntaban acerca de sus inquietudes y sueños.

»El joven Milton pasó un año en uno de esos sanatorios para soldados. Nadie supo jamás si se había recuperado de su psicosis de guerra o simplemente había entendido la necesidad de salir adelante y dejar atrás todos aquellos brutales recuerdos. El caso es que volvió a casa de sus padres, terminó el último curso que le quedaba para convertirse en abogado y, con un pequeño capital heredado de su abuelo materno, abrió su primera oficina de consultoría financiera, fiscal y legal. Justo aquí, en Coleridge.

—Pero ¿cómo? Milton es una multinacional enorme, he visto los directorios, tiene presencia en casi todas las grandes ciudades de Occidente. ¿Cómo puede ser que lo empezase un solo hombre? ¿Cómo…?

—Querida, casi todas las grandes cosas empiezan siendo muy pequeñas. —Volvió a reírse Dolores Weiseman levantando una mano para frenar mi curiosidad —. Es una larga historia. Verás…

Para cuando la encantadora archivera terminó de contarme la apasionante (y atareada) vida de Reginald Milton y hubo satisfecho todas mis preguntas al respecto, había transcurrido casi una hora y nuestros posos de té en el fondo de las delicadas tacitas se habían quedado fríos y oscuros. Habíamos estado mordisqueando galletas y mirando de vez en cuando la pila de papeles como si tuviésemos que cerciorarnos durante cada cierto tiempo de que toda aquella historia era verdadera por el solo hecho de estar escrita apenas a un par de palmos de nosotras.

—Y toda esta historia, ¿la ha escrito usted? —le pregunté a Dolores.

—No, claro que no. En su mayor parte está escrita por el señor Milton; el resto, por uno de sus abogados. Un señor con ínfulas de novelista —me confesó en voz baja y con un brillo travieso en la mirada—. Yo solo tengo que informatizarlo todo y pasarlo a la editorial.

Suspiré decepcionada. Llevaba siete años trabajando allí y nunca se me había ocurrido preguntarme cuáles habían sido los orígenes de Milton. Seguramente porque hasta el momento me habían importado un rábano. Había estado ciega a cualquier historia, a cualquier pista sobre el legado de un exsoldado de la Primera Guerra Mundial que quizás habría tenido mucho que lamentar si hubiese vivido hasta ver convertida su primera oficina en un salvapantallas del infierno, refugio y cuartel general de tantas despiadadas almas avariciosas.

Recordé que había subido hasta allí en busca de un documento y le pedí permiso a Dolores para localizarlo en el archivo noble en cuanto las dos volvimos a la realidad de nuestros posos de té fríos. La agradable voz de la archivera nos había transportado a ambas a tiempos muy lejanos, cuando Coleridge todavía tenía vida en su corazón de piedra y el sector financiero de la ciudad no se había hecho con el monopolio de los destellos del cristal y el acero de sus edificios. Pensé que me hubiese gustado conocer Milton a mediados del siglo pasado, con todos esos pasillos llenos de guapísimas señoritas recién licenciadas y caballeros con pajarita y sombrero esperando en los percheros de los despachos. ¿Habrían sido ellos más felices? ¿Quedaría el eco fantasmal de sus pisadas apresuradas entre las paredes del edificio, el recuerdo de aquellos otros pasos bajo las alfombras nuevas, sobre el parqué de los despachos originales?

La vida es mucho más interesante de lo que creemos, siempre que estemos dispuestos a tener bien abiertos los ojos y los oídos. Si hubiese prestado más atención a todo lo que me rodeaba, quizás no habría caído en la espiral de melancólica tristeza en la que me había acostumbrado a vivir y habría disfrutado de la aventura de descubrir a Reginald y salvar su honor de unos misteriosos informes fraudulentos.

—¿En qué está pensando, querida? Parece arrepentida.

—Me pregunto por qué, en todos los años que llevo trabajando aquí, no he subido a tomarme un té con galletas con usted.

—Ah, eso es un misterio. Pero la experiencia me ha enseñado que las cosas siempre suceden en el orden correcto.

—Me voy de Milton, señora Weiseman. Cuando esta noche salga por la puerta principal, no volveré más.

—Entonces hemos tomado nuestro té en el momento justo. —Sonrió ella—. Mañana hubiese sido imposible.

No fui capaz de encontrar la manera de hacerle entender que llevaba un montón de años lamentando mi suerte cuando podría haber empleado ese mismo tiempo en cambiarla, o al menos en percibir lo que me rodeaba con nuevos ojos.

—Entre a buscar su informe —me animó ella—. Los archivadores son de uno u otro color dependiendo del año al que correspondan. Dentro de cada año, los documentos están ordenados en orden alfabético por el nombre de la empresa para la que fueron expedidos.

Sujetando de nuevo con firmeza el informe de Segursmart que me había traído, entré en el enorme archivo de Milton y localicé con rapidez el año que andaba buscando. En el archivador azul correspondiente a 2008, en la letra S, encontré el documento. Lo saqué con cuidado del fino plástico con anillas que lo protegía y lo examiné atentamente. Ahí estaba todo igual: redactado por mí, firmado por mi jefe, sellado por el Colegio de Auditores de Coleridge. Pero cuando lo abrí por la cuarta página, la correspondiente al resumen del balance anual, y lo comparé con el otro informe que había cogido del despacho del T-rex, se produjo la sorpresa. Ambos informes eran casi iguales, casi, excepto por un par de cifras resultantes del balance final. Retrocedí hasta la segunda página y localicé un pequeño párrafo añadido que estaba en el informe que acaba de encontrar pero no en el del T-rex.

Caminé deprisa hasta la fotocopiadora que Milton tenía en cada una de las plantas del edificio, saqué una copia de ambos informes y devolví con cuidado el documento al archivador azul de la letra S en la estantería correspondiente.

—Gracias por todo, señora Weiseman. Ha sido una suerte tomarme ese té con usted justo hoy.

Ella se levantó, me tomó delicadamente del brazo y me plantó un cariñoso beso en la mejilla. Olía a jabón de lavanda y a librería encantada.

—Buena suerte, querida. Seguro que ahí fuera le esperan cosas muy interesantes.

—¿Sabe? Sospecho que tenía una de esas cosas interesantes justo delante de mis narices y no he sido capaz de darme de cuenta.

—Vivir es una aventura si estamos atentos a los detalles. Los pequeños detalles son las bisagras del universo.

—Pienso estar mucho más atenta a partir de ahora —le prometí.

Cuando volví a mi puesto de trabajo, el T-rex ya estaba de vuelta en su despacho gritándole a un par de pobres desgraciados con corbata y pocas perspectivas de ascenso. Guardé las copias de los informes en mi bolso, me aseguré de que mis cajones estaban ya vacíos y miré contenta la pequeña caja de cartón que me llevaba a casa: siete años concentrados en apenas cinco papelotes y tres cachivaches.

Volví a llamar a Lando Calrissian, le hice partícipe de las copias que tenía a buen recaudo en mi bolso —pero no de mi té con Dolores Weiseman ni de la historia de Reginald Milton— y le pregunté si debía comentarlo con mi jefe, quien, al fin y al cabo, era el que firmaba los documentos originales.

—No se lo digas a nadie —me advirtió muy serio—. Quedamos mañana a mediodía y me los traes.

—¿Y cómo sé que no estoy haciendo algo ilegal pasándote esos informes?

—¿Y cómo sabes que no fuiste cómplice de un delito redactando esos informes?

—No lo sé.

—Bien, pues eso es lo que vamos a averiguar. Quedamos mañana al mediodía en la dirección que voy a darte. Trae los informes.

Anoté con rapidez los datos que me dictó y la hora de encuentro y volví a sentirme absurdamente satisfecha de formar parte de una aventura de agentes secretos, reuniones clandestinas, documentos falsificados y misteriosos confidentes.

—¿Cómo sabré qué eres tú? —se me ocurrió preguntarle cuando estábamos a punto de cortar la comunicación.

—No te preocupes por eso.

Colgué el teléfono, esperé a que el T-rex acabase de devorar al gerente y a su consultor senior, dejé que se limpiase los restos de sangre y vísceras de entre los dientes y entré a despachar con él por última vez. Escuchó distraído mis instrucciones sobre el estado de los asuntos pendientes y me miró asombrado cuando le tendí la mano para despedirme.

—Adiós, señor.

—HASTA MAÑANA.

—No lo creo.

—ME DA IGUAL EN LO QUE CREA. MAÑANA TERMINAREMOS EL INFORME DE LOS IDIOTAS DE PETOIL.

—Tiene todos los informes en su ordenador.

—¿POR QUÉ?

—Se lo expliqué la semana pasada. Porque me voy.

—¿TAN TARDE ES? CADA DÍA TRABAJA USTED MENOS. HASTA MAÑANA —me despidió con un gesto de impaciencia mientras volvía a teclear furioso en el portátil.

—Hasta nunca, señor Torres —le dije feliz.

Salí del despacho, me puse mis dos chaquetas, el abrigo, un gorro, guantes y una bufanda verde manzana que había escogido aquella mañana pensando que su vibrante color me inspiraría ánimo —ánimo que después resultó que no iba a necesitar—, apagué el ordenador, me colgué mi inmenso bolso de oficina en el hombro y cogí la caja con mis recuerdos bajo el brazo. Me asomé a la puerta del T-rex y contemplé benevolente su calva incipiente inclinada sobre el teclado, bajo el potente foco de la lámpara de su escritorio.

Me despedí en silencio de él y de sus peces de plástico de colores y cerré la puerta de su despacho.

Sonreí, súbitamente presa de una cierta nostalgia, pensando que sería la última vez que le vería.

Pero también entonces estaba equivocada.

# FRAGMENTO DE LAS MEMORIAS
## DE WILLIAM DORNER

Erré por unas setenta y dos horas de diferencia. Mis pronósticos se cumplieron días después de lo que había previsto. Las variables de un inesperado viento de poniente y una masa templada del este retardaron la entrada del impresionante frente de bajas temperaturas que se dirigía hacia nosotros. La climatología no es una ciencia exacta con semanas de antelación, pero tampoco es un hobby de chamanes, como sostienen algunos. Mis cálculos seguían teniendo validez, aunque la tormenta llegase con retraso.

Los primeros síntomas de que algo era distinto en el otoño de Coleridge fue la ligera nevada tres días antes de las primeras señales de la Tormenta Blanca. Aunque el frío no era excesivo ni la velocidad del viento anormal para la época del año, no se estaba cumpliendo el calendario de lluvias que los gráficos históricos (que se pueden consultar en el anexo XX de este informe) indicaban durante esas semanas en años anteriores.

Creo que la ausencia de precipitaciones otoñales en esas semanas previas a la Tormenta contribuyó a la relajación de las autoridades. Sin embargo, esa anomalía climatología debería haber hecho saltar las alarmas.

A continuación explicaré las condiciones detalladas de la primera nevada previa a la Gran Tormenta Blanca.

# CUANDO SE DESATÓ EL APOCALIPSIS
## (Kate)

El martes amaneció gris. Y ni siquiera fue un gris agradable, un gris marengo, suave como la crema, sino un gris compacto y acerado que no presagiaba nada bueno. En ese cielo de hormigón que debería habernos hecho sospechar sobre el apocalipsis climático que iba a desatarse sobre nuestras cabezas unas horas después, fui incapaz de encontrar el sol. Al otro lado de mis ventanas la ciudad retenía misteriosamente el aliento.

Pensé que mi salida más o menos triunfante de la oficina con carácter permanente me proporcionaría el suficiente alivio moral como para dormir de un tirón al menos unas cuantas horas seguidas. No fue así. Mis noches insomnes seguían presentes en mi nueva vida de desempleada, como un recordatorio de lo poco que era capaz de cambiar pese al mucho empeño que pusiese en ello. Además me preocupaba haberme convertido en cómplice involuntario de una estafa fiscal de proporciones desconocidas.

Desayuné, me duché, me sequé el pelo con parsimonia —una extraña concesión que llevaba años sin practicar—

y elegí con cuidado la ropa. Iba a hacer una transacción de película de espías con Lando Calrissian. Intenté tomármelo en serio pero es que el nombrecito de marras tenía mi aventura con un aire de comicidad que me ponía la sonrisa en los labios. Era el primer día de algo nuevo, el primer día sin tener que ir a la oficina, el primer día de ponerse los zapatos viejos para explorar caminos diferentes.

Tardé una eternidad en decidirme por una ropa de la que ahora nada recuerdo excepto, precisamente, esos zapatos; mis zapatos de tacón y hebilla, los de la suela gastada, conocedores de las piedras del Coleridge más antiguo. También recuerdo la bufanda, la de color cereza, porque me la puse como una Caperucita asustada, a punto de citarse con el lobo, bajo los cielos uniformemente grises de una ciudad que ese día permanecía en inquietante sordina.

Había quedado con Calrissian al mediodía, en la puerta de un pequeño restaurante del distrito financiero. ¿Era abogado? ¿Gestor? ¿Comercial de una aseguradora especialmente maligna con sus asegurados? O peor aún, ¿sería banquero? Imposible, ningún banquero que se preciase habría usado ese alias para sus operaciones de espionaje.

En cuanto encontré la puerta del restaurante —al que solo me había costado dos horas y cuarto llegar, tras utilizar tres de las redes de transporte público generosamente gestionadas por el Ayuntamiento—, supe que no era banquero; el local pertenecía a una gran franquicia de hostelería que destacaba por su falta de encanto y su comida simplona. Me resultó algo desalentador que hubiese elegido semejante lugar, y tan lejos de mi entorno. Descubrí que no tenía el espíritu aventurero por el que siempre había suspirado cada vez que me imaginaba con el salacot y el machete por entre la intrincada y peligrosa selva de los pasillos de Milton.

Esperé en la puerta durante un cuarto de hora, hasta que perdí la sensibilidad en los pies y se me congeló la punta de la nariz. La temperatura otoñal había descendido precipitadamente, un aire gélido y cruel soplaba a ráfagas cada vez más frecuentes. Entré en el restaurante, pregunté si alguien había reservado a mi nombre o al de Calrissian.

—¿Cómo? —se sorprendió un camarero altísimo y muy pálido.

—A nombre de Lando Calrissian —repetí notando cómo mis mejillas enrojecían.

El hombre me aseguró que no existía tal reserva, incluso sin mirar la agenda.

—Me acordaría de semejante tontería —me pareció oírle murmurar.

Me ofreció una de las pequeñas mesas cerca de la ventana, para que tuviese una buena visión de la calle, y me trajo la botella de agua que le pedí con un hilo de voz.

Comprobé mi móvil, pero no tenía ninguna llamada perdida, ni tampoco cobertura. William había dicho que los satélites podían verse afectados por las perturbaciones atmosféricas y ahí fuera empezaba a desencadenarse el Armagedón. Miré la hora en la pantalla, el maldito Calrissian llegaba tres cuartos de hora tarde (si es que iba a llegar en algún momento) y yo estaba en un restaurante espantoso, con un camarero que sospechaba de mi cordura, a años luz de mi casa. Y además, no podía dejar de apretar con fuerza mi bolso, como si algún gánster de película fuese a aparecer de un momento a otro para arrebatarme las copias de los informes misteriosos. Para ser mi primer día libre de Milton, no estaba resultando nada placentero.

—Lo sentimos mucho. Vamos a cerrar el restaurante —me avisó el larguirucho camarero sacándome de mis amargas reflexiones—. Están dando aviso por radio y por televisión. La tormenta está casi encima de nosotros y las autoridades aconsejan que nos vayamos a casa y procuremos no salir en las próximas horas. Tenemos que cerrar ya.

—Oh, vaya —murmuré—. William tenía razón.

Tardé lo que me pareció una eternidad en volverme a vestir con todas mis prendas de abrigo que me había quitado al calor de la exagerada calefacción del local. Cuando estuve lista para salir a la calle, guantes y bufanda incluidos, el camarero ya había perdido la paciencia. Había recogido mi botellín y mi vaso de agua, había apagado las luces y estaba esperándome en la puerta con el abrigo puesto y haciendo tintinear las llaves en sus grandes manos. Comprendí mejor que nunca la extraña obsesión de Abbe North, uno de los mejores personajes de *Suave es la noche*, de Francis Scott Fitzgerald, de serrar un camarero por la mitad para ver de qué estaba hecho por dentro.

Me abrió la puerta, salió detrás de mí, cerró con llave, bajó la persiana y se largó sin despedirse incluso antes de que pudiese darme cuenta del caos meteorológico en el que se había convertido mi ciudad. Un viento huracanado me devolvió a la realidad: mi contacto en el espionaje no había aparecido y yo estaba sola en un barrio que no conocía en medio de la que iba a ser la peor tormenta de todos los tiempos habidos desde que Coleridge aparecía en los mapas.

Escondí el cuello en mi bufanda y entrecerré los ojos, algo asustada. La gente corría y el tráfico de la avenida principal estaba paralizado por una congestión sin precedentes para un martes a esas horas del mediodía. A mi alrededor, los comercios echaban el cierre a sus persianas. Niños agarrados con fuerza por las manos de sus padres o de sus abuelos corrían para acompasar su paso al de los adultos; las escuelas también habían cerrado y mandado a los excitadísimos alumnos a sus casas. Algunos cruces habían sido ocupados por coches de Policía y agentes de tráfico. Los árboles se inclinaban en grados imposibles, sus ramas viejas, caídas y rotas, quebradas incluso antes de la llegada de la lluvia y los truenos, dificultaban el paso en las calles. Los transeúntes saltaban por encima de ellas, corrían, tropezaban, se apresuraban, gritaban. Todo contribuía al caos de una Coleridge sorprendida. Una oscuridad antinatural crecía por momentos. El ulular salvaje del viento entre los edificios, veloz como una fiera aterrorizada por un fuego invisible, la danza enloquecida de los árboles centenarios, las bocinas de los vehículos, los gestos urgentes de los ciudadanos… El cielo sobre la ciudad se convulsionaba en una postal de pesadilla y ruido. Y yo no sabía qué estaba haciendo en medio de ese pandemónium.

Me quedé allí, de pie, a las puertas de un feo restaurante donde trabajaba un camarero alto y antipático, aturdida en medio de aquella vorágine del distrito financiero, azotada sin piedad por el viento huracanado y el estruendo de la tormenta.

Entonces empezó a llover.

# LA HISTORIA DEL TREN LANZADERA
## (Don)

—¡Suri, Montes, Berck! —gritó el comisario entrando en la sala de trabajo de la UDIF—. Ya habéis oído a los de Protección Civil. Todos a casa. Ya.

—Señor, estoy de guardia —se quejó uno de mis compañeros.

—Me dan igual sus malditas guardias, López, las hace usted en casa. Todos fuera de aquí. No quiero tener a un montón de listillos informáticos atrapados en la comisaría durante toda la semana. Sabe dios qué comerán ustedes. ¡A casa!

Apagué mi equipo, me despedí de mis compañeros y pasé por la sala contigua para saludar a un par de bomberos que conocía.

—¿Qué hacéis aquí?

—Protección Civil se ha trasladado esta mañana a comisaría y nos ha pedido que una de nuestras unidades les acompañase —me explicó el bombero después de devolverme el saludo.

La sala estaba abarrotada de personas y ordenadores. Alguien había proyectado en la pared un mapa gigante de la ciudad y dos policías iban marcando los puntos críticos con chinchetas rojas y naranjas.

—Esto está bien conectado con el cinturón periférico y podremos atender las emergencias mejor coordinados. Y tú deberías irte ya si no estás de servicio.

Para ser un equipo tan grande y la situación tan anómala, todos trabajaban en relativo silencio. Habían bajado la temperatura de la calefacción al mínimo y aun así muchos de ellos iban en mangas de camisa. Estaban nerviosos.

—Ya me iba —le dije enseñándole mi abrigo.

—No funciona el transporte público —me advirtió.

—¿Y el tren lanzadera?

—Sí, ese sí. Fue construido…

—Me sé la historia —dije dándole una palmada en la espalda—. Buena suerte. Me parece que la vais a necesitar.

Pero cuando salí al pasillo me di cuenta de que llevaba el móvil en la mano. Y sabía exactamente por qué.

Charlie no había ido a la oficina aquella mañana; mejor informado que nosotros, sabía que un día de nieve era, como mínimo, un día de caos en la ciudad (precisamente por eso yo no había cogido el coche esa mañana) y había preferido quedarse a trabajar en casa. Mi padre había pasado a recoger a Sarah y a los gemelos para llevarlos al colegio pero a medio camino ya habían dado la vuelta al escuchar las advertencias en la radio del todoterreno. Sarah había aceptado la oferta de papá de venirse unos días a nuestra casa. Su caldera estaba averiada y conocía bastante bien a mi padre como para saber que el ofrecimiento era sincero y que, además, tendría la despensa y los arcones frigoríficos llenos de comida como para resistir una tormenta ininterrumpida de dos meses.

Punisher y Sierra estaban en sus respectivas casas. Al primero le había costado muy poco pillar al vuelo las recomendaciones de Protección Civil de no desplazarse al trabajo. Y al segundo acababa de llamarle yo para asegurarme de que iba camino de su apartamento y de que lo hacía andando (aún a riesgo de estropear las estupendas Nike que llevase puestas ese día).

—Estoy llegando a casa —me gritó Sierra para hacerse oír por encima del viento—. Tenía una cita, pero no he podido llegar, era imposible.

—Bien. Yo también me voy ahora. Seguimos conectados.

—Don —me dijo algo dubitativo—, me preguntaba si… Supongo que todos están en casa.

—¿Quiénes?

—No sé, Punisher, Charlie, tu padre…

—Tranquilo.

Charlie solía decirme que era un controlador. Pero la necesidad de saber que todas las personas que me importaban estaban a salvo antes de retirarme del servicio era algo que no podía evitar. Punisher se reía de mí con eso de «to protect and to serve», pero no me importaba lo más mínimo. Quizás no tenía voluntad consciente de servicio o quizás sí, pero en todos los años que llevaba mirándome al espejo había aprendido que era responsable de la gente a la que quería.

Aplacé ponerme el anorak e hice una última llamada antes de coger el ascensor para marcharme.

—¿Kate? Soy Don. Espero que…

A través del móvil me llegaba un sonido infernal de tráfico y ráfagas de viento.

—Kate, ¿estás en la calle? Protección Civil ha dado aviso de que permanezcamos en a cubierto. Yo estoy a punto de salir de la comisaría, los bomberos han ocupado parte de las oficinas de la UDIF para recibir las alertas junto a los de Protección. Mi jefe nos ha echado. ¿Por qué no estás en casa? ¿Dónde estás?

—No lo sé… —Escuché su voz lejana y rara, a punto de desaparecer entre el estruendo de coches, bocinas y viento que se oía a través del móvil.

—Kate, ¿estás bien? —me preocupé.

—En realidad no —dijo—. Pero se me pasará.

—Kate, ¿dónde estás?

—No lo sé. En el distrito financiero. La calle es un caos, los coches están atascados, hay personas corriendo, ha empezado a llover y no encuentro la parada de metro.

—Olvídate del metro —le dije mientras volvía al despacho y encendía con prisas el ordenador—, no funciona.

—Ay.

El ruido a su alrededor ahogó sus palabras y tuve miedo de perder la conexión.

—Kate, tranquila. Ve al final de la calle y dime cuál es.

—Es la calle Robert en el cruce de Fine.

Abrí la ventana de Google Maps y la localicé a toda velocidad.

—Tienes una estación del tren lanzadera muy cerca, apenas a unas tres manzanas.

—Desde aquí el tren lanzadera no llega hasta mi casa. Tendré que ir andando.

—No puedes ir andando. Tardarías más de dos horas y tenemos la tormenta casi encima. Protección Civil ha dicho que en menos de una hora permanecer a la intemperie será peligroso. ¿No tienes algún familiar o un amigo que viva más cerca? ¿Alguien con quién puedas quedarte?

Escuché un grito ahogado por encima del sonido del tráfico y lo que pareció un trueno. En la oficina las luces parpadearon y después se apagaron. Mi ordenador se quedó en negro.

—¡Don! —gritó Kate al otro lado del móvil—. ¡Don! Ha empezado a granizar. Y hay truenos y relámpagos. Creo que es el fin del mundo y no quiero morirme en este barrio de *yupies*.

Comprendí que pese al intento de poner un poco de humor a su desorientación, sus niveles de angustia iban en aumento. Su respiración agitada se había convertido en un jadeo apagado. Kate estaba al borde del pánico.

—¡Augghh! —chilló—. Don, un granizo enorme acaba de golpearme en la cabeza. ¡Qué daño!

Me llegaba claramente el ruido ensordecedor de la lluvia de piedras congeladas y cristales rotos.

—Kate, tranquila. Sigue andando pegada a las fachadas, todo va a ir bien. Sigue dos manzanas más por la calle Fine en dirección a la plaza. ¿Me oyes, Kate?

—Sí, voy hacia allá.

En la UDIF, el generador de emergencia había restituido el fluido eléctrico. No necesitaba volver a encender el ordenador, sabía cómo guiar a Kate hasta el tren.

—Fuera de aquí. —Mi jefe se había plantado delante de mi mesa y me estaba tendiendo el anorak—. Lárgate, Berck.

—A sus órdenes, señor.

Me puse el anorak y salí del edificio mientras apretaba con fuerza el teléfono móvil contra mi oreja.

—Ya veo la estación de tren —me dijo entonces Kate con alivio—. Voy hacia allí.

—Escucha, han cerrado las taquillas pero la lanzadera funcionará por lo menos hasta la noche. —Sabía que no era cierto; antes de salir, un compañero me había dicho que en una hora también caería el servicio de trenes—. Quiero que vayas a la vía dos. Sube en el primer tren que tenga parada en esa vía.

—Pero ¿adónde voy a ir? —se quejó con un hilo de voz.

—A casa de mi padre.

—No.

—¿Qué dices? Casi no puedo oírte por las interferencias.

—Que no. No voy a ir a casa de tu padre. ¡Ay! Acaba de golpearme otro granizo enorme en la mano. Casi no puedo abrir los ojos y está lleno de cristales rotos por todas partes.

—Kate, ve a la vía dos. Coge el primer tren que salga de allí y baja en Saint George, ¿me oyes?

Para entonces yo también estaba en la calle, a punto de entrar en la estación más cercana. Eran las dos de la tarde pero había anochecido. El granizo golpeaba inmisericorde sobre todo lo que estaba a la intemperie. El aparato eléctrico de la tormenta era impresionante. Los truenos parecían querer partir el cielo en dos y la misma tierra temblaba cada vez que lo hacía el cielo.

Crucé los dedos para que el servicio de lanzaderas se mantuviese abierto al menos hasta que Kate y yo pudiésemos llegar a Saint George. Una vez allí, mi padre tendría el tiempo justo de venir a buscarnos con el todoterreno (por suerte le habíamos puesto las cadenas esa misma mañana) y volver a casa.

—Don, estoy en el andén de la vía dos. Hay otras personas esperando el tren y dicen que en cinco minutos pasará uno.

—Bien, lo has conseguido, ¿lo ves? Todo irá bien —la tranquilicé aliviado.

—No… No, no puedo ir a casa de tu padre. —Kate parecía estar tiritando y cada vez la oía peor debido a las interferencias del satélite.

Seguramente las perturbaciones eléctricas de la atmósfera estaban empezando a afectar a todas las comunicaciones.

—Shhhh —la reñí con suavidad—. Calla. Voy a contarte una historia.

—En serio, creo que se acaba el mundo ¿y tú vas a contarme una historia?

—Es sobre el tren lanzadera, ya verás qué interesante.

—Ya viene.

—Sube a ese tren, Kate.

Me dolía la mano derecha de lo mucho que había estado apretando el móvil. Hubiese dado cualquier cosa por estar en esa estación del distrito financiero, envolver a Kate con mis brazos y hacerla subir a ese tren.

—El tren lanzadera fue inaugurado en la primavera de 1894 por el alcalde de Coleridge. Pero su historia comienza muchísimos años antes, cuando un soñador llamado Robert W. Minestrone, que no fue el inventor de la sopa… ¿Te he oído reír?

—No. —Se rio de nuevo muy bajito—. Claro que no.

—Un soñador llamado Robert W. Minestrone se dio cuenta de que estaba más que harto de que cada vez que llovía en la ciudad, es decir, cada día durante todo el otoño y el invierno, el servicio de trenes se interrumpiese y le hiciese llegar tarde a casa. Robert estaba casado con la escritora Madeleine Courtness (¿a qué no lo sabías?), a quien le ponía muy nerviosa no saber cuándo llegaría su marido para la cena. Sus soufflés solían tener la maniática costumbre de desarmarse pasados cinco minutos porque todo el mundo sabe que los escritores de prestigio tienen una relación complicada con sus recetas de cocina. Creo que es porque intentan descifrar un lenguaje metafórico donde solo hay realismo culinario.

»Verás, el soufflé y la señora Courtness sufrían los retrasos del tren de su marido y tanto mal humor influía en los libros de la escritora. De hecho, como bien sabes, toda la literatura del distrito de principios de siglo tiene la tendencia a resultar melancólica y gruñona debido al catastrófico incumplimiento de horarios de los trenes de Coleridge. Entonces, el señor Minestrone (al que la literatura le importaba un bledo pero no así el soufflé y el entrecejo fruncido de su amada esposa) decidió que variando la tendencia periférica de las vías del ferrocarril de corta distancia y elevando unos centímetros…

Hablé, hablé y hablé durante lo que me parecieron horas. Le conté mi estúpida historia sobre el tren lanzadera y los soufflés de Madeleine Courtness; la alargué todo lo que pude y más, hasta que mi tren llegó a Saint George. Hasta que bajé corriendo al andén y lo atravesé. Hasta que entré en el pequeño vestíbulo casi desierto y a oscuras porque el apagón ya era oficial en toda el área de la provincia. Hasta que la vista se me acostumbró a la penumbra y me encontré con unos ojos azules como un cielo sin nubes, velados por el miedo y la fatiga.

—Aquí estás —dije con la boca seca y el alivio invadiéndome desde la cabeza a los pies.

Apagué el móvil sin dejar de mirarla por miedo a que desapareciera. Me acerqué a ella, prendido de esos ojos. Pero no me atreví a tocarla.

Kate temblaba sin control y un fino hilillo de sangre le recorría la frente y le caía por el perfil derecho de su rostro. Estaba mojada y pálida, su hermoso pelo castaño goteando sobre el suelo encerado de la estación. Su bufanda roja y su abrigo gris parecían casi negros, por el agua, y sus zapatos de bruja buena rezumaban. Había dejado caer el bolso a un lado y apretaba los puños con tanta fuerza que casi podía adivinar la línea de sus clavículas bajo las capas de ropa. Las ojeras le marcaban profundos surcos oscuros bajo la piel casi transparente de sus párpados. Se había mordido los labios y le sangraban.

Parecía tan cansada, tan al borde del agotamiento más absoluto, que no supe cómo todavía era capaz de mantenerse en pie.

# LA BELLA DURMIENTE
## (Kate)

No recuerdo demasiado de aquella tarde en la que Don me rescató por el extraño método de contarme una historia larguísima, sobre trenes lanzaderas y soufflés, a través del teléfono móvil mientras la ciudad se volvía loca a nuestro alrededor y una tormenta de proporciones de difícil cálculo se cernía sobre nuestras cabezas.

Sé que Norman Berck, el padre de Don, un hombre alto y corpulento, de pelo cano y con una mirada que contenía todo el tiempo del mundo en su interior, vino a buscarnos a la estación en un enorme todoterreno verde que nos llevó dando tumbos y patinazos por caminos sembrados de granizo y hielo. Bajo aquella lluvia incesante, en medio de lo que me pareció ningún sitio, al final de una carretera secundaria junto a un bosquecillo de abedules —o eso creí entonces—, estaba la casa más bonita que había visto nunca.

Con su doble fachada de piedra, su enorme tejado a dos aguas de negra pizarra y sus tres chimeneas humeantes, pensé que al traspasar su puerta, de recia madera oscura, me encontraría con Hansel y Gretel. A través del cansancio y el frío, la hermosa casa de campo, seguramente de principios del siglo XX, resultaba un espejismo de sólido y prometedor refugio.

De alguna manera que no sabría explicar con coherencia, conseguí deshacerme de toda mi ropa mojada, darme una ducha caliente, constatar que la herida de mi cabeza no era más que un rasguño, ponerme un pijama gigantesco de rayas que encontré en un cajón abierto y meterme en una extraña cama, casi a ras de suelo, de sábanas limpias y agradable olor a jabón. En más de una ocasión, a lo largo de todo ese proceso, debí hablar con Don y con su padre; pero no podría decir, ni siquiera bajo hipnosis regresiva, qué fue lo que nos dijimos. Solo sé que en cuanto mi cabeza se hundió en tan agradable, y por suerte convencional, almohada, me quedé dormida.

Y dormí.

Dormí.

Dormí.

Hasta que perdí la noción del tiempo y casi un día entero de la semana.

# EN UN PIJAMA DE RAYAS
## (Don)

Le indiqué a Kate mi habitación, la enterré bajo un montón de toallas limpias, la acompañé hasta el cuarto de baño para que pudiese darse una ducha caliente y le prometí que en el tercer cuarto de la izquierda del pasillo, el mío (le insistí), encontraría ropa seca que ponerse. Bajé a la cocina en busca de Sarah y me encontré con una pequeña fiesta de no cumpleaños en donde Charlie ejercía el papel del sombrerero loco menos divertido de la historia de la literatura.

Mi padre y Sarah estaban de pie junto a la encimera del fondo. Cada uno de ellos sostenía una humeante taza blanca y repartían sus serias miradas entre sus respectivos hijos y lo que ocurría al otro lado del cristal de la ventana.

—¡Don! —chillaron los gemelos al unísono con un bigote de chocolate bajo sus graciosas narices.

—¡Te estábamos esperando! —especificó uno de ellos.

—Para terminar con los bizcochos. —Se rio el otro.

—Son una plaga de langostas —murmuró Charlie—. Date prisa o se comerán también el mantel.

—Sarah, ¿podrías prestarme algo de ropa? —Intenté no mirar la cara de mi hermano y me apresuré a aclarar—: Norm y yo acabamos de rescatar a una amiga de la tormenta, se está dando una ducha.

—¿Otro refugiado más? —se exasperó Charlie—. ¿Cuántos somos? ¿Siete? Papá, si me hubieses avisado, podría haber traído a tres amigos.

—¿Qué amigos? Tú no tienes amigos —contraataqué yo.

—¿Para qué? —preguntó esperanzado uno de los gemelos.

—Para representar *Diez negritos*. Con un poco de suerte, acababan primero conmigo y me ahorraba el sufrimiento.

—Charlie, los niños no entienden tu humor negro —le riñó papá—. Y además, aquí hay espacio suficiente para todos.

—Y merienda —aportó el otro argonauta.

Sarah, tan guapa y rubia como sus niños, con su cara de persona optimista y su buen humor a prueba de Charlie, dejó su taza sobre la mesa y se acercó a acariciar con ternura las cabezas despeinadas de sus hijos.

—Claro que puedo prestarte algo de ropa. —Me sonrió—. Espera que termine de fregar estos cacharros y subo a la buhardilla a buscarla.

—¿Ya os habéis instalado? —preguntó mi padre.

—No exactamente —contestó ella con cara de fastidio—. Jasper y Jacob han encontrado sus sacos de dormir de cuando salen de acampada y han insistido en traerlos.

Al principio me pareció buena idea, para ahorrarnos la molestia de preparar las tres camas, pero ahora parece que tienen otros planes.

—Vamos a dormir en el comedor —me dijo uno de los niños.

—Justo al lado de la chimenea —aclaró su hermano.

—Así no pasaremos frío.

—Y será como acampar en la montaña.

—O como asar champiñones rubios —aportó Charlie.

—¿Por qué sigues aquí? —perdió la paciencia papá—. ¿No has acabado ya de merendar?

Pillado en falta, Charlie se apresuró a meterse en la boca el resto de bizcocho de limón que sostenía en la mano y se fue de la cocina con aire ofendido, murmurando sandeces sobre la falta de intimidad de la casa y su necesidad de espacio vital. Todos le ignoramos con elegante condescendencia.

Papá se apartó de la ventana y tomó asiento junto a los argonautas, que le miraban esperanzados, pendientes de una sentencia sobre sus planes para dormir.

—Puedo instalar el guardafuegos —dijo jugueteando con las migas de bizcocho—. Y pasarme de vez en cuando, tengo el sueño ligero.

—No hará falta —intervine—. Yo dormiré en el comedor con los chicos.

Sarah me miró aliviada, articuló un «gracias» silencioso y se llevó las manos a los oídos. Los argonautas chillaban de alegría y lanzaban vítores de aprobación. Se rio, sinceramente feliz, calmó a las fieras con un par de «shhhhiiii-ttttt» y se puso los guantes de goma para fregar las tazas y los cubiertos de la merienda.

—Kate se queda en mi habitación. Y a mí me apetece hacer acampada esta noche. Tengo un saco de dormir con dibujos de pingüinos que no habéis visto nunca —les confesé a los entusiasmados niños.

—Asunto resuelto, entonces —sentenció mi padre.

Llamé a la puerta de mi habitación con la mano que me quedaba libre y esperé respuesta.

—Kate —avisé desde el pasillo—, te traigo algo de ropa.

Esperé unos segundos más y volví a llamar, pero no hubo respuesta. Abrí con cautela la puerta y me asomé.

Kate estaba estirada en mi futón, profundamente dormida. Tenía el pelo mojado extendido sobre la almohada y llevaba puesto un horrible pijama de rayas que Charlie me había regalado unas Navidades y que yo solo había consentido utilizar la vez que una gripe me dejó fuera de combate hasta el extremo de no poder ir al médico. Mi padre había telefoneado al doctor para que viniese a visitarme en casa y yo me apresuré a sustituir mis andrajosas ropas de cama por el pijama nuevo.

«Me duelen los ojos —le confesé a mi padre cuando pasó a ver cómo me encontraba mientras esperábamos al médico—. Creo que es por estas rayas».

«Debe ser la fiebre —me aseguró mi padre».

«No, es el pijama de Charlie. Estoy seguro.»

«¡Eres un ingrato! —chilló mi hermano desde el pasillo—. Ese pijama es de seda y cuesta un dineral. Yo tengo uno igual».

«Por eso necesita gafas —le confesé a papá».

«¿Qué estás murmurando? —volvió a gritar».

«Charlie, hijo, si quieres hablar con nosotros haz el favor de venir. Deja de chillarnos como si estuviésemos en…, eh…, la junta directiva de tu oficina.»

«No pienso entrar ahí. Esa habitación está llena de virus.»

«Lo único peligroso en esta habitación son las rayas de este pijama. Te dejan bizco y dan dolor de cabeza —dije al borde del desmayo».

Charlie se encerró en su habitación dando un sonoro portazo.

«Papá, por favor, no dejes que me entierren con este pijama.»

«No digas tonterías, Don, no tienes más que una gripe. Nadie va a enterrarte de momento.»

«La gripe española.»

«Enseguida vendrá el doctor y te recetará algo para que te encuentres mejor.»

«Nadie espera a la Inquisición española.»

«Hijo, de verdad, no sé qué te ha dado con todo lo español.»

«Es este pijama. Y sus rayas diabólicas. Fíjate, papá, creo que se están moviendo.»

Pero a Kate le sentaban bien.

Dejé la ropa sobre la butaca junto a la ventana, bajé un poco la persiana, procurando hacer el menor ruido posible, y me acerqué a la cama. Me arrodillé junto a la cabecera y tiré del edredón hacia arriba, hasta la barbilla de la bella durmiente. Me incliné despacio, sin pensarlo siquiera, y la besé en los labios. Podría decir que olía como un sábado de tortitas y café en casa de mi padre, pero ya sabes, lector, que no soy bueno con las metáforas.

Kate dormía.

El mundo podía pararse.

# FRAGMENTO DE LAS MEMORIAS
## DE WILLIAM DORNER

La Gran Tormenta Blanca, que irrumpió con fuertes vientos de noroeste, lluvia, granizo y precipitación de nieve de intensidad cuatro durante una semana, se había formado en el borde exterior del océano Atlántico como una tormenta cualquiera.

El contraste térmico de un centro de baja presión rodeado por un sistema de alta presión originó vientos de hasta 30 kilómetros por hora y formó el núcleo principal de cumulonimbos que llegó hasta el continente. Los movimientos de convección propios de estos sistemas iniciaron la tormenta de lluvia y aparato eléctrico (en el anexo XXXIV se detalla la densidad de truenos y relámpagos por metro cuadrado) horas antes de que una serie de células, procedentes de las montañas del interior, se uniesen a la principal en su fase de gestación.

Si las condiciones meteorológicas son las adecuadas, en el sentido del viento o el grado de ionización de la atmósfera, la tormenta puede evolucionar hasta un estado de supercélula.

Eso fue exactamente lo que sucedió en la provincia de Coleridge y alrededores.

Yo sabía que ocurriría, tenía los datos de la observación y conocía la velocidad del viento para las próximas horas. Pero muchos se rieron de mí y me llamaron alarmista. Al fin y al cabo, no era más que un meteorólogo desempleado que ni siquiera tenía un doctorado de alguna prestigiosa universidad.

# SOBRE HÉROES
# Y ESPECULADORES BURSÁTILES
## (Don)

Kate no se despertó para la cena y Sarah, avalada por su reputación de mamá competente, nos dijo que la dejáramos dormir en paz.

Hacía un par de horas que la lluvia había dejado paso a la nieve. Remolinos blancos enfurecidos pasaban delante de los ventanales de la cocina, visibles pese a la oscuridad. El viento ululaba a intervalos regulares y largos, empujaba la nieve contra la casa y la bajada de las temperaturas había escarchado las ventanas. La tormenta estaba en todo su esplendor. Sobre las nueve, el suministro eléctrico se había interrumpido durante espacios de media hora o más, en tres ocasiones. Papá todavía no había puesto en marcha el generador de emergencia, pero saber que estaba preparado nos daba cierta seguridad.

Mientras Sarah y papá recogían la cocina después de la cena, me fui al comedor con los gemelos para preparar nuestra acampada junto a la chimenea. Estábamos decidiendo a qué distancia del fuego sería prudente extender nuestros sacos de dormir, cuando Punisher me llamó al móvil.

—Está pasando.

—¿Qué? —le pregunté desubicado.

—¡Colega! ¿Qué va a ser? —se impacientó mi amigo al otro lado de la línea—. Lo que estábamos esperando. Se han movido las cuentas de Segursmart y he pescado dos correos con archivos cifrados enoooormes.

—Dame un minuto. Estoy subiendo al despacho.

Volé por las escaleras y atravesé el pasillo hasta mi despacho. Encendí las pantallas de los tres ordenadores que monitorizaban Segursmart y puse en funcionamiento el portátil para ver las indicaciones de Punisher. Mientras tanto, él había añadido a Sierra en la conversación con una llamada a tres.

—Lo veo. Veo el movimiento bancario —dije.

—Hola, ¿estáis bien? —saludó Sierra con cierta ironía—. Yo también me alegro de que estéis en vuestras respectivas casas, a salvo de la tormenta.

—Ahora no hay tiempo para eso —le advirtió Punisher—. Los hemos pillado. Acaban de hacer el intercambio de información. Y tenemos los datos.

Nervioso, revisé las líneas de comunicación y los intercambios que me indicaba Punisher. Sierra corroboró los datos, comprobó que teníamos almacenados en dos copias de seguridad todos los movimientos y me ayudó a volver a repasar todos los *inputs*.

—¿Por qué dudas? —se quejó Punisher—. Esto es lo que llevábamos esperando tres años.

—Quiero estar seguro.

—¿Y por qué ahora? —intervino Sierra—. ¿Por qué precisamente esta noche? Ni siquiera están en la oficina, se han conectado en remoto.

—¿Y eso qué más da? Los tenemos.

—Por la tormenta —dije.

Ambos guardaron silencio.

—Es por la tormenta —expliqué—, por las alteraciones en la tensión eléctrica. Si abrimos investigación, saben que con borrar las transacciones no es suficiente; saben que esa información podemos recuperarla de sus discos duros. Pero si durante la tormenta uno o varios de sus equipos se dañan…

—Se están cubriendo las espaldas —aportó Sierra—, la otra vez se libraron por los pelos. Esta vez están bien asesorados, se reservan la carta de destruir el servidor si fuese necesario.

—Me da igual —dije al cabo de unos segundos de silencio a tres bandas en la línea—, vamos a ceñirnos al plan inicial.

—Punisher, ¿tenemos ya la empresa compradora? —preguntó Sierra.

—Estoy en ello. De momento, las direcciones de cuenta me han llevado a un usuario anónimo que ha enmascarado su dirección IP, está saltando de país en país. Le sigo la pista. El nombre de empresa que utiliza es falso.

Hablamos unos minutos más sobre cómo proceder con la investigación del receptor y la conservación de los datos que habíamos obtenido y organizamos la estrategia para los siguientes días.

—Punisher y yo seguiremos al comprador. Sierra, tú

te encargas de las copias de los datos y las transacciones. Silenciosos e invisibles.

—¿Cuándo tienes que volver a comisaría?

—De momento, hasta que la tormenta no amaine, tenemos instrucciones de quedarnos en casa. Y eso va por vosotros también. Parece que lo peor está por venir.

—Don, ¿estás bien? —preguntó Sierra.

—Sí, claro. Estoy en casa con papá, con Charlie, los argonautas, Sarah y con Kate.

—¿Kate está ahí contigo? —se sorprendió mi amigo—. ¿Por qué?

—Te la has llevado a casa, colega —intervino Punisher como si Kate fuese un virus informático y yo hubiese infectado a propósito mi propio hogar—. Estás mal de la cabeza.

—Es una larga historia, pero todos estamos bien, ¿por qué me lo preguntas?

—Porque no tenemos por qué hacer esto. Porque quizás haya otra salida —me aseguró Sierra a media voz.

—Como ya he dicho, nos mantenemos dentro del sistema y seguimos haciendo copia de todos los movimientos —insistí. Pero incluso a mí me pareció evidente el hastío y la poca convicción de mis instrucciones.

Cerramos comunicaciones y me puse a trabajar.

Por primera vez desde hacía tres años había una posibilidad real de vengar a Gabriel, de castigar a los culpables, de hacer un poco de justicia. Me había pillado por sorpresa, cierto, no esperaba que precisamente en esos momentos, cuando menos concentrado estaba en mis planes vengadores, el enemigo decidiese volver a delinquir. Sin embargo, tenía sentido; la tormenta les daba una excusa perfecta para entorpecer posibles investigaciones futuras. Me paré a considerar si Segursmart sabía o sospechaba que estábamos observándoles. Tras considerarlo detenidamente deseché la idea; habíamos sido cuidadosos, indetectables, y había pasado demasiado tiempo desde la última intervención policial como para que empezasen a sentirse a salvo de miradas indiscretas.

Era de madrugada cuando decidí posponer la búsqueda de la verdadera identidad del comprador para el día siguiente. Estaba cansado, tenía sueño y había dejado solos a los gemelos durante demasiado tiempo. Apagué las pantallas, desconecté mi portátil y estiré los doloridos músculos de la espalda.

Al pasar por delante de la puerta de la habitación de Charlie, vi que tenía la luz encendida. Llamé con los nudillos sobre la madera y esperé a que mi hermano me dejase pasar.

—¿Todavía estás despierto? —Me recibió sentado en la cama con su portátil sobre el regazo. Junto a sus piernas, tenía una gruesa bandeja de madera sobre la que reposaba una botella de whisky de malta y un vaso con hielo.

—Lo mismo digo.

—¿Quieres? —me ofreció señalando la botella con el líquido ambarino.

Abrí la puerta frontal de su mesilla de noche, que mi hermano había convertido en una especie de minibar, y cogí un vaso. Me serví un dedo de líquido ambarino, arrastré una de las butacas tapizadas en color crema y me senté frente a él.

—Te he estado escuchando antes —me dijo clavándome su mirada escrutadora—. Qué desconsiderados los

229

idiotas de Segursmart, ponerse a delinquir con este tiempecito.

No le contesté. Charlie no había bajado las persianas, así que me permití un momento de silencio y calma mirando fuera. La nieve seguía cayendo en una cortina espesa, pero el viento parecía haber amainado. Sabía que la tregua de mi hermano duraría poco.

—Apenas he hablado con el comisario González —rompió finalmente el pensativo silencio en tono burlón—, pero ¿qué crees que va a pensar cuando te presentes precisamente tú con las pruebas de Segursmart? «¡Oh, qué casualidad!», dirá mientras le da un sorbo a ese café asqueroso que tenéis en comisaría, «Es justicia poética».

—Pues debería serlo.

—Ese hombre no es ningún poeta, Don. Ni tampoco un imbécil.

Miré a Charlie con calculada hostilidad pero solo conseguí que una sonrisa irónica se le dibujara lentamente en los labios.

—Tú también eras amigo de Gabriel. Pasó aquí muchos fines de semana —le acusé.

—Yo nunca he dicho que se mereciera lo que le hicieron. Norm y yo lloramos su pérdida, fuiste tú el que se quedó atrapado en esa especie de *vendetta*. Y desde entonces no hacemos otra cosa que protegerte de ti mismo.

—¿Protegerme?

Eso era nuevo para mí. El papel de hermano mayor, de hijo responsable, de férreo defensor de los débiles era el que me correspondía por derecho. ¿Y ahora Charlie me decía que era al revés?

—Cuando Gabriel murió, papá y yo temimos por ti. Vas de duro por la vida, Don, pero en esta casa todos sabemos quién es el alma sensible.

Le miré con el ceño fruncido, consciente de que toda historia tiene siempre más de una versión.

—Te acompañamos, Don —siguió Charlie—, esperando que soltases todo el dolor que llevabas dentro por Gabriel. No solo por el suicidio sino, sobre todo, por la situación con la empresa, por todos aquellos meses de acoso y derribo. Cuando el comisario González te suspendió pensamos que te vendría bien para recapacitar. Otra vez papá y yo abrimos bien los ojos para recogerte cuando cayeses. Pero no caíste. No tocaste fondo. Solo sirvió para que te obsesionases más con todo eso de la estrategia de hackers que tienes con tus esbirros.

—Pero es que no solo se trata de él, Charlie. Esa empresa está vendiendo datos personales: números de tarjetas de crédito, números de la Seguridad Social, enfermedades conocidas, hijos… También hay datos de niños, y de ancianos, gente indefensa ante la ley, por lo que se ve.

—Sigues creyéndote tu papel de héroe salvador, hermano. ¿No te das cuenta de que papá y yo vivimos pendientes de que cometas una estupidez? ¿Acaso no ves que papá intenta no hablar de según qué temas para no darte alas? No eres tan fuerte como crees, no lo serás hasta que no aceptes la muerte de Gabriel, te olvides de esa empresa infame y continúes con tu vida pese al dolor y la decepción. Eso hacemos todos los adultos, el dolor forma parte del complicado proceso de seguir viviendo.

Miré a mi hermano, herido y sorprendido. Tocado por sus palabras, sintiéndome repentinamente culpable por todos esos años ciegos. Había arrastrado a Charlie y a papá conmigo al profundo abismo de la venganza. Yo no había salido adelante después de la muerte de Gabriel pero tampoco había dejado que ellos lo hiciesen, siempre pendientes de mí, atentos a mi posible caída. ¿Tan ciego había estado?

—No estoy de parte de Segursmart, si es eso lo que piensas —continuó Charlie—, pero todavía no me has dicho cómo piensas reabrir la investigación. Eres mi hermano, no puede ser que seas tan tonto como para reconocer que tienes pruebas porque llevas tres años metido ilegalmente en el sistema de esa empresa.

Respiré hondo, me relajé en la butaca y decidí contarle toda la historia. Al fin y al cabo, él ya conocía mis intenciones. Ya habíamos localizado el registro bancario del pago y en los próximos días tiraríamos del hilo que nos llevaría a la empresa compradora de los datos.

—¿Y si borran el rastro en cuanto se inicie la investigación?

La pregunta de Charlie no era inocente, eso mismo era lo que había pasado la vez anterior. Tardamos tanto en conseguir una orden cautelar para entrar en su sistema informático que cuando lo hicimos ya habían borrado cualquier evidencia. Había una manera de conseguir los datos si confiscábamos físicamente los equipos de soporte de esa información borrada (como siempre dice Punisher, los bits nunca olvidan) pero el juez desestimó la petición.

Esta vez teníamos todo grabado en nuestros propios discos aunque eso no valdría como prueba en un proceso policial, ni judicial, porque esa copia de los registros de Segursmart había sido obtenida de manera fraudulenta.

—No voy a abrir la investigación en Segursmart sino en la empresa receptora de los ficheros de datos. Primero iré a por el comprador —dije en lo que creía era mi golpe magistral de villano de cómic.

—¿Cómo?

—Sufrirán un ataque grave de seguridad, me pondré en contacto con ellos y abriré expediente. Si es una empresa extranjera, tiraré de contactos con la Interpol. Durante los pasos iniciales de la investigación encontraré los ficheros o los pagos o los rastros de la transacción, lo que sea. Eso es lo que presentaré como prueba.

—¿Sufrirán un ataque? —preguntó mi hermano con ironía.

—¿Qué más da, Charlie?

—Pues sí que da, porque ese ataque no se producirá solo. Lo haréis esa pandilla de frikis de tus amigos y tú. Como si no fuese delito llevar cuatro años metido en un sistema ajeno, además vais a piratear otra empresa. ¿Dónde está el límite?

—¿Qué pasa? ¿Ahora también eres abogado?

Me levanté y me acerqué a la repisa baja de la ventana, de espaldas a mi hermano. Necesitaba un respiro.

No es que la resistencia de Charlie fuese una sorpresa —aunque su temor por mi bienestar mental y emocional durante todos estos años sí que lo había sido—, llevaba tiempo mostrándome su desaprobación cada vez que salían a relucir mis planes de venganza. Pero teniendo en cuenta todo el juego sucio que mi hermano veía a diario en su despacho, esperaba algo más de comprensión, incluso cierta complicidad. Maldita sea, en el fondo incluso había esperado algo de admiración. Supongo que todos queremos seguir siendo héroes a los ojos de nuestros hermanos pequeños y no hacerles sufrir por nuestras malas decisiones.

—¿Precisamente tú me echas en cara la poca ética de mi trabajo? —le ataqué sin muchas ganas. Estaba cansado, quería bajar a ver a los niños y sabía que argumentar contra Charlie y salir bien parado del embrollo era una tarea casi imposible. Mi hermano me había mostrado sus cartas y todavía tenía que asumir lo que había visto en ellas.

—Esto que estás haciendo no es tu trabajo. Y sí, alguien tiene que decírtelo. Si haces esto, si llevas a cabo todos esos maquiavélicos planes del fin justifica los medios y blablabla, si cruzas esa línea, ¿dónde estará el punto de retorno?

Me giré para mirarle a los ojos. Ya no estaba enfadado, solo parecía triste. En algún momento durante todos aquellos años había dejado de ser el niño introvertido y duro que lloraba en silencio en la litera de abajo. Rubio, despeinado, con camisa y jersey, con pantalones impecables —pese a estar sentado en la cama— y pantuflas de señor aburguesado, Charlie me tiraba por encima toda su caballería de bucanero experimentado. Creo que nunca había sido tan consciente como en ese momento de lo mucho que le quería.

—Supongamos que esta locura sale bien —me dijo en voz baja—, que consigues atrapar a los culpables y darles su merecido y demás. La próxima vez que ocurra algo parecido, la próxima vez en la que la ley o la burocracia, o lo que sea que rige ese bonito código de honor de «para proteger y servir» que tenéis los polis, sean demasiado lentos o vuelvan a fallarte y dejen sin castigo a los malos, ¿por qué no volver a saltarse las normas? Si llevas adelante todo esto, estás sentando precedente.

—¿Cómo sabes que no lo he hecho antes?

—Porque tú eres de los buenos, Don, siempre lo has sido. Y ahora estás a punto de cambiar de bando. No me importa lo nobles que sean tus motivos, a eso yo lo llamo delinquir.

Mi hermano pequeño estaba ahí, tan tranquilo, en zapatillas y con un vaso de whisky en la mano, haciéndome morder el polvo de los justicieros sin conciencia.

—Yo no soy quién para darte lecciones de moralidad…

—¡Charlie, eres un especulador bursátil!

—Repito, no soy quién para darte lecciones. Pero sí que puedo darte un consejo de hermano: no te rindas. Si abres la investigación basándote en toda esa trama conspiratoria que has ideado junto a esos dos cretinos, será como si te estuvieses rindiendo. Hay otras maneras, legales, de detener a los culpables.

—Esas maneras legales, como tú dices, me fallaron la última vez, no sé si te acuerdas. Intenté hacer las cosas bien pero lo único que aprendí es que, siendo correcto, los corruptos se ríen de ti en tus narices y las buenas personas sufren.

Dejé mi vaso vacío sobre su mesita de noche y volví a mirar a mi hermano.

—Pero gracias por la charla. Estoy cansado, me voy a dormir.

Cuando bajé al comedor los gemelos dormían, uno a cada lado de mi saco de delfines y pingüinos. Alguien, supuse que Sarah y mi padre, había instalado el guardafuegos y les había arropado. A oscuras, con la única iluminación del fuego, eché un par de leños más a las ascuas de la chimenea, me desvestí hasta quedarme en ropa interior, miré divertido las cabecitas rubias que asomaban de los sacos de dormir y me metí en el mío. Me quedé dormido escuchando los suaves ronquidos de los argonautas.

# EN LA CASA DE LAS TRES CHIMENEAS
## (Kate)

Me despertaron unos susurros apresurados desde algún punto de la habitación en penumbra.

—Don tiene una chica muerta en su cama.

—No está muerta, está dormida. Como en esos cuentos que nos explica mamá.

Entreabrí un poco los ojos y vi a dos niños, exactamente iguales, contemplándome con interés desde el umbral de la puerta. Tendrían unos siete años, iban vestidos con vaqueros y camisetas rojas de rayas oscuras y uno de ellos sujetaba con las dos manos un balón naranja.

A través de las rendijas de las persianas a medio bajar, se colaba una luz parda y extraña. Si escuchaba atenta, no podía oír más que la respiración algo acatarrada de mis dos visitantes. Volví a cerrar los ojos y me hice la dormida. No me sentía del todo segura en compañía de aquellos dos duendecillos idénticos.

—¿Y cuánto tiempo lleva dormida?

—No sé. Cien años, creo.

—¡Eh, vosotros dos! —susurró Don—. No podéis estar aquí. Vais a despertarla.

—Noooooo.

—Tú tienes que despertarla.

—Con un beso.

—Así es como ocurre en las historias.

—Mamá nos lo ha contado.

—Corre, ve a vestirte de caballero.

—Con espada.

—Y con caballo.

—Si no, no funcionará.

Me dio la risa, abrí los ojos y me incorporé.

—No pasa nada. Ya estoy despierta.

—¡Ohhhhh!— exclamaron los dos niños al unísono.

—Lo siento —se disculpó Don dando un paso al frente y alejándose un poco de los pequeños—. Se han colado sin que me diese cuenta.

Me senté sobre el futón y miré el reloj de la mesilla de noche.

—¿Cuánto he dormido?

—Cien años    contestaron los gemelos.

—A ver —intervino Don con paciencia—, vamos a hacer un trato. Dejadme un minuto con Kate y después bajo a jugar una partida de parchís.

Los niños me dedicaron una última mirada de curiosidad y se marcharon corriendo como si fuesen uno solo. Don me miró con esa seriedad que casi se me había olvidado.

—Has dormido desde que llegaste ayer por la tarde. Hoy es miércoles por la mañana.

—Mediodía, más bien —puntualicé señalando el reloj—. He dormido unas veinte horas. Y llevo un pijama espantoso.

—Sí. Pero te queda bien.

Don me pidió que esperase un momento y volvió con una pila de ropa doblada.

—Todo lo que llevabas puesto está aquí, limpio y seco. Menos el abrigo, que seguramente necesitará tintorería; y los zapatos, que creo que han muerto definitivamente. Pero si te apetece estar más cómoda, Sarah, la mamá de los argonautas, esos dos entrometidos rubios que acabas de conocer, te deja prestado esto para que te sientas como en casa.

—Pues muchas gracias.

—Y… —añadió dejando la ropa a los pies del colchón y abriendo uno de los cajones de la cómoda— aquí tienes unos calcetines de lana, tan gruesos que ni siquiera podría atravesarlos un disparo, para que los uses de zapatillas. De momento, te servirán porque no podemos salir de casa.

Cogí los enormes, gruesos y horribles calcetines y los miré con atención.

—Sé lo que estás pensando —dijo Don—. ¿Por qué no utilizarán esto para los chalecos antibalas? Seguro que esta lana es muchísimo más barata que el kevlar.

Me levanté y subí la persiana más cercana. Fuera nevaba con intensidad. Ráfagas de viento arremolinaban la fina cortina blanca que lo cubría todo. No se veía mucho más allá de unos metros, pero adivinaba los árboles de ramas cargadas, el suelo alfombrado y las lejanas montañas coronadas como ancianos reyes de largas melenas canosas.

Había dormido, estaba descansada y tranquila, envuelta en un horrible pijama de rayas, con los pies firmemente ancladas a un suelo de cálida madera y toda la atención de un hombre bueno, despeinado y que no se reía jamás. Por primera vez en mucho tiempo me sentí en paz.

—Siento haberte secuestrado —se disculpó él malinterpretando mi silencio—. Pero no me pareció posible…

—Está bien —le interrumpí—. Todo está bien. Gracias por secuestrarme.

Dio un par de pasos y se plantó tan cerca de mí que podríamos habernos puesto a bailar. Extendió un brazo, como si fuera a tocarme, y clavó sus ojos oscuros en los míos. Me pareció que estaba enfadado cuando cambió la trayectoria de su movimiento y se llevó la mano a la cabeza para hundirla entre su pelo alborotado.

—Luego vengo, cuando te hayas vestido, y te enseño la casa.

Asentí despacio y esperé a que saliera de la habitación. Entonces me di cuenta de que había estado conteniendo el aliento todo ese tiempo.

Mi móvil tenía unas cien llamadas perdidas del señor Torres. Resultaba trágicamente divertido que la única persona que sentía interés por ponerse en contacto conmigo en medio del fin del mundo fuese él. En represalia, apagué el teléfono y lo metí en el cajón de los calcetines de Don.

Vestida con unos vaqueros, un jersey azul de lana y los calcetines más gruesos jamás tejidos antes por el hombre, salí de la habitación y Don me hizo una visita guiada por la casa. En la planta superior había cinco habitaciones: tres dormitorios, el despacho de los ordenadores y un pequeño almacén donde Norman Berck guardaba muebles y objetos tallados en madera, sus pequeñas obras de carpintero jubilado. Don no abrió ninguna de esas puertas.

—Mi padre tiene un taller en la parte posterior de la casa —me aclaró—. Dile que te lo enseñe, está hecho todo un ebanista.

Al fondo del pasillo, unas pequeñas escaleras conducían hasta la espaciosa buhardilla. Don me explicó que la usaban como habitación de invitados y que ahora estaba ocupada por Sarah.

—Los gemelos han acampado conmigo abajo, junto a la chimenea principal.

Bajamos a la planta inferior por las escaleras de madera labrada más hermosas que había visto nunca. Don se dio cuenta de mi admiración y me explicó que las había hecho su padre.

—Como ya has deducido, era carpintero, y si quieres tenerle comiendo en la palma de tu mano hasta el final de los tiempos, pregúntale por esta escalera. Serás su favorita para siempre.

El comedor era enorme y ocupaba más de la mitad de la planta baja. Una de sus cuatro paredes estaba casi totalmente abierta a una galería de cristal de puertas correderas. No tenía cortinas y el efecto que causaba si mirabas en aquella dirección durante un tiempo era el de estar en medio de una bola de cristal llena de nieve, de esas que tienen dentro un muñequito o un paisaje y se agitan para que un montón de bolitas blancas simulen una tormenta en miniatura. Pensé que si una mano gigante nos agitaba en ese momento, Don y yo caeríamos y rodaríamos por la mullida alfombra y quizás entonces, solo entonces, podría oír su risa por vez primera.

Frente a la enorme chimenea, a prudente distancia, había un larguísimo sofá de color verde musgo que formaba el lado más largo de un rectángulo abierto junto a varias butacas y sillones más, tapizados en el mismo color. El resto de la estancia estaba amueblada con una gran mesa de madera de teca, rodeada por altas sillas, una alfombra también verde de dibujos vegetales y estanterías y alacenas decoradas solo por libros, centenares de libros. El hechizo se rompió en parte cuando me acerqué a uno de los estantes y comprobé que la mayoría de volúmenes trataban sobre economía y derecho.

Pasamos por la amplia entrada de la casa, desde la que arrancaban las hermosas escaleras, y me reconfortó ver el amasijo de ropa de abrigo de distintos tamaños y colores que colgaba apretujada de los muchos percheros que sobresalían de la pared. Bajo los abrigos, se alineaba una colección de calzado en distintos grados de descomposición y un paragüero cuajado de trastos inverosímiles, como raquetas, palos de golf, sombrillas de playa y otros cachivaches.

—Solo queda la cocina —dijo Don cuando nos detuvimos delante de la puerta cerrada que daba al vestíbulo—. Todos estarán ahí dentro.

Nos llegó la risa y la animada conversación de los duendecillos rubios, salpicada por las voces de los adultos y el ruido de fondo de la televisión encendida. Sentí un arrebato de nostalgia de mis mañanas infantiles de domingo, cuando todos desayunábamos juntos en la cocina y mi madre preparaba montañas de tostadas, huevos, bacón y doradas patatas fritas mientras mi padre, mi hermana y yo refunfuñábamos sobre el crucigrama del periódico dominical. Había perdido la cuenta de los años que habían transcurrido desde que mis desayunos no eran más que silencio y solitarias tazas de café sin magdalenas.

Don me miró, con su habitual ceño fruncido, y se demoró unos segundos más antes de abrir la puerta y precederme. La cocina era un pequeño universo de luz, calor y los olores deliciosos que solo existen para enriquecer los recuerdos más queridos de las comidas de nuestras abuelas.

Los niños, tirados en el suelo con sus cochecitos de colores, me dedicaron una rápida mirada y siguieron jugando; supuse que una vez despierta perdía el poco interés que pudiesen tener en mí. Norman, de pie junto a los fogones, removiendo con una cuchara de palo el contenido de una olla humeante, me saludó con una sonrisa y me dijo que se alegraba de que hubiese descansado. Sarah, una mujer guapa, delgada, con un pelo rubio precioso recogido en una graciosa coleta, seguramente de mi edad y con una simpatía natural de esas que hace que resulte imposible que su propietario jamás pueda caerte mal, se acercó a darme un par de besos cuando Don me presentó.

Una versión más delgada, bajita y malhumorada de Norman Berck, sentado en la cabecera de la mesa con un diario financiero en las manos, se me quedó mirando, boquiabierto.

—Ese es Charlie —me aclaró Don—, mi hermano pequeño. Charlie, esta es Kate.

El aludido se acordó de cerrar la boca, me dedicó un gesto de cabeza que podría interpretarse como de disgusto y se apresuró a esconderse detrás de su periódico.

—Un campo de refugiados —me pareció oírle murmurar.

—Te acostumbrarás a él —me confió Don.

—No estoy muy segura de eso. —Sarah me sonrió mientras se sentaba a la mesa con un bol lleno de judías verdes recién lavadas.

Don subió el volumen del televisor en cuanto escuchamos la sintonía de los informativos nacionales del mediodía y todos nos sentamos atentos alrededor de Charlie para escuchar las noticias sobre la tormenta y su evolución.

Coleridge había sobrevivido a su primera noche bajo una intensa nevada acompañada de un temible aparato eléctrico y vientos de hasta 200 kilómetros por hora. El mobiliario urbano había sufrido algunos desperfectos, los cortes de electricidad todavía eran intermitentes, los semáforos habían claudicado y un centenar de personas se habían visto atrapadas en sus lugares de trabajo. Protección Civil y efectivos del Ejército trabajaban para garantizar que los accesos a la ciudad estuviesen más o menos transitables y que nadie tuviese problemas de abastecimiento básico. Se habían registrado heridos en las primeras horas de pánico; a un señor que paseaba a su perro se le había caído un árbol encima, pero tanto el herido como el perro ya estaban fuera de peligro, acomodados junto a uno de los radiadores de su habitación de hospital y disfrutando de una asquerosa gelatina verde.

De momento, aconsejaban a los ciudadanos que no salieran de sus casas hasta nuevo aviso. Se esperaban, al menos, otras cuarenta y ocho horas de intensa tormenta blanca.

Recuerdo que pensé que, pese a los remordimientos por ser una carga para aquella familia, por incomodarles con mi presencia extraña, había tenido la suerte de quedarme atrapada en el paraíso. Todavía hoy estoy convencida de que no habría soportado la soledad de mi pequeño piso en medio de aquella tormenta que, pese a las encantadoras advertencias de William, nos había cogido a todos por sorpresa. Pequeñas hormiguitas hacendosas, concentradas en nuestros ombligos bajo el aplastante peso de nuestras obsesiones y penas, habíamos hecho oídos sordos a los vaticinios de un náufrago meteorólogo sin empleo.

# UN TÉ CON GALLETAS CON EL YETI
## (Kate)

La primera comida en casa de los Berck fue una experiencia que nunca olvidaría: fuentes enteras de tiernísimas judías verdes, montañas de puré de patata que jamás habían oído hablar de la existencia de sobres de copos deshidratados, rodajas rosadas de ternera bañada en salsa de almendras, pan calentito y crujiente untado en mantequilla, enormes uvas púrpuras y pastel de calabaza. Pero pese a lo buenísimo que estaba el menú, nada pudo superar la maestría de Norman Berck para regalarnos un espacio cómodo y agradable donde sentirnos tan a gusto.

No importaba la reticencia de Charlie, ni el ceño fruncido de Don, al que a menudo sorprendíamos abstraído en sus propios pensamientos, ni la impaciencia de los duendecillos rubios o la preocupación maternal de Sarah; ni siquiera mi propia timidez. Norman sabía conducir la conversación por derroteros amables y entretenidos, y hacernos participar a todos de buena gana hasta convertir su espaciosa cocina en un lugar único y extraordinario en medio de una tormenta. Con el tiempo aprendería que si había un don con el que el *pater familias* de los Berck había sido bendecido, además de sus magníficas manos de carpintero y su mirada gris, era el de construir rincones acogedores.

Después de comer, Sarah se llevó a los niños a jugar al comedor y el resto nos quedamos recogiendo la cocina.

—He comido tanto que la semana que viene tendré que quedarme en el gimnasio hasta la medianoche —se quejó Charlie cuando acabamos de llenar el lavavajillas y casi habíamos terminado de devolver a la cocina su aspecto inmaculado original—. Pero ahora mismo, viendo el panorama, me subo a echarme una siesta.

—Buena idea —le animó su padre—. ¿Qué os parece si esta noche hacemos un poco de…, eh…, tertulia alrededor de la chimenea del comedor hasta que se nos caigan los párpados al suelo de puro sueño?

—A los argonautas les encantará —dijo Don.

—Y a mí, siempre que papá nos deje probar ese coñac que trajo el año pasado de Francia el tío Sawyer.

—¿Tenéis un tío que se llama Sawyer? —me sorprendí.

Charlie movió la cabeza apenado y salió de la cocina en busca de su siesta prometida.

—A nuestro abuelo le encantaba Mark Twain —me aclaró Don.

—¿Y a quién no le gusta Twain? —intervino Norman secándose las manos en un trapo de cocina—. La pena es que a mí no me pusieran Huckleberry Finn.

—Apuesto a que eso te hubiese encantado —le contestó Don—. Pero, lamentablemente, mi abuela era mucho más tradicional en eso de los nombres y pudo salirse con la suya en lo que se refería a su primogénito.

—Despúes no tuvo tanta suerte —murmuró divertido Norman.

—Me voy al comedor a echarle una mano a Sarah con los niños. Seguro que podemos organizar un campeonato de parchís, ¿te apuntas, Kate?

—Sí, pero… Me gustaría, si fuese posible, que me prestaras un momento tu ordenador. Querría llamar a mis padres para decirles que estoy bien.

No alcanzaba a adivinar hasta qué punto las noticias sobre la climatología de Coleridge podían haber llegado hasta la placidez recóndita de los otoños de Mirall de Mar, pero estar en la cocina de los Berck me hacía añorar los restos del naufragio que todavía podía salvar de mi propia familia huida.

—Claro —se ofreció Don—, vamos arriba y te presto uno de los portátiles.

Cuando entré en el despacho de Don me quedé de piedra. Aquello parecía una reproducción a pequeña escala de la sala de control de Cabo Cañaveral.

—Espera —me tranquilizó Don, consciente de la primera impresión que producía su laboratorio tecnológico a los profanos—, puedes utilizar este portátil. Lo desconecto de la red, así… Toma, todo tuyo. Puedes quedártelo estos días solo para ti, sin problemas. Tienes conexión, aquí, ¿ves?

—No voy a preguntarte si te llevas trabajo a casa.

—El mal no descansa. —Me guiñó un ojo.

Nos sentamos en un par de sillas ergonómicas y Don despejó de cachivaches un extremo del escritorio. Se acercó a mí hasta que nuestros brazos se tocaron y tecleó en silencio sobre el portátil. Estaba tan a gusto en la sala de control de la Battlestar Galactica, junto a su impertérrito comandante, que me costó no apoyar la cabeza en la promesa de su hombro y quedarme otra vez dormida.

Don, aparentemente ajeno a mis planes de tentador descanso, me dio algunas instrucciones más, me ayudó a instalarme en un rinconcito del escritorio y me dejó a solas en cuanto se aseguró de que Skype funcionaba sin problemas.

—Papá.

—Hola, cariño, ¿ya es sábado?

—No, es miércoles, pero la tormenta…

—¡La tormenta! Lo he visto por televisión. ¡Menudo espectáculo! Me hubiese gustado estar ahí —dijo con entusiasmo.

—No lo creo. Esto es un caos.

—Los truenos y los relámpagos han batido todas las marcas históricas, ¿verdad? ¿Y cuántos centímetros de nieve por metro cuadrado? Seguro que no menos de veinte.

—Pues, no lo sé, no estoy segura.

—¿Y el tendido eléctrico? ¿Aguantó? Apuesto a que sí.

—En realidad, papá…

—Seguro que han explotado unas cuantas cañerías. Leí en la prensa que hubo granizo también, ¡durante veinte minutos seguidos! ¿Hasta cuándo estuvo de servicio el tren lanzadera? ¡Patricia! Ven, es Kate, me está explicando lo de la tormenta.

Oí un murmullo malhumorado y un llanto de bebé acercándose. Mamá se asomó a la pantalla con un niño pequeño pelirrojo, de mejillas rubicundas, en brazos. Parecía algo despeinada mientras sacudía arriba y abajo su gordita carga llorona.

—¡Di hola a la tía Kate! —dijo moviendo la manita del pequeño pelirrojo berreante—. ¡Hola, tía Kate!

—Hola, mamá. No estoy en casa, es…

—Hola, cariño. Este es Darío, no deja de llorar —dijo innecesariamente—, es por los dientes.

—Esto ha sido de locos. Estoy…

—Todo el día así, con los niños arriba y abajo. ¿Por qué llamas en miércoles? ¿Está todo bien?

—Pues no del todo. La tormenta me cogió en la otra punta de la ciudad y no pude volver a casa.

El pequeño llorica, indignado por mi falta de empatía con su drama personal, empezó a tironear del pelo de muñeca rubia de mi madre. Como si mis tribulaciones al otro lado del continente tuviesen comparación con su existencialismo denticional.

—Claro, cariño. ¿Cómo va el trabajo? ¡No hagas eso, Darío! Niño malo…

—Creí que ya te había dicho…

—Son los dientes, una locura. Con Marion y Lucía pasé exactamente por lo mismo.

Suspiré cansada y me froté con fuerza los ojos. Aquello no era una pesadilla, porque seguía despierta.

—La tormenta me pilló en una misión secreta para el MI5. Me estaba descolgando desde un helicóptero sobre un edificio y la cuerda que me sujetaba se rompió.

—Me alegro, cariño. Aquí ya ves que estamos desbordados.

—Por suerte, me rescató un elefante africano y ahora estoy de refugiada en un campamento polar. —Le sonreí.

—Gracias por llamar, cielo. Voy a tener que dejarte, a ver si viene tu hermana y solucionamos este lío.

—Por supuesto. Yo también tengo que dejarte, me espera el yeti para tomar un té con galletas.

—Un beso, cariño.

—Adiós, mamá.

Cliqué sobre la crucecita de apagado y cerré la comunicación y el programa. La pantalla volvió a mostrarme el azul burlón de su escritorio.

—Espero que lo del yeti no fuese por Charlie. —Norman estaba de pie en el umbral de la habitación mirándome muy serio—. Es algo…, eh…, arisco, pero se afeita cada mañana.

Moví la cabeza, desanimada, y me quedé mirando el suelo bajo mis pies enfundados en calcetines gigantes.

—No es que estuviese escuchando, solo que pasaba por delante y…

—No tiene por qué excusarse, Norman. —Intenté sonreírle—. Esta es su casa.

Dejó pasar algunos segundos más desde el marco de la puerta hasta decidirse a entrar. Se sentó en una butaca con ruedas que había al otro extremo de la habitación y se acercó hasta mí navegando por el parqué, impulsado por sus pies de hombre feliz. Pensé que debía ser un buen bailarín.

—Verás —dijo poniendo una mano sobre el reposabrazos de mi silla cuando se paró junto a ella—, los padres nunca escuchamos a nuestros hijos. Todo lo que decís nos parece tan…, eh…, tan abrumador que preferimos estar pensando en complicadas operaciones de álgebra mientras nos habláis.

—Eso no es cierto. —Le sonreí—. Pero gracias.

Me gustaban los ojos de Norman Berck, grises y amables, pacientes. Sabía mirarte con esa mezcla de simpatía y respeto que muy pocas personas conceden a sus semejantes. Estaban rodeados de un millón de arruguitas y, cuando sonreía, tendían a achinarse.

—Mis padres se fueron a vivir a Mirall de Mar, un pequeño pueblecito de la Costa Brava, para estar más cerca de mi hermana Sharon.

Puse cara de circunstancias, me incliné teatralmente hacia él y le dije en actitud conspiratoria:

—Ella es la perfecta, ¿sabe?

Norman hizo una estupenda imitación de jubilado impresionado y sorprendido, a partes iguales, y dejó de sonreír. Me di cuenta de lo mucho que Charlie se le parecía. Solemne y serio, se llevó un dedo a los labios.

—Será mejor que esto quede entre nosotros —me advirtió—. Hace siglos que Don no viene con una chica a casa. Imagínate que se entera de que se ha traído a la hermana equivocada.

Se me escapó un bufido de risa que me alivió el nudo que me oprimía la garganta desde que había apagado el dichoso Skype.

—Ven —me invitó poniéndose en pie—, acompáñame a la cocina…, eh…, otra vez. Vamos a hacer pan. Y un bizcocho para la merienda de los argonautas.

—¿Pan? —me extrañé.

—Hace algunos años que estoy jubilado, en algo tenía que ocupar mi tiempo. Además de un sinfín de cursos, ahora estoy aprendiendo a hacer pan. Te enseño si quieres.

Salimos juntos de la habitación y Norman me cedió el paso en las escaleras. Me pareció que se quedaba mirando mis pies descalzos.

—No tengo zapatos —me excusé con vocecilla infantil.

—A este viejo parqué le vendrá muy bien que lo frotes fuerte con esos calcetines tan…, eh…, tan…

—Creo que son de Don. —Me reí bajito.

—Menos mal.

En la enorme cocina de los Berck, la luz tamizada por un cielo gris apenas atravesaba los ventanales. Recogida y limpia, con los fogones apagados, el horno y la cafetera en silencio, parecía una habitación a la espera. Ahora que el frío se había enseñoreado de nuevo de aquella estancia, parecía imposible que apenas un par de horas antes hubiésemos estado charlando y riendo en su acogedor calor.

Antes de que Norm encendiera los potentes focos empotrados del techo de vigas de madera, me acerqué a una de las ventanas sobre el fregadero. Seguía nevando con tanta intensidad que apenas se veían los árboles al otro lado del camino. Resultaba imposible determinar la hora del día desde que el sol se había olvidado de salir.

El señor Berck dio la luz y se puso a cacharrear.

—Veamos, eh…, Katherine, acércame la harina, esa botella de agua y la levadura fresca que tengo en el primer estante de la nevera… Eso es.

Al poco rato, el horno ya emitía un calor agradable y nosotros estábamos inmersos en una nubecilla de harina blanca mientras nuestras manos luchaban por librarse de una masa todavía algo pegajosa.

—La clave de toda receta es la paciencia. Voy a contarte un secreto —me dijo a mitad de las instrucciones sobre cómo hacer un pan de semillas de amapola.

—¿Sobre la masa?

—No, sobre…, eh…, sobre la vida —me confesó algo incómodo mientras añadía un poco de sal y seguía trabajando con sus manos de carpintero jubilado—. Todos estamos solos.

—¿Por qué me dice eso?

Norman puso cuidado en no mirarme, como si temiese sentirse avergonzado por su confidencia. Amasó con mimo su porción de harina mezclada y le dio forma de bollo gigantesco.

—El camino es largo —dijo pensativo al cabo de un momento—. No siempre llegamos intactos al final. Sufrimos pérdidas…, eh…, despedidas que nos rompen el corazón pero que resultan inevitables.

Dio por acabado su proyecto de pan, se limpió las manos con agua caliente y me miró pensativo. Le tendí un trapo limpio para que se las secase y me lo agradeció con un leve movimiento de cabeza.

—No está en nuestras manos retener a las personas que amamos. Es…, eh…, imposible —me dijo con una sonrisa llena de cariño—. Pero sí que podemos elegir arriesgarnos a quererlas. Aunque se vayan.

## EN LAS MANOS DE DON
(Kate)

Norman y Don llamaban a los duendecillos rubios argonautas por lo mucho que les costaba irse a casa siempre que ponían un pie en la cocina de los Berck. Yo no podía culparlos; ahora que había probado las recetas de Norman y la cálida hospitalidad de aquella familia, para mi alma de refugiada descalza no existía siquiera el pensamiento de regreso de aquel particular país de Nunca Jamás.

En aquella casa de tres chimeneas —dos de ellas en los dormitorios superiores— y ventanales enormes, rodeada por la tiniebla temprana de la tormenta y el paisaje nevado, me había olvidado de muchas cosas. Mi memoria evitaba, con una delicada maniobra de distracción, que en las últimas semanas había descubierto un estudio de radio anidado en una torre, conocido a un grupo de náufragos a los que hablar de hombres muertos y dejado un trabajo que detestaba con algo parecido a la obsesión. Había sido abandonada a mi suerte en medio de una tormenta inesperada con dos informes en mi bolso, prueba de mis primeros pasos como aventurera novata, y rescatada por las manos firmes y seguras de un hombre al que todavía no había visto sonreír. Mi particular versión de extravío en los jardines de Kensington me había llevado hasta una isla rodeada de nieve en la que nada malo podía ocurrirme. Quedaba en suspenso cualquier decisión sobre un futuro inmediato; una tregua que me había venido bien para volver a conciliar el sueño, descansar y regresar entera, algún día de esa misma semana, a una vida que pretendía reconducir por caminos nuevos.

Pero mientras tanto, mientras Charlie estuviese ahí para mirarme con cierto asombro, mientras los argonautas me dejasen jugar con las fichas rojas del parchís, mientras Norman ejerciese de faro en la tormenta y Don buscase cualquier excusa para propiciar tenerme tan cerca que pudiese tocarme, todo estaba en orden en mi pequeña versión del mundo.

Ese miércoles, mi primer día despierta en casa de los Berck, después de cenar y recoger la cocina, todos acabamos ante la animada chimenea del comedor. Sarah encendió la radio y sintonizó las noticias, pero Charlie se quejó de que le parecía estar viviendo en la Segunda Guerra Mundial, con la familia reunida alrededor del transistor para escuchar los discursos de Winston Churchill.

—Me entran ganas de gritar «¡Hundid al Bismarck!» —gruñó.

Don se ofreció a buscar una emisora de música. Sintonizó un programa dedicado al jazz de los años treinta, que consiguió apaciguar los instintos guerreros de su hermano, y captó la atención de los argonautas, que no tardaron en mover sus cabecitas rubias idénticas al compás mientras coloreaban con ceras sus cuadernos de dibujo.

Poco a poco habíamos ido llegando, atraídos por el calor y la luz, hasta el sofá verde musgo y nos habíamos acomodado entre sus cojines. Primero habían sido los duendecillos, que se habían agenciado la primera fila frente a la chimenea, sentados en el suelo sobre sus sacos de dormir y armados con una pila de cuentos y cuadernos. Después les había seguido Charlie, que quería asegurarse el sillón de orejas con reposapiés a juego. Lo había movido a la izquierda de los gemelos y se había sentado de cara al fuego, pensativo, vestido con su camisa y su blazer, con sus pantalones de lana fría y unas pantuflas de conde de la Revolución Francesa que me daban un poco de risa.

Norman, Sarah, Don y yo habíamos llegado algo después, procedentes de la cocina, temerosos los dos primeros de dejar demasiado tiempo a solas a Charlie con sus mininémesis. Algo más tranquilos al encontrar a sus respectivos vástagos conviviendo en paz ante la chimenea, Norman y Sarah se habían relajado en el sofá, sobre un montón de cojines de diversos colores que habían aparecido como por arte de magia —al más puro estilo de *Las mil y una noches*— a nuestro alrededor. Sarah se había quitado sus deportivas, había estirado las piernas en su lado del sofá y lucía feliz unos calcetines de flores amarillas.

Tras ajustar la emisora de radio y apaciguar a las fieras, Don se ofreció a hacer café y decidí acompañarle para echarle una mano. Sarah dijo que si no era demasiada molestia, ella prefería té.

De nuevo en la cocina, llenamos una gran cafetera familiar que Don rescató de las profundidades de un armario y la pusimos al fuego, junto a una pequeña tetera de acero inoxidable. La lujosa máquina ultramoderna de café nos miró con silencioso reproche.

Don preparó una bandeja blanca de plástico y la llenó de tazas, platos, azucarillos, diminutas terrinas de crema de leche y cajas de galletas rellenas de mermelada de naranja, de menta y de frambuesa, con y sin chocolate. Mientras esperábamos el silbido de la tetera y el aromático bullir del café recién hecho, nos quedamos mirando cómo nevaba al otro lado del ventanal. Era un silencio agradablemente compartido el que nos daba la mano en aquella cocina.

—¿En qué piensas? —nos sorprendí a los dos con mi espontánea pregunta.

Don me echó una rápida mirada, pero no nos movimos. Seguíamos allí de pie, junto a la ventana, uno al lado del otro, cuando contestó:

—En la nieve.

—No es cierto. Llevas todo el día distraído, preocupado. Y te he visto escaparte escaleras arriba, a la sala de control.

—¿La sala de control?

—El despacho de los trescientos ordenadores.

—Tengo algo de trabajo pendiente. Ya sabes, los malos nunca duermen. La mala conciencia no les deja dormir y eso les proporciona más tiempo para realizar maldades. Maldades que a su vez contribuyen a enturbiar más su conciencia y a no dejarles dormir. Es un círculo vicioso.

—Yo tengo problemas de sueño. —Sonreí—. Me estás haciendo creer que se debe a mis planes malvados.

—No, eso es imposible. Tú no podrías ser mala ni aunque te lo propusieras.

Don se acercó con cautela un poco más y se giró para mirarme de frente. Levanté la mirada hasta sus ojos oscuros y me sorprendió su concentración, la intensidad que desprendían.

—¿Cómo lo sabes? —dije con un hilo de voz sintiendo el calor que emanaba de su cuerpo.

Don alzó una mano, la volvió a dejar caer y de nuevo la levantó, al fin decidido, hasta llevarla a mi mejilla. Adaptó la curva de su muñeca a la suavidad esquiva de mi perfil y se inclinó sobre mí un poquito más. Creo que fue entonces cuando mis pies se elevaron y empecé a flotar unos centímetros por encima del suelo.

—Porque los argonautas no habrían querido compartir contigo el último pedazo de bizcocho de limón de la merienda.

Sonreí y dejé escapar un suspiro pequeñito cuando sentí el otro brazo de Don deslizarse cauto por mi espalda y envolverme en un abrazo partido. Nadie más podría haberme tenido así, entre sus manos, totalmente confiada a su voluntad, en aquel período de mi vida. La ninfa asustadiza que saltaba dos metros hacia atrás si cualquiera intentaba un gesto de cortesía, se entregaba confiada y serena, con los pies descalzos, al cálido abrazo de aquel hombre despeinado en medio de una cocina asediada por una nieve inclemente.

—Y porque has dejado boquiabierto a Charlie.

La tetera eligió justo ese momento para ponerse a silbar y el olor a café nos despertó educadamente. Don se separó de mí con cierta brusquedad y se ocupó de los fogones y la bandeja.

—Tú tampoco podrías —le dije mientras le aguantaba la puerta de la cocina abierta para que pudiese pasar con todo el cargamento de tazas y galletas.

—¿El qué?

—Ser de los malos.

Entonces no fui capaz de comprender el contrariado gesto de dolor que cruzó, fugaz, por su cara.

# CÓMO NO ENLOQUECER
## POR LA CHICA DE LOS CALCETINES
### (Don)

Todavía hoy no comprendo cómo no enloquecí durante aquellos días en los que tuve a Kate en casa, andando casi de puntillas, descalza, con mis calcetines horribles, de habitación en habitación, justo cuando por fin estaba a mi alcance ajustar cuentas con las malas prácticas de aquellos que desterraron a Gabriel de nuestras vidas.

Nadie me pregunta hoy sobre aquellos días, ni siquiera Kate. Pero ahora que la distancia me permite ser franco conmigo mismo, entiendo que fue una prueba de resistencia reunirme en cónclave tres veces al día con Punisher y Sierra —la mayor parte del cerebro dedicada a analizar los posibles escenarios legales, las vías de entrada de nuestra investigación y denuncia— mientras la sola presencia de Kate en una habitación me desconcertaba y me hacía sentir punzadas de arrepentimiento en el estómago. Mi cuerpo derivaba a menudo hacia ella y tenía que hacer un esfuerzo consciente para controlar el deseo de tocarla que me asaltaba cada vez que la tenía cerca. Quedarme a solas con Kate, en cualquiera de las habitaciones, me convertía inexplicablemente en un imbécil sin voluntad con graves problemas de conciencia personal y ética profesional. Discúlpame, lector, no sé explicarlo de otra manera.

Kate parecía a gusto. Vestida con la ropa de Sarah, con su prodigioso pelo flotante suelto sobre los hombros, sus brillantes ojos, tan azules, su sonrisa generosa y sus pies descalzos, me parecía la mujer más hermosa que había visto nunca; incluso más hermosa que en las noches en las que nos habíamos encontrado en el bar escondido y ella pasaba por delante de mí sin percatarse del efecto de sus zapatos de bruja y su mirada insomne. Papá hablaba con ella como si fuese una vieja amiga, amasaban juntos el pan y compartían confidencias cuando se sentían a salvo en la cocina. Los argonautas la buscaban para jugar y hasta Charlie solía admirarla, a hurtadillas, con algo parecido al desconcierto.

Por las noches, después de cenar, papá instauró la agradable rutina de reunirnos a todos en el comedor, frente la chimenea, con música suave sonando en la radio y los gemelos tumbados a nuestros pies, con sus ceras de colores y sus libros de dibujos. Tomábamos café, mordisqueábamos galletas y sorbíamos pensativos el coñac francés del tío Sawyer. Kate y yo nos sentábamos juntos sobre la alfombra, con la espalda apoyada en el sofá y la mirada perdida en el fuego vacilante. Su pelo me acariciaba el costado y a menudo la sorprendía mirando más allá de la chimenea, sus ojos atentos a la oscuridad salpicada de nieve del otro lado de las ventanas. Temía que estuviese impaciente por largarse de allí.

Hablábamos de la infancia de papá, de la carpintería, de las anécdotas de Sarah con los niños, de lo mucho que Charlie echaba de menos volver a la oficina aunque apenas hiciese un par o tres de días que no pasaba por allí. Kate era una buena conversadora, siempre escuchaba atenta, empática, y solía sorprendernos a todos con su buen humor y su versión amable de los hechos, cualesquiera que estos fueran.

—¿En qué trabajas, Kate? —se interesó Charlie una noche en la que ella nos había estado contando que su exjefe tenía en el despacho un acuario de peces de plástico.

—Trabajaba en Milton Consultants.

Charlie soltó un silbido largo de admiración.

—Una de las *big five* de Occidente.

—¿Trabajabas? —le pregunté.

—Me fui. El lunes pasado.

Mi padre dio un sorbo a su copa de coñac y asintió en silencio, como si comprendiese sus razones.

—¿Te fuiste de Milton? —se escandalizó mi hermano—. Daría un dedo de mi mano derecha por trabajar allí.

—No sé si te gustaría. Es un lugar bastante duro y desalmado.

—¿Bromeas? —Se rio Charlie.

—¿Y qué vas a hacer ahora? —le pregunté.

—Pues… No estoy segura, todavía no lo he decidido. Me gustaría trabajar en algo totalmente distinto.

—Kate se va a venir conmigo a hacer pan —intervino papá.

—¿Con la pandilla de abuelos?

—Charlie… —le advertí.

—En serio —insistió papá —, creo que estarías a gusto. Eso de amasar…, eh…, te deja tiempo para pensar con tranquilidad, para aclarar ideas. Hacer pan es…, eh…, relajante y te ayuda a ordenar prioridades.

—Claro —dijo Charlie—, hacer pan es como leer a Paulo Coelho, ¿no?

—Ya veremos —concedió Kate.

—Pero con harina en lugar de con alquimistas.

—¿Y el programa de radio? —dije ignorando a mi hermano—. Kate tiene un programa de radio, los viernes por la noche —aclaré a mi familia.

—Me gustaría seguir con eso.

En cuanto los gemelos se quedaban dormidos —a menudo con una de sus ceras de colores tan fuertemente apretada en sus manitas que su madre optaba por dejarles dormir agarrados a ella—, Sarah nos daba las buenas noches y se marchaba. Entonces papá encontraba una excusa para marcharse temprano y Charlie se animaba a contarnos cotilleos financieros de los famosos. Pese a mis temores sobre sus deseos de fuga, Kate parecía complacida de estar allí con nosotros. Se acurrucaba despacio junto a mí, recogía sus piernas hacia un lado y acababa apoyando su cabeza en mi hombro. Hubiese dado cualquier cosa por abrazarla pero la mirada de advertencia de mi hermano y mis propios escrúpulos me lo impedían.

Si durante el día mi voluntad de venganza había empezado a flaquear, era entonces, en esas noches ante la chimenea, con Kate recostada a mi lado, cuando esa misma voluntad se me derrumbaba como un castillo de arena. La semilla de duda que Charlie había regado tan generosamente con sus objeciones morales al hecho de seguir un camino alternativo al legal para acusar formalmente a Segursmart había crecido y sus ramificaciones me asfixiaban. Por primera vez en cuatro años, tenía serias dudas sobre si había tomado una buena decisión al respecto. Maquiavelo se reía de mí en el espejo cada vez que contemplaba mi cara ojerosa después de otra noche en blanco con Punisher y Sierra.

—Colega —se había quejado Punisher cuando planteé por primera vez mis dudas sobre nuestra línea de ataque—, ¿ahora vas a echarte para atrás? Llevamos más de cuatro años planeando esto y cuando por fin se nos ponen a tiro esos mafiosos…

—No digo que no se lo merezcan. Y agradezco vuestro apoyo durante todo este tiempo. Pero…

—Gabriel era amigo nuestro. Se lo debemos.

—Espera, Punisher —había pedido el siempre cabal Sierra—. Don no está diciendo que vayamos a darnos por vencidos. Pero quizás podemos buscar alternativas menos… menos agresivas.

—No hay manera legal posible de entrar ahí —nos advirtió—. ¿O es que ya se os ha olvidado lo que pasó la vez anterior? Si es juego sucio lo que quieren, es lo que van a tener.

—Las dudas de Don son razonables. Yo también las tengo —dijo Sierra—, ya sabéis que soy partidario de dejarlo. Tenemos alternativas.

—No, colegas, esto ya lo hemos hablado antes —protestó Punisher—. No será por la chica… —me tanteó—. ¿Es por tu chica, Don? Pero si ni siquiera vamos a meterla en esto, no nos hace falta tener a nadie dentro.

Me sorprendió que precisamente fuese él, el menos sensible y empático de mis amigos, quien diese en el blanco de mis preocupaciones; aunque no fuese por las mismas razones que él tenía en mente.

—No, no es por eso —me defendí—. Y no es mi chica.

—Estás colado por Kate, vale. Pero ya hemos dicho que no la vamos a convertir en Milla Jovovich en *Resident Evil*, ¿no? Podemos hacerlo sin ella, ya lo estamos haciendo —insistió mi amigo.

—Ya vale, Punisher —puso orden Sierra—. Don solo dice que tiene sus dudas. Lo que vamos a hacer no es legal.

Nuestras discusiones acababan siempre en un callejón sin salida, no encontrábamos un punto común, no nos decidíamos a zanjar la cuestión en ningún sentido. Y la culpa era mía, me sentía incapaz de ceder a los consejos de Sierra y de Charlie, de reconocer que todo aquello no me llevaba más que en una dirección y no era, desde luego, hacia delante. Hasta entonces, de haber sido totalmente consciente de semejante freno, quizás no me habría importado lo suficiente. Pero ahora tenía a Kate justo en la habitación de al lado —tan lejos—, durmiendo tan quieta, con su prodigioso cabello castaño demarrado sobre mi almohada. Y tenía la certeza de querer seguir respirando en el mismo presente que el suyo. Entero. De una sola pieza.

Por las noches, en el salón, finalmente Charlie se cansaba de nosotros y se levantaba, perezoso, camino de su habitación. Era la señal no convenida para que nosotros también subiéramos las escaleras; Kate a mi habitación y yo al despacho, de cacería nocturna.

—Sé por qué no le dices nada —me soltó una noche Charlie en cuanto Kate desapareció escaleras arriba.

Se había hecho el remolón para quedarse a solas conmigo mientras yo recogía los restos de café y galletas y disimulaba las grietas de mi decisión.

—No tienes ni idea, Charlie —susurré para no despertar a los argonautas.

—He visto cómo la miras. Y también he visto cómo evitas acercarte a ella.

—Me voy a dormir —le advertí.

Charlie dudó un momento, me dio las buenas noches y salió del comedor. Cuando pensaba que ya se había ido volví a escuchar su voz burlona desde las escaleras.

—Tienes escrúpulos. Mala conciencia.

—¿De qué hablas, maldita sea? —me impacienté.

Él asomó la cabeza por el marco de la puerta del comedor y me miró con su mejor cara ensayada de Pepito Grillo.

—De seguir adelante con tu *vendetta*. Aunque digas que no, sé que tienes tus dudas, sabes que estás cruzando una línea.

—¿Otra charla? —me quejé para disimular que esta vez había dado en el blanco.

—He visto cómo miras a Kate. Y sé por qué todavía no la has besado. —Su cabeza desapareció del vano de la puerta y oí cómo arrastraba sus pantuflas escaleras arriba—. No soportarías que las manos de un cobarde la tocasen.

Si eso era cierto, estaba más perdido de lo que podía permitirme el lujo de creer.

—Charlie —me defendí—, sea como sea, no puedo dejarlo todo de repente. Llevo casi cinco años con todo esto. Necesito poner punto y final a las malas prácticas de esa empresa, por la memoria de Gabriel y por mi propia tranquilidad. Sé que no podré seguir adelante sin resolverlo.

Mi hermano me miró con un brillo en la mirada que no entendí y siguió subiendo las escaleras camino de su dormitorio.

—Si es un final lo que necesitas —me pareció oírle murmurar mientras se alejaba—, voy a darte un final.

# LA ESTRATEGIA CAPONE
## (Kate)

A finales de semana, después de una de nuestras largas y agradables veladas de chimenea, jazz, aromático café y anécdotas de Norman sobre la carpintería, había subido las escaleras camino del dormitorio —todos nos habíamos deseado buenas noches y los duendecillos rubios dormían desde hacía horas— cuando Charlie me cogió del brazo y tiró de mí, inmisericorde, para arrastrarme hasta su habitación.

—Aug —protesté frotándome el brazo donde me había clavado sus zarpas de especulador bursátil sin escrúpulos.

La habitación de Charlie era tan peculiar como él: con aquellas cortinas de flores azules, el armario y las mesitas de noche de madera antigua y la enorme cama con dosel que pedía a gritos un baldaquino de terciopelo rojo a juego con las zapatillas de su propietario.

—Dice Sierra que eres una chica lista. —Rompió su misterioso silencio después de ofrecerme asiento en uno de los butacones color crema junto a la ventana.

Arrastró el otro asiento hasta quedarse frente a mí, descorrió las estrambóticas cortinas —seguramente un botín de guerra del palacio de Luis XVI que algún antepasado francés robó durante la época del terror de Robespierre— y dejó que la oscuridad pintada de motas blancas de la noche nos sirviese de telón de fondo.

—Por eso espero —continuó después de sentarse— que tengas los informes de auditoría de Segursmart.

Le miré confundida y él hizo un gesto para pedirme paciencia.

—Sierra me ha llamado hace un momento y me ha explicado que te dio instrucciones para que mirases los informes de Milton sobre las cuentas de Segursmart haciéndose pasar por un misterioso oyente de tu programa de radio. Dice que quedó contigo el martes para que se los entregases pero no pudo presentarse a la cita porque fue cuando estalló esta maldita tormenta de nieve y la ciudad enloqueció.

—¿Sierra es Lando Calrissian?

Charlie me miró con una ceja levantada, como si dudara del optimismo de Sierra cuando le había asegurado que yo era una chica lista.

—Teniendo en cuenta que mi hermano te rescató justo cuando volvías de la entrevista con Sierra, puedo suponer que cuando llegaste a esta casa llevabas los informes contigo.

Entonces Charlie me explicó a qué se dedicaba el misterioso grupo de los viernes en el bar escondido del Ambassador. Quién era Gabriel Culler, qué le había hecho Segursmart y la obsesión de venganza de Don; la pista que había encontrado Sierra sobre las irregularidades en las cuentas de la empresa y la negativa de Don de pedirme ayuda cuando Punisher le contó que Milton era quien había auditado las cuentas de la empresa ese mismo año.

—Pero ¿por qué Sierra te ha llamado a ti? ¿No cree que Don pueda…? —le pregunté cuando terminó su detallada explicación.

—No sé lo que piensa Sierra, pero yo estoy convencido de que mi hermano es capaz de acabar con Segursmart él solito si está lo suficientemente motivado.

—¿Y entonces…?

—El problema es que no quiero que lo haga —confesó Charlie suspirando—. Verás, ¿sabes cómo consiguió el Gobierno federal de los Estados Unidos procesar y meter en la cárcel a Al Capone?

Asentí en silencio, esperando ver adónde quería ir a parar.

—Por evasión de impuestos.

—¿Crees que puedes encontrar irregularidades en las cuentas de Segursmart? —le pregunté.

—No lo sé. Depende de esos informes.

—Los tengo.

—Chica lista.

Fui hasta la habitación de Don, recogí mi bolso y saqué las dos copias en papel que me había llevado a la cita con Lando Calrissian. Se habían mojado un poco y tenían los bordes ondulados, pero se leían perfectamente. Se las tendí a Charlie.

—El primero es el informe que está en el sistema informático de Milton. El otro es una copia del único ejemplar que existe en el archivo noble.

—¿El archivo noble? —se sorprendió Charlie.

—Cosas de Milton, no preguntes. Ambos están firmados por mi exjefe, Rodolfo Torres, y legalmente lacrados con el sello del Colegio de Auditores de Coleridge.

—¿Por qué hay dos informes firmados?

—Esa es la cuestión.

Charlie hojeó ambos y tomó nota de las diferencias. Luego abrió su portátil y entró en su correo para buscar otro archivo, con el que comparó a su vez los documentos en papel. Su pelo bien peinado, su bata planchada, sus zapatillas versallescas…, todo parecía en orden en aquel hombre delgado y bajito, excepto por la excitación evidente de sus gestos al pasar las páginas y la mirada febril de sus ojos marrones.

Dejé a Charlie con sus comprobaciones y me acerqué a la ventana. Tras las cortinas floreadas, la nieve caía en suaves ondulaciones enmarcada por una oscuridad de terciopelo. Adiviné una noche silenciosa, amortiguada por la tupida alfombra blanca sobre la que seguían cayendo más copos. Me pregunté cómo dormiría esa noche la ciudad, si se tendería insomne a la caricia renuente de la nieve o si se escondería esquiva en los rincones mal iluminados de sus calles más viejas.

Pese a la trama de espionaje y corrupción que acababa de explicarme Charlie, me sentía a salvo. Había salido a tiempo de Milton y quizás incluso pudiese ayudar a Don con los informes robados. Mi aventura no iba a ser tan emocionante, pero iba a tener mi pequeño papel en el drama de venganzas y pasiones financieras de los Berck.

—Lo tengo —dijo Charlie al cabo de unos minutos, interrumpiendo mis pensamientos—. ¿Tienes el teléfono personal de Torres?

—Me lo sé de memoria. —Sonreí con cierta tristeza.

Charlie marcó los números que le dicté en su móvil y puso el manos libres tras indicarme que guardase silencio durante la conversación.

—Torres. —Sonó la voz del T-rex al otro lado de la línea. Inexplicablemente, no gritaba.

—Torres, soy Charlie Berck de Inversiones…

—Ah, sí, sé quién eres. Pero no creo que pueda darte ningún soplo sobre cotizaciones…

—Tengo ahora mismo, delante de mis ojos, los informes de auditoría de Segursmart del año 2008 —le interrumpió Charlie yendo al grano—. Firmados por ti. Son dos y no tienen exactamente las mismas cifras.

—Ese informe es de dominio público —contestó el señor Torres con cierta confusión.

—Uno de ellos sí. Uno arroja una ligera pérdida en el balance anual. El otro no. Y ambos están firmados por ti. Y sellados.

—Es una práctica común con los grandes clientes. Se preparan dos informes a la espera de un movimiento de última hora que compense sus pérdidas…

—No estoy hablando de una diferencia de pérdidas —volvió a interrumpirle Charlie—, estoy hablando del blanqueo en diferentes fondos de inversión y pagos a los *partners* de más de 300 millones de euros que recibió la empresa por vender ilegalmente información sobre las pólizas de sus asegurados.

—Eso es un farol —dijo el T-rex tras un largo silencio—, no puedes tener acceso a esas cifras.

—Tengo los informes y también los movimientos bancarios irregulares que explican la diferencia entre uno y otro. No es un farol.

—Para acceder a esa información…

—¿Estás en casa? —le interrumpió de nuevo Charlie.

—Sí.

—¿Tienes electricidad?

—En estos momentos, sí.

—Dime tu dirección de email personal y te envío lo que tengo.

Charlie cortó la comunicación, escaneó algunas páginas de los informes y se lo envió todo a Torres. Me miró con una sonrisa triunfante, otra vez dueño de su calma.

—¿Y ahora? —le pregunté.

—Nos toca esperar.

—¿Hasta cuándo?

—No mucho —dijo quitando importancia a mi preocupación—. Si es inocente, tardará menos de cinco minutos en darse cuenta de la encerrona de Milton: la firma de los informes, junto al sello, es la suya, y ante el Colegio de Auditores así como ante cualquier tribunal, él es el responsable. Como supervisor de las cuentas debería haber denunciado la irregularidad de las diferencias entre ambos informes. Pero mucho me temo que la existencia de dos informes es mucho peor que todo eso.

—Milton guardaba copia del informe firmado del blanqueo para ofrecerlo como prueba contra el señor Torres en caso de que se descubriese la irregularidad en las cuentas.

—Elemental. —Me sonrió.

—No creo ni que los leyese antes de firmarlos —le confesé—. No te imaginas la cantidad de trabajo que despacha ese hombre en una sola mañana. ¿Y si es culpable?

—Entonces no llamará. A estas horas estará muy ocupado poniéndose en contacto con los abogados de Milton.

Llegados a ese punto no estaba segura de si deseaba que el T-rex fuese culpable o inocente, villano o bufón engañado. Pese a sus gritos, a su sordera recurrente y a su manía de despedirme cuatro veces al día, me resistía a creerle cómplice de una corrupción tan sórdida.

El teléfono de Charlie sonó sobresaltándonos a ambos.

—¿Y bien?

—La firma es mía. Pero las cuentas han sido modificadas con posterioridad. Yo no firmé esos balances, son un disparate.

Charlie dejó que una sonrisa autosuficiente se le plantase en la cara y me miró satisfecho.

—Un momento, Torres, no cuelgues.

Dejó la llamada en espera y me miró con cierta frialdad.

—Kate, seguiré yo solo desde aquí —me dijo tajante.

—¿Qué harás?

—No mucho, con lo poco que tengo. Pero la duplicidad de informes es suficiente para solicitarle a un juez una orden de apertura de investigación por parte de la Oficina de Finanzas. Y si Torres colabora, cosa que le conviene, habrá denuncia.

Asentí, me levanté de la butaca y cuando estaba a punto de salir de la habitación, Charlie me llamó:

—Kate —me dijo casi en un susurro—, gracias.

—De nada.

—Entiendes que Don no debe enterarse de nada de todo esto.

—No sé por qué no fue él quien me pidió ayuda —me sorprendí a mí misma diciendo en voz alta, sin estar de acuerdo con la petición de Charlie pero dispuesta a aceptarla.

—Don nunca dejaría que nos inmiscuyéramos en esto. Es tremendamente protector con las personas a las que quiere.

# COMO SI TODO FUESE NUEVO
## (Don)

El sábado me desperté antes de que los rituales de café y tortitas llegasen siquiera a ser un proyecto en la cocina de mi padre. Eché un vistazo a los argonautas, que dormían con el pelo revuelto y manchas de ceras de colores en las mejillas, les arropé con cuidado y me vestí. Estaba a punto de subir para pasar un momento por el despacho y después darme una ducha cuando oí a papá bajando las escaleras.

—Es temprano —le dije en voz baja para no despertar a los niños.

—No podía dormir. ¿Te tomas el primer café conmigo? Hay ofertas imposibles de rechazar.

Papá llenó la cafetera, subió la temperatura de la calefacción de la cocina y nos sentamos a la mesa a contemplar el paisaje deslumbrante que seguía rodeando la casa como un mar helado alrededor de una isla con chimeneas.

—Me alegro de que Sarah y los niños estén en casa —me dijo con su sonrisa de hombre paciente—. Y Kate. Nunca había visto nada tan asombroso.

—¿Lo dices por la tormenta?

—La tormenta también ha sido asombrosa. —Me guiñó uno de sus ojillos grises.

Esperé a que mi padre retirase del fuego la cafetera y nos sirviese una generosa taza.

—Papá, Charlie está convencido de que tú y él lleváis años protegiéndome. Desde la muerte de Gabriel.

Si a mi padre le sorprendió el tema de conversación, no fui capaz de detectarlo. Le dio un sorbo a su taza, aspiró el agradable olor del café recién hecho y evitó mirarme a los ojos girándose de nuevo hacia los ventanales, sin persianas ni cortinas, de su cocina.

—Siempre había pensado que era yo el que cuidaba de vosotros —insistí.

—Y así es —contestó al fin volviendo la cabeza.

—Pero Charlie dice que lleváis años pendientes de mí, que tenéis miedo de que cometa una estupidez con lo de Gabriel, que pensáis que me he quedado atrapado en el pasado y que no he sido capaz de tener una vida desde entonces.

—¿Eso te ha dicho Charlie?

—Más o menos. Ya le conoces.

—Si ha sido capaz de decírtelo es porque le tienes preocupado de veras. Tu hermano no suele ser precisamente un…, eh…, un fan de las confidencias sentimentales.

—Sí, eso me temo.

Papá dejó la taza sobre la mesa y se pasó una mano por sus cabellos, tan parecidos a los de Charlie pero mucho más blancos que los de mi hermano.

—Nos preocupa que no estés disfrutando de tu presente tanto como deberías.

—¿A ti también?

—Bueno, a mí no me preocupa exactamente lo mismo que a Charlie. Yo sé que no harás ninguna…, eh…, tontería ilegal, ni nada por el estilo. No vas a convertirte en un bandido. Sabe Homero que ya tenemos bastante con Charlie.

—Y entonces, ¿qué te preocupa? —me impacienté—. Me parece increíble que estéis preocupados por mí y no me hayáis dicho nada durante todo este tiempo.

—Pero sí que te lo hemos dicho, hijo. Sabes que no aprobamos esos tejemanejes que te llevas con tus amigos. Pensábamos que se te pasaría, que sería una fase del duelo por la pérdida de Gabriel, pero quizás esto ha llegado demasiado lejos.

—Crees que debería olvidarme de todo.

—No, creo que deberías recordar a tu amigo siempre. Que deberías aceptar su pérdida, asumir ese dolor, que forme parte de tu…, eh…, experiencia. Somos como nos ha hecho nuestro pasado, nuestras circunstancias. Seguramente tú, Charlie, y yo seríamos totalmente distintos si vuestra madre no hubiese muerto en aquel accidente de coche. O si yo, en lugar de seguir adelante y cuidar de vosotros dos, me hubiese encerrado en la carpintería a llorar el dolor de mi terrible pérdida sin que nada más me importase alrededor. Es tan sencillo olvidarse de vivir cuando has perdido a alguien a quien quieres…

Fue entonces, en esa frase concreta de las reflexiones de mi padre, en ese sábado nevado por la mañana, en la cocina del café y las tortitas, cuando comprendí. La preocupación de Charlie y los temores de papá. Pero sobre todo entendí qué mi enfermiza obsesión me había anclado al dolor y la rabia de mi pérdida, en lugar de poner de relieve lo mucho que todavía tenía, el valor de lo que estaba todavía por venir.

—Papá, comprendo lo que Charlie y tú intentáis decirme, tan mal y con tanto retraso, por cierto. —Esperé a que recuperara su sonrisa y suspiré cansado—. Pero no puedo dejarlo todo de repente, así. Como le he dicho a mi hermano, necesito ponerle un final para seguir adelante.

—Oh, hijo mío. —Se rio él levantándose de la mesa y poniendo punto y final a nuestra pequeña charla transcendental—. Yo por eso no me preocuparía demasiado.

Inquieto, dejé a papá en la cocina, disfrutando de su segunda taza de café y busqué serenarme con el paisaje nevado desde uno de los ventanales del vestíbulo. El viento parecía en calma, la tormenta se había tomado un descanso y apenas caían unos finos copos. Al otro lado del recibidor, las voces y las risas de Sarah y los gemelos, que acababan de despertarse, constituían la perfecta embajada del magnífico olor de los desayunos de papá que pronto se adueñaría de toda la casa.

—Hola, buenos días —me saludó Kate con la sonrisa más bonita del universo mientras bajaba las escaleras.

Llevaba un pantalón negro y un jersey verde manzana de lana. Sus pasitos silenciosos, dentro de mis calcetines de kevlar, me aceleraban el pulso. Su pelo suelto, quizás algo más lacio que de costumbre, enmarcaba su cara de delicados rasgos y labios perfectos.

Preso de una súbita inspiración la cogí de la mano y tiré de ella con fuerza hasta la puerta.

—Corre —la apremié—, vamos. Ponte este abrigo y estas botas —dije tendiéndole el anorak de esquí de Charlie y sus botas de montaña—. Te irán un poco grandes pero estarás abrigada.

—¿Por qué?

Me puse un jersey de lana que estaba en uno de los percheros de la entrada y mi cazadora forrada y escogí las botas impermeables entre la multitud de calzado de todos los tamaños y colores que se alineaba en el vestíbulo.

—Corre, ponte la ropa —insistí—. No sé cuánto frío debe de hacer fuera.

—No voy a salir ahí —se quejó ella.

—Claro que sí. Se ha calmado el viento huracanado, se han terminado los rayos y los truenos y apenas caen unos copos.

Terminé de abrocharme la cazadora y ayudé a la reacia Kate a embutirse en el anorak, en cuyos bolsillos encontré un par de guantes que también le puse rápidamente, y la apremié para que se calzase las botas. Con semejantes calcetines, no iba a tener problema de número. Me arrodillé para atarle los cordones mientras ella seguía protestando.

—Prefiero quedarme aquí. Se está calentito, y seguro que Norm está cocinando algo estupendo para desayunar.

—Vamos. No seas cobarde.

Abrí la puerta, cogí una de las manos enguantadas de Kate y tiré de ella.

No había sol, pero el reflejo de la luz grisácea de la mañana reflejada en el suelo nevado nos hizo entrecerrar los ojos. Cerré la puerta y, con Kate cogida firmemente de la mano, caminé despacio hacia el bosque de abedules cercano, notando cómo mis pies se hundían en la alfombra crujiente de hielo y nieve intacta. Kate se dejó llevar, concentrada en el sonido de nuestros pasos, absorta en el paisaje que nos rodeaba.

—Es como si todo fuese nuevo —dijo en voz baja.

Nos alejamos de la casa en línea recta, andando con dificultad creciente a medida que nos acercábamos a los árboles. En el umbral del pequeño bosque se amontonaba un buen número de ramas rotas sobre un lecho de hojas medio enterradas. El sendero que atravesaba la pequeña formación de abedules y abetos había desaparecido. En primavera, vendrían los de la Forestal para rescatarlo del olvido.

Así fue como nos engulló la inmensidad del paisaje, hasta que no fuimos más que un par de sombras inmóviles en el umbral de un bosque erizado por una tormenta reciente; con un cielo gris, sin nubes, sobre nuestras cabezas y un desierto blanco, roto por la silueta de la casa de las tres chimeneas.

—Tienes razón —le dije volviéndome hacia el nítido horizonte y dejando el bosque a mis espaldas—, es como si todo fuese nuevo.

—Es por la nieve.

—O por nosotros.

Kate me miró sorprendida.

—¿Por qué dices eso?

—¿Te ha pasado alguna vez que hechos que dabas por sentado durante años de repente hayan resultado no ser lo que pensabas?

Supe que Kate se sentía repentinamente a gusto en medio de aquella mañana de noviembre fría e inmutable como la escarcha del congelador de papá (ya ves, lector, que sigo sin mejorar en esto de las metáforas).

—Sí —asintió contenta—, claro que sí. Hace muy poco que me han dado toda una lección en ese sentido.

La miré intrigado, esperando a que continuase.

—Verás, pensaba que mi vida era aburrida y monótona. Estaba tan concentrada en sentirme desdichada y sola que dejé de estar atenta a las pequeñas cosas. A veces, la vida parece mortalmente gris, pero si te molestas en rascar un poquito la superficie...

—¿Aparece la verdadera suciedad? —le tomé el pelo.

—No. —Se rio—. Te das cuentas de que pasan muchas cosas interesantes a tu alrededor. Si no tienes los ojos bien abiertos, ¿cómo vas a ver la aventura cuando pase por tu lado?

—No me refería a eso —le contradije aunque no le faltaba razón a su planteamiento.

—¿Qué es lo que ha cambiado para ti?

—El punto de vista —dije sopesando mis palabras—. Me he visto a través de los ojos de Charlie y de mi padre.

—Y has descubierto que no todo era exactamente como pensabas que era.

Asentí despacio y me incliné sobre ella.

Kate apoyó una de sus manos en mi brazo, parecía cómoda pese a lo muy cerca que estaba de ella, como si se hubiese acostumbrado a tenerme casi al otro lado de su piel durante aquellos días refugiados en casa.

—Todo tiene su propio tiempo —me explicó—. La tarde en la que llegué aquí, justo antes de entrar en vuestra casa, pensé en que todavía no había violetas.

—¿Violetas en noviembre?

—Gianni Rodari tiene un cuento breve sobre una violeta en el polo Norte.

—¿Es un cuento sobre jardinería imposible? —bromeé.

—Es un cuento sobre apreciar las cosas buenas, pero también sobre que todo ocurre cuando tiene que ocurrir. Ni antes ni después.

Contemplé tranquilo la mirada sabia de Kate, sus mejillas sonrosadas por el frío, sus labios entreabiertos y las nubecillas de su respiración. Veteada de miel, salpicada de diminutas migajas de hielo y nieve moribunda, la larga melena de Kate se movió perezosa cuando ella echó la cabeza hacia atrás para mirarme. Di el último paso que todavía nos separaba y llevé una de mis manos a su mejilla.

—Kate —susurré.

—¡Don! —gritó uno de los argonautas mientras se dirigía corriendo a toda velocidad hacia nosotros.

—¡Vamos a hacer un muñeco de nieve! —gritó su hermano adelantándole en frenética carrera.

Envueltos como muñequitos navideños de jengibre en sus abrigos, botas, manoplas, gorros y pasamontañas, iban tan abrigados que solo podíamos ver sus brillantes ojos castaños pese a que ya les teníamos casi con nosotros. Me separé de Kate con un dolor agudo en la boca del estómago y aguanté el equilibrio prodigiosamente cuando los argonautas chocaron contra mis piernas.

—Ya hemos desayunado —jadeó uno de ellos.

—Y mamá dice que podemos salir —le coreó el otro.

—Es una buena idea —les animó Kate dedicándome una sonrisa tan cálida que estuve tentado de mirar hacia arriba para comprobar que no había vuelto a salir el sol.

—¡Eh, vosotros dos! —gritó Sarah acercándose desde la casa junto a Norman—. Entrad a desayunar o no hay muñeco de nieve.

—¡Ya hemos desayunado! —se quejaron los argonautas a dúo.

—Creo que se refiere a nosotros dos. —Se rio Kate dándome un codazo.

# CUANDO BAILAN LOS ARGONAUTAS
## (Kate)

No hubo mañana en la que lograse despertarme antes de las diez. El hechizo de los sueños que rondaba por la habitación de Don había hecho presa en mí con agradables dedos dorados. Resultaba un cambio —otro más— tan agradable a mis costumbres insomnes de los últimos tiempos que ni siquiera se me pasó por la cabeza someterme a los dictados de un despertador.

Pronto, cada uno de los habitantes de la casa acompasó sus rutinas y sus costumbres para adaptarse al entorno compartido. Hacía tanto tiempo que no vivía con nadie bajo el mismo techo que al principio temí cierto grado de incomodidad, pero los Berck eran firmes creyentes de la intimidad de los otros, y el día en la casa transcurría con una agradable alternancia entre espacios comunes y habitaciones cerradas.

A Charlie no le veíamos más que en las horas de las comidas y en la reunión de la noche, cuando solía treparse en su sillón verde musgo de enormes orejas, con una copa de coñac del tío Sawyer en la mano y sus zapatillas de conde francés ancladas en sus pies. Norman rebosaba de la felicidad del cocinero con público, encantado de poner en práctica sus mejores recetas y tenernos a todos alrededor de la enorme mesa de la cocina. Sabía cubrir cada silencio y crear espacios cómodos. Nos contaba anécdotas e historias de su añorada carpintería, de su familia y de su club de amasadores de pan; siempre estaba ahí con su mirada gris atemporal para mirarme con afecto como un recordatorio sobre la imposibilidad de rendirse al desaliento.

Don repartía su tiempo entre los argonautas y encerrarse a solas con sus ordenadores en el despacho. A veces, cuando estaba allí, le oía mantener largas y complicadas conversaciones técnicas por teléfono desde el otro lado del pasillo. Parecía algo desesperado, agobiado, a punto de tomar una decisión que habría de suponer la salvación del mundo conocido hasta la fecha o su total destrucción. No fue hasta después de nuestro breve paseo por la nieve, la mañana en la que el temporal por fin amainó, cuando empezó a mostrar signos de cierta relajación.

Cuando los niños le veían bajar la escalera, no podían evitar mirarle con ojos brillantes de anhelo. Gritaban su nombre y esperaban impacientes su invitación a jugar. Don siempre tenía las mejores ideas de diversión. Yo le creía poseedor de los más magníficos mapas del tesoro, artífice de las más apasionadas aventuras y de los mejores muñecos de nieve. Nunca era capaz de decirle que no cuando me invitaba a jugar con ellos, les habría seguido hasta el mismo corazón del templo maldito (aunque dadas las circunstancias solo hubiésemos podido llegar en trineo).

Sarah y yo tomábamos té a todas horas, escuchábamos tranquilas los larguísimos discursos de Norman y habíamos urdido nuestra propia caza del tesoro buscando por toda la casa alguna novela de ficción. Cuándo las encontrábamos, escondidas entre los interminables volúmenes de derecho y otros horrores literarios de las estanterías del comedor, corríamos a encontrarnos la una con la otra; entonces solíamos embarcarnos en largas conversaciones sobre novelas y sus escritores. Así fue como me enteré de que, aunque Sarah trabajaba como camarera de habitaciones en uno de los hoteles más lujosos de Coleridge —además de echar una mano a los Berck con sus tareas domésticas—, estaba estudiando Biblioteconomía y documentación. Anhelaba, secretamente, convertirse en bibliotecaria.

Creo que Sarah amaba los libros mucho más que la literatura. El libro, el objeto en sí, con sus lomos y cubiertas de pasta, su papel encuadernado, su letra impresa, su olor a promesas, su sonido susurrante en las manos del lector, constituía un auténtico tesoro para ella. Durante aquellos días en los que nos dedicamos a cazar ejemplares recónditos y singulares de ficción en medio del pragmatismo literario de los Berck, la madre de los argonautas fue tan feliz como sus propios hijos cuando Don les llevaba de la mano al país de los juegos inventados.

En cuanto a mí, mentiría si dijese que no era consciente de lo mucho que me gustaba estar allí. Y de que el tiempo pasaba siempre mucho más despacio si Don no estaba cerca.

A veces nos escapábamos de los deditos pringosos e inconstantes de los argonautas y acabábamos acurrucados junto a la chimenea con cualquier excusa. Don me contaba anécdotas sobre su trabajo y yo le caricaturizaba a alguno de los gerentes de Milton. Le preguntaba por cómo era vivir allí en primavera y me explicaba los desvelos de Norman en su pequeño huerto, los colores cambiantes del bosquecillo de abedules y el sonido de los animales nocturnos cuando el sol se hundía por entre nubes naranjas y rojas. Ninguno de los dos creía demasiado al otro, como si se tratase de uno de los cuentos de los argonautas, pero nos resultaba divertido aquel simulacro de historias junto al fuego. No importaba el empeño que pusiese cada uno en hacerse el despistado, acabábamos por derivar el uno hacia el otro como una aguja imantada hacia su norte en la esfera luminosa de una brújula de delicado funcionamiento.

Otras veces fantaseábamos sobre la historia del bar escondido, sobre los motivos del decorador y los arquitectos del Ambassador para crear aquel espacio recóndito. Don decía que no era más que el club privado de unos mafiosos nostálgicos, el refugio en el que se reunían de madrugada para ver películas de Coppola y de Scorsese y fumar puros apestosos. Yo prefería imaginármelo como el lugar de encuentro de las hadas madrinas cansadas, de los agotados ángeles de la guarda, que paraban un momentito en el bar escondido, justo después de que Pierre apagase sus luces y se fuese a casa, para tomar una copa y criticar a las cabezas locas de sus protegidos antes de escapar felices hacia el país de los sueños.

Afortunadamente, jamás llegamos a ponernos de acuerdo sobre el misterio del bar escondido.

El sábado a mediodía, una música pegadiza y alegre me sorprendió a mitad de las escaleras. Había estado en mi habitación leyendo algunos capítulos del último resto arqueológico rescatado de entre las poco pobladas estanterías de Don —un ejemplar amarillento de *La isla del tesoro* de Robert Louis Stevenson— cuando me había sobrevenido la necesidad de buena compañía. Terminé de bajar, me asomé al comedor y me encontré a Sarah y a los gemelos bailando alocadamente por todo el salón *Counting stars* de One Republic.

Sarah me hizo gestos para que me uniese al aquelarre y en cuanto los niños se percataron de que les estaba mirando vinieron a por mí. Me cogieron de las manos y me arrastraron felices hasta el centro del salón. Bailar, saltar, botar, sonreír, estirarse, disfrutar de esa música cargada de buenas promesas resultaba contagioso. Habían movido el sofá verde frente a la pared de cristal y los gemelos no tardaron en quitarse los zapatos y ponerse a bailar sobre sus mullidos cojines.

—Demasiado tiempo sin salir al aire libre —me aclaró Sarah por encima de sus cabezas danzantes—. Necesitan quemar adrenalina.

Supongo que fue entonces cuando comprendí que resultaba mucho más sencillo sentirse feliz que seguir haciendo esfuerzos barrocos para no sucumbir al desconsuelo y la tragedia en cada detalle del universo. Puede que los problemas no se arreglasen tomando una taza de café y comiendo un buen pedazo de bizcocho de limón en la cocina de los Berck, o bailando en el salón con los argonautas dentro de una bola de nieve de cristal, o jugando a los espías con Charlie y el T-rex; pero, si era capaz de relativizar mis problemas como se merecían, perdían tanto peso que salían volando al primer soplo de brisa. Y ahí fuera —me recordé— soplaba mucho más que una leve brisa: tenía a mi disposición una tormenta entera.

No creía que bailar fuese una terapia, ni que la alegría pudiese encontrarse en ningún lugar que no fuese dentro de uno mismo. Pero estar allí, en la casa de las tres chimeneas, flanqueada por los argonautas bailadores y acompañada por la sonrisa alentadora de su madre, arrojaba una luz inclemente sobre mis maneras melancólicas. No iba a solucionar nada durante aquellos días de vacaciones en el paraíso invernal de los Berck, donde nada malo podía ocurrir, pero sí que saldría de allí con la promesa de una mirada nueva y la firme creencia de que mis pies descalzos eran capaces de hollar caminos nuevos.

Agotada de baile y risas, borracha del contagio feliz de los argonautas, me dejé caer sobre la alfombra grande con un niño rubio a cada lado y tropecé con los oscuros ojos de Don. Llevaba a saber cuánto tiempo mirándonos pensativo desde la puerta del comedor, con los brazos cruzados sobre el pecho y el ceño fruncido.

Y entonces sucedió lo más inesperado.

Don regresó de los paisajes recónditos y salvajes de sus pensamientos más tenebrosos y, sin dejar de mirarme a los ojos, sonrió.

# VOLVER A COLERIDGE
## (Kate)

Contra todo pronóstico climatológico —los medios de comunicación seguían anunciando precipitaciones de nieve para los próximos dos días—, el domingo amaneció con un cielo despejado y sereno. Había llovido durante toda la noche rebajando el grosor algodonoso de la capa de nieve.

Me envolví en los restos ásperos de mi abrigo, abandonado durante todos esos días, metí los pies en unas botas de agua enormes que se alineaban feísimas bajo los percheros de la entrada y me atreví a salir para comprobar que la carretera estaba despejada y no me quedaba excusa alguna para seguir escondida en la maravillosa casa de las tres chimeneas que se había convertido en mi hogar de acogida.

El frío era intenso y lamía con dedos húmedos mi cara, la única parte de mi cuerpo que no estaba protegida. Caminé despacio por el sendero que conectaba la casa con la carretera local e intuí los guijarros bajo la capa de nieve sucia de barro por la lluvia de la noche anterior. El crujido de mis pasos torpes quedaba amortiguado por el silencio respetuoso de la naturaleza. Las ramas de los abedules cercanos se mecían despacio y dejaban caer, en pequeñas oleadas de amarillos y naranjas, sus hojitas más otoñales para alfombrar los caminos desaparecidos bajo la nieve. No quedaban violetas.

Metí las manos en los bolsillos y me negué a mirar más allá de mis pies. Me dolía el aire en los pulmones. Me dolía la luz y el suave viento del exterior. Me dolía saber que en unas horas abandonaría aquel lugar. Me dolía el recuerdo de Coleridge, allá lejos, entre la niebla baja de todas mis mañanas de otoño; el recuerdo reciente de otro paseo sobre la nieve con un hombre capaz de cortarme la respiración y volverme del revés los pensamientos.

Cuando volví a entrar en la casa, un sorprendente olor a café, a caramelo y a tortitas recién hechas me dio la bienvenida. Estaba deshaciéndome del abrigo y las botas cuando los duendecillos rubios pasaron corriendo por mi lado.

—¡Es domingo! —me gritaron—. ¡Corre, Kate!

Tropezaron con Don, que acababa de bajar las escaleras y siguieron su loca carrera hacia la cocina.

—Tortitas —me aclaró muy serio fijándose en las botas mojadas que estaba dejando en su sitio.

—He salido. La carretera está despejada y el tren lanzadera vuelve a funcionar con normalidad.

—¿Te vas?

Contuve el aliento, deseando con tanta fuerza que la tormenta volviese a desatarse que tuve que apartar la mirada por miedo a que Don fuese capaz de leer mi anhelo.

—Si pudieses acercarme a la estación…

Despacio, como si temiese que fuese a echar a correr espantada por su proximidad, Don se acercó hasta casi rozarme. Acababa de salir de la ducha, todavía tenía el pelo mojado, más despeinado que de costumbre; llevaba una camiseta oscura y unos vaqueros y olía como deberían oler todos los bosques de Coleridge después de la lluvia.

—Quédate un día más —me pidió en voz baja—. Hoy es domingo y hay tortitas.

Levanté la cabeza para enfrentarme a su mirada oscura y supe que estaba perdida.

—Mañana yo también tengo que ir a la ciudad —insistió—. Te llevo.

—¿Han pasado ya las hordas bárbaras? —nos interrumpió Charlie bajando las escaleras. Se nos quedó mirando para calibrar nuestro grado de proximidad y movió la cabeza con desagrado—. No os quedéis ahí plantados. Ese par de clones nos dejarán sin tortitas.

Ese fue mi primer domingo de tortitas en casa de los Berck, la insuperable rúbrica que puso fin a mi visita y me permitió despedirme despacito y con desgana de cada uno de sus habitantes.

Apátrida, temerosa y de nuevo lastrada por la certeza del acecho de una sombra de tristeza agazapada tras la puerta de mi piso, el lunes temprano Don y yo nos marchamos en coche camino de la ciudad. Al anochecer, él volvería solo.

Llevaba conmigo una enorme bolsa de papel llena de los dibujos que me habían regalado los argonautas, cinco tarteras de plástico con deliciosas sobras, tres panecillos dulces y una barra de pan de sésamo que había amasado yo misma bajo la atenta mirada de Norman Berck. Mis zapatos, que habían resultado irrecuperables pese a los buenos propósitos restauradores de Sarah, se habían quedado en la basura. En sustitución llevaba puestas las botas de agua de Don y sus horribles calcetines de lana supergruesa porque, en un momento de rebeldía, me había resistido a dejarlos atrás.

Se venía conmigo también una promesa de ingreso provisional en el club del pan de Norman y la amistad sincera, que habría de acompañarme durante incontables años, de Sarah y los argonautas. Sin saberlo, dejaba atrás un móvil olvidado dentro de un cajón y el anhelo más secreto de volver para contemplar el bosquecillo de abedules en primavera.

¿Cómo se retoma el hilo de una vida? ¿Cómo se vuelve a caminar por las calles de piedra, desiertas y frías, tras haber cenado en la cocina de Norman Berck? ¿Cómo volver a convencerte de que la luz no ha cambiado, de que el brillo en los ojos de los argonautas no lo ha vuelto todo un poco más gris en su ausencia?

¿Cómo hubiese podido despedirme del hombre serio y taciturno que me miraba desde detrás del volante con una expresión indescifrable mientras arrastraba mis bolsas, sus botas y mi desesperanza hasta desaparecer por la puerta de mi viejo edificio?

# TODAS LAS HORAS
## (Kate)

Coleridge no tardó en recuperarse de los destrozos de la tormenta. Como pequeñas hormiguitas hacendosas, aquí y allá, veía personas trabajando para remediar los desbarajustes: tendido eléctrico descolgado, árboles caídos, cristales rotos, señales de tráfico dañadas… La ciudad retomaba su pulso lento de urbe vieja, incapaz de verse sorprendida ni siquiera por un mal noviembre.

Mi jardín también había sufrido las inclemencias de la que para mí —por mucho en que todos se empeñaron en llamarla la Gran Tormenta Blanca— fue desde entonces la Tormenta de William. Abrí despacio la puerta secreta, disimulada tras los contadores de la comunidad, y me quedé en el umbral de mi pequeño pedacito de selva, temerosa de descubrir que no quedaban más que las raíces. Pero los seres vivos de aquel jardín tenían memoria propia y por mucho que se remontasen a sus células vegetales más primigenias, seguían teniendo ese talante asilvestrado de resistir contra la adversidad.

Algunos árboles, los más grandes, como el castaño y el cerezo, habían perdido buena parte de sus hojas y algunas de sus ramas; además de las que yacían desprendidas en el suelo, tenían otras tantas quebradas, que colgaban inertes con el escalofriante aspecto de dedos y brazos rotos de unos fantasmas esqueléticos. Pequeñas montañas resistentes de nieve y hielo, sobre todo en los rincones y en la pared oeste del jardín, sepultaban arbustos aromáticos y otras plantas pequeñas. La mayoría de las flores se habían visto desnudadas de sus pétalos, pero las hermosas glicinas y aulagas, vestidas tercamente para el invierno, se conservaban casi intactas. Pensé que si le añadía unas ruinas de catedral gótica, a Tim Burton le hubiese gustado sentarse a merendar en ese paisaje desolado y umbrío.

Pese a todo, el jardín había soportado bastante bien el temporal, y cuando me adentré más por entre sus helechos otoñales —siempre dispuestos a borrar cualquier traza de camino que dibujase la costumbre de mis pies—, se mecía al ritmo pausado de un suave viento de finales de noviembre, secretamente contento de tenerme de vuelta.

Allí fue donde me encontró Pierre, atareada con palas, tijeras de podar y otras herramientas que me había prestado la señora Maudie para limpiar aquel morboso vergel.

—Ah, estás viva —me saludó lacónico con las manos en los bolsillos y un brillo malicioso en sus pálidos ojos azules.

—Ya te he dicho que apagué el móvil y lo olvidé en un cajón…

—… de la habitación de un hombre que me derrite el hielo de las cubiteras cada vez que se acerca a pedirme una cerveza.

—No pasó nada entre nosotros.

—No puedo creerte. Olvidas que he visto cómo te mira.

—¿Cómo?

—Como si fuese a comerte.

—Pierre…

Sé que mi amigo detectó la nota de tristeza en mi voz porque dejó de insistir. Habíamos hablado brevemente por teléfono esa misma mañana y había prometido venir a ayudarme. Sacó las manos de los bolsillos y se enfundó un par de guantes que estaban tirados junto a un magnolio algo enfurruñado.

—Te gusta.

—Por supuesto que me gusta, ¿qué te habías creído?

—¿De qué tienes miedo?

—No soy yo quien tiene miedo. Todo está al revés cuando se trata de Don.

Cogió la pala más grande y se fue al otro extremo del jardín, a desenterrar el romero, el espliego y algunos otros arbustos supervivientes. Pude escuchar sus palabras murmuradas entre dientes, sorprendiéndose de que bajo la nieve y el hielo casi todas las plantas estuviesen bien, mirándole inmutables, con cierto aire burlón, a medida que las rescataba a paletadas.

—Esto es cosa de brujas —me confió después de llenar un par de bolsas con hojas y ramitas—. ¿Qué tiene que sufrir esta parcela de selva para morirse?

—Cállate —le reñí—, te van a oír los rosales silvestres y en primavera me castigarán sin flores. Ayúdame con esto.

Trabajamos en silencio durante toda la mañana, llenando bolsas de deshechos vegetales, nieve rezagada y trozos de hielo. Lo tiramos todo en uno de los enormes contenedores de compostaje de mi calle y volvimos sudorosos y cansados a contemplar nuestra limpieza otoñal. El jardín parecía brillar bajo el tibio sol que había decidido visitarnos ese mediodía.

Pierre fue a casa de la señora Maudie a devolver los utensilios que nos había prestado y yo subí a mi piso a preparar un pequeño tentempié para agradecerle a mi amigo su colaboración. Mi cocina estaba vacía, y me pareció pequeña, fría, oscura a la luz del recuerdo de la casa de las tres chimeneas, de la estancia cálida y aromática en la que reinaba el paciente Norman Berck; la misma cocina que fue testigo mudo de una noche en la que las manos de un hombre bueno me sostuvieron por encima de un cielo sin estrellas mientras el aroma del café y una tetera sibilante se apresuraban a escribir en el pentagrama de nuestros latidos acompasados.

Puse en el horno un pan de *focaccia* de queso, romero y tomate y aparté mis recuerdos como se aparta una telaraña que se interpone en nuestro camino. Dispuse algunas aceitunas y taquitos de queso en pequeños cuencos, preparé una ensalada sencilla con los ingredientes que rescaté de la nevera y lo llevé todo al jardín con ayuda de una bandeja y al menos cinco viajes escaleras arriba y abajo. Cuando estuvo lista la *focaccia*, la saqué del horno y la bajé en un plato largo junto con un par de cervezas negras. Pierre había puesto los cojines —secos, limpios y mullidos— sobre el balancín y las sillas blancas y me esperaba bajo las ramas, ahora menos colgantes, del enorme castaño recién podado. Escanció las dos cervezas con ademanes de cortesano medieval experimentado y se arrellanó satisfecho en su cómodo asiento, escaldándose los dedos con un trozo del pan humeante.

—La vida es buena —suspiró con la boca llena y media sonrisa bailándole en la comisura de los labios.

Le sonreí y miré a nuestro alrededor. Mi pequeño pedazo de selva rebelde resplandecía amable, extrañamente en paz con el silencio de nuestras respiraciones. El ritmo pausado de Coleridge se había quedado lejos, fuera, tras los muros altos de ladrillo rojo, al otro lado de los enormes edificios modernos que nos rodeaban. Aquel desordenado jardín se había convertido en una metáfora de la resistencia ancestral de la ciudad, herencia inmutable que, sin embargo, cambiaba con el paso de cada una de las estaciones.

—Todavía no me has dicho dónde estabas cuando empezó la tormenta —le acusé a Pierre cuando terminó su primera porción de aquel pan artificial aromático y aceitunado.

—En la cama, cariño, durmiendo. Había trabajado la noche anterior, así que tuve mi recompensa. Peor lo tuvo Mario, que andaba de postureo en una exposición en el barrio de las galerías. Cuando llegó a casa parecía un caniche mojado.

Sonreí con cierta malevolencia al imaginarme al siempre atildado Mario vapuleado por la meteorología.

—Te han sentado bien estos días en casa de los Berck —apuntó Pierre antes de dar un sorbo a su espumosa cerveza negra.

—Lo he pasado de maravilla.

—¿Han sido unas vacaciones?

—Mejor que eso —suspiré pensando en el olor a café y a tortitas, en las risas de los duendecillos rubios, en la complicidad de Sarah y su amor por los libros, en la pausada presencia y las conversaciones de Norm, en la pequeña aventura de espías que me había ofrecido Charlie, en las manos de Don sosteniéndome en medio de un paisaje nuevo, tan blanco, en aquel extraño y frío noviembre que me había devuelto la paz y las ganas de empezar de nuevo.

—¿Qué te ha pasado exactamente? —preguntó Pierre dejando su vaso sobre la atestadísima mesita blanca y mirándome a los ojos como si pudiese zambullirse desde allí en la piscina de mis secretos.

—No quiero estar triste.

—Entonces deja de esperar.

—Tampoco quiero ser una desesperanzada.

—¿Esa palabra existe?

—Debería estar prohibida por ley.

—Ay, Pandora mía —suspiró teatralmente como solo él era capaz de hacerlo, llenando aquel silencio vegetal y salvaje de los habitantes mudos del jardín.

Mientras terminábamos de comer le expliqué a Pierre mi breve visita al archivo noble de Milton como despedida y mi té con galletas con Dolores Weiseman; le conté la extraña aventura de Lando Calrissian y Charlie Berck y mi firme resolución de estar preparada para encontrar lo invisible en lo cotidiano; le prometí contarle más cosas sobre mi tiempo de refugiada en casa de los Berck, pero no entonces —se me hacía insoportable rememorar en voz alta unos días que ya atesoraba como algo especial, delicado, querido—, no en el jardín. Por teléfono ya le había relatado, dos veces, el heroico rescate de Don y su tren lanzadera, pero Pierre, insaciable curioso, seguía haciendo preguntas sobre la casa de las tres chimeneas y sus encantadores habitantes. No le culpaba, mi estancia allí había resultado como un sueño extraordinario de los que curan todas las heridas. Sospechaba que, al igual que me sucedía a mí, Pierre suspiraba por convertirse en un tercer argonauta.

La luz del atardecer ponía notas de miel y caramelo en los tonos más otoñales del jardín cuando terminamos de beber el segundo té de naranja y canela y Pierre empezaba a dar muestras de cansancio. Yo tenía que estar en media hora en la Longfellow Radio.

—Tengo que irme —le avisé mirando el reloj—. Ayer por la noche me llamó Josh para decirme que habíamos quedado hoy a las cinco en la emisora. Parece que Xavier ha convocado una reunión urgente, no sé qué querrá.

—Instaurar un código de adoración de su sagrada persona —aventuró mi amigo poniéndose en pie y desperezándose placenteramente—. Pero el viernes no hubo programa, ni siquiera Xavier fue capaz de levitar sobre veinte centímetros de nieve por metro cuadrado.

—Me voy volando —dije después de darle un par de besos apresurados—. Ya recogeré todo esto más tarde. Subo a por el abrigo y me voy.

—¿No vas a explicarme nada más? —se escandalizó Pierre.

—Algún día, si te lo mereces.

—Querida, yo siempre me lo merezco. Mañana pienso pasarme por tu jardín embrujado, e indestructible, con un montón de cruasanes rellenos de crema.

—No me quedará más remedio que dejarte pasar —suspiré tomándole el pelo.

Pierre me guiñó uno de sus pálidos ojos azules.

—Ah, por cierto, cuando tengamos tiempo recuérdame que te comente algo sobre el grosor de unos calcetines de lana, creo que tu padre alucinaría —le advertí.

—¿Has llamado a tus padres? —recordó súbitamente al hilo de mi comentario.

—No. Está vez dejaré que sean ellos quienes me echen de menos.

Cerramos con solemnidad a nuestras espaldas la puerta del jardín, como si guardásemos allí el más delicado de los secretos. Subí a casa a por otro abrigo y una bufanda y salimos juntos a la calle. Antes de que Pierre doblase la esquina del edificio vecino en busca de su parada de autobús, me giré con rapidez y caminé unos pasos de espaldas llamando su atención con un pequeño silbido.

—¡Eh, tú! No me has preguntado cuántas horas he dormido —le eché en cara al encantador barman.

—¿Cuántas?

—Todas, Pierre. Absolutamente todas. —Sonreí.

Mi amigo realizó una teatral y perfecta reverencia plantado en medio de la calle desierta.

—Mis reservas de vino blanco te lo agradecen sinceramente.

# WILLIAM YA NO TRABAJA AQUÍ
## (Kate)

Cuando enfilé la autopista con mi pequeño Ford cascarrabias, empezó a llover. La tarde anterior, el amigo mecánico de Don me había llamado para que pasase a buscar el vehículo por su taller. Por suerte, había sido una reparación sencilla y mi motorizado cacharro volvía a arrancar a la primera.

Conduje con fluidez hasta Longfellow por una autopista limpia de nieve y barro enmarcada en un paisaje tan ajeno a los otoños de la región que me pareció haber cruzado la frontera y estar atravesando otras latitudes. Puse la radio, obvié las noticias locales de una Coleridge que recuperaba su ritmo de ciudad tranquila y sintonicé —¿por qué no?— aquella emisora de jazz.

Cuando aparqué frente al hermoso edificio de mediados del siglo xix, pude escuchar las últimas campanadas del reloj de una iglesia cercana; eran las ocho de la tarde y la oscuridad resultaba suave a la luz de las farolas. La lluvia había amainado sobre la lona vencida de mi paraguas.

Dentro, la calefacción funcionaba a todo trapo y un olor a pergamino antiguo salió a mi encuentro. Los ancianos no me prestaron la más mínima atención cuando me dirigí hacia las escaleras junto al bar. El calvo con bigote que atendía la barra contestó con un movimiento de cabeza a mi «Buenas tardes». Nada había cambiado pese a mi fugaz destierro.

Subí las empinadas y estrechas escaleras y empujé con decisión la puerta de madera que llevaba a la radiofónica buhardilla. Estaba abierta. Me sorprendió encontrar a Xavier y a Josh sentados a la mesa de la pequeña redacción con un semblante más serio de lo habitual. Les saludé y mis ojos se fueron hacia las dos peceras de arriba. Desde su impoluto palacio de cristal, Santi, el técnico de sonido, me dedicó un gesto amistoso.

Josh se levantó a darme dos besos y me ayudó con el abrigo y el paraguas. Xavier esperó a que ambos volviésemos a estar sentados, frente a él, y nos dijo por qué nos había hecho venir.

—El programa no va bien.

—¿Cómo lo sabes? ¿Tienes cifras de audiencia? —dijo Josh un poco a la defensiva.

—Parecéis sorprendidos —siguió Xavier—. ¿Acaso creíais que los programas sobre Napoleón eran la bomba o qué?

—La sección de Kate es buena. Como la de todos. Dices que el programa no va bien pero me parece que eso es solo tu percepción.

—¿Dónde está William? —pregunté.

Xavier soltó una risa desagradable y me miró con desprecio mal disimulado.

—En la emisora nacional, explicando sus teorías meteorológicas sobre la tormenta —me aclaró—. Ahora es toda una celebridad.

Josh recuperó su compostura de hombre paciente y me explicó que, días antes de la tormenta, William había estado llamando al Observatorio de Coleridge para advertirles sobre las dimensiones del fenómeno que se avecinaba y sus posibles consecuencias. Como nadie se lo había tomado en serio —todos los indicios de las imágenes captadas por satélite, así como las directrices del Instituto Estatal de Meteorología, apuntaban a una borrasca de dimensiones modestas—, optó por seguir su campaña de advertencias por correo electrónico. Había saturado los buzones de la Estación, del Instituto, del Observatorio e incluso del Ayuntamiento. Para cuando uno de los secretarios de la oficina del alcalde empezó a tomarse en serio los correos de William, la centralita de emergencias ya estaba al rojo vivo y la ciudad en pleno caos. Nadie se había molestado siquiera en leer las conclusiones a las que había llegado un meteorólogo desempleado tras la rigurosa interpretación de los mapas isobáricos y las imágenes por satélite que había podido consultar en los equipos de su facultad.

Nadie había tenido en cuenta las advertencias del propio William, ni siquiera nosotros, sus amigos, hasta que no fue demasiado tarde. En plena debacle climatológica, un par de policías subidos a una máquina quitanieves por las desiertas y maltratadas calles de Coleridge había ido a buscarle a casa de su madre para pedirle que les acompañase hasta el Observatorio, puesto de toma de decisiones de las autoridades locales. Una vez allí, William había podido explayarse a gusto sobre sus teorías —por fin confirmadas— de una tormenta de proporciones gigantescas que duraría al menos cuatro días más y que tendría a los habitantes de la región confinados en sus casas.

Desde ese momento, la palabra de William había sido un acto de fe para el Observatorio Meteorológico. En vista de que todas sus predicciones se iban cumpliendo con precisión, nuestro hombrecillo del tiempo se había convertido en una celebridad en los medios de comunicación y las redes sociales. Las cadenas de radio y televisión se disputaban sus entrevistas.

—Y corren rumores de que va a escribir un libro —culminó Josh con una sonrisa.

—Qué patético —masculló Xavier, verde de envidia.

Me alegré por William y sus profecías cumplidas. Al fin y al cabo, yo había sido rescatada de la tormenta, en más de un sentido.

—A ver, a lo que vamos —nos llamó la atención Xavier—. Como os decía, *¡Por fin es viernes!* se ha quedado obsoleto, la fórmula está agotada y sin gracia. Os he hecho venir a todos para informaros de que he cancelado el programa.

Josh protestó de inmediato. No creía que el programa no tuviese gracia ni audiencia y pedía cifras, datos que Xavier no tenía porque su decisión era puro capricho, así que los dos se enzarzaron en una agria discusión. Mostré mi desacuerdo con Xavier, me lamenté por el poco tiempo que había podido disfrutar de un programa tan divertido y apoyé a Josh en sus argumentaciones. Pero sabía que nada podíamos hacer contra la determinación de aquel pequeño tirano flacucho, macilento y aquejado del mal de la envidia más corrosiva. Por desgracia, el programa era suyo, siempre lo había sido, él era director, productor y socio de aquella pequeña radio.

Me quedé hasta que Josh empezó a dar muestras de desaliento y Xavier se volvía cada vez más ácido y personal en sus ataques. Cuando se rio otra vez de mi manera de hablar y del tema que había escogido para mi sección, apreté el brazo de Josh para pedirle calma, me levanté sonriente y me despedí.

—Suerte, chicos. Ha sido un placer conoceros —dije a modo de colofón.

Estaba siendo sincera, sabía que haber llegado allí aquel primer viernes de otoño había sido casi un pequeño detonante de mi cambio. Había abierto aquella puerta, al final de las empinadas escaleras de la madriguera radiofónica, donde había pensado, por primera vez y en serio, dejar Milton, tomar otro camino. Allí había aprendido que hay tantas soledades como personas que las habitan y que es posible compartirlas durante unos momentos cada semana.

Me puse el abrigo y recogí mis cosas sin dejar de sonreír, sorda a los sarcasmos de Xavier y a las cada vez más débiles protestas de Josh. Eché una última mirada a aquel pequeño nido de madera, tan cálido como una biblioteca en invierno, y me despedí de Santi, agitando la mano con energía hasta llamar su atención. Su sonrisa de auriculares puestos fue lo último que vi antes de salir de allí.

Josh me alcanzó a los pies de la escalera, justo cuando estaba diciendo adiós al calvo con bigote del bar.

—Kate, espera —me llamó—. Ven un momento, por favor.

Me cogió del brazo y nos sentamos en una de las mesas vacías del enorme y mal iluminado salón. Los abuelitos y abuelitas, con su rumor de conversaciones y toses, nos pusieron la música de fondo.

—Kate, la semana pasada uno de los técnicos me dijo que había un concurso de maquetas para un magazine de entrevistas y entretenimiento de actualidad. Aquí, en la Longfellow. El ganador firmará contrato para hacer un programa semanal. Remunerado.

Le miré desubicada.

—¿Te quieres presentar conmigo? —me preguntó Josh con una sonrisa deslumbrante.

—Pues…

—No te lo estoy diciendo porque nos hayamos quedado sin el programa de los viernes. No tenía ni idea de que el idiota de Xavier nos había hecho venir para eso. Pensaba comentártelo igualmente, creo que podríamos hacer algo bastante bueno entre los dos.

Yo tenía la mente en blanco. Me había sentado tan mal quedarme sin *¡Por fin es viernes!* que era incapaz de sopesar alternativas.

—Ya tengo apalabrada el estudio de grabación para el martes de la semana que viene. Tenemos unos nueve días para pensar un guion y demás. Me apetece mucho llevar la parte de actualidad y noticias, y tú eres muy buena hablando con la gente, entrevistando y eso… Bueno, tú eres buena en general, y detrás de un micrófono en particular.

—No sé, Josh. Me ha sentado mal que se anulase el programa, justo cuando empezaba a pasármelo bien. Y precisamente ahora tengo bastante tiempo libre.

—¿Y entonces? Todo es perfecto. Dime que sí y quedamos mañana mismo para pensar en nuestro propio programa.

Miré esperanzada los primeros escalones de la madriguera del conejo. Quizás no fuese hoy la última vez que iba a bajarlos.

—Me encantaría —le dije sinceramente contenta.

—Perfecto. Entonces tenemos un trato —me contestó satisfecho estrechando mi mano.

—¿Solos tú y yo?

—Pues de momento sí, si te parece bien.

—Me parece genial.

—Bueno, tú y yo y Santi como técnico, claro. Ha prometido estar aquí el martes para ayudarnos con las carátulas, las entradillas y la maqueta.

Sonreí encantada y me despedí de Josh con dos besos y un enorme abrazo.

—Esto es nuevo. —Se rio él tras devolverme el gesto de cariño.

—Sí —dije orgullosa mientras echaba a andar hacia la puerta—, muchas cosas lo son. Quedamos mañana para prepararlo todo. Y el martes recuérdame que le traiga un detallito a nuestro técnico de sonido.

—¿El qué? —se sorprendió Josh.

—Un limpiacristales.

Fuera me recibió una noche serena y sin estrellas. Había dejado de llover. Conduje al ritmo de la música suave de Cole Porter. Desterré a Xavier y a la Longfellow de mi mente. Estaba dispuesta a aprovechar la puerta que me había abierto Josh pero tampoco quería hacerme muchas ilusiones. Se trataba de un concurso y eso no garantizaba nada.

Pensé en la sonrisa de los argonautas, en el olor a bizcocho de limón de la cocina de Norman, en su pastel de calabaza y sus tortitas de caramelo. Recordé el suave roce de las manos de Sarah sobre las cabezas rubias de sus duendecillos, el humor amable en el que se disolvía el perenne sarcasmo de Charlie cuando los vapores del coñac del tío Sawyer le ablandaban, el crepitar de aquella chimenea y las cabezadas de sueño del mayor de los Berck. Reconstruí al detalle la imagen de la casa de las tres chimeneas, el bosque nevado y las violetas ausentes, los remolinos blancos de todas aquellas noches envolviéndonos en capas de algodón tan limpias… Pero por más cuidado que puse en evitarlo, mis pensamientos se enredaron en el pelo despeinado de Don.

Le echaba de menos. Había empezado a añorarle incluso estando con él, cada vez que me había mirado con el pensamiento puesto muy lejos de mí. Había notado la reticencia de sus manos, el gesto interrumpido de sus caricias, la contención de su voluntad y de sus palabras. Don me había rescatado del abandono y de la climatología pero no había sido capaz de salvarme de sus propios conflictos.

Y yo, que al principio no había hecho más que dejarme llevar por su atención conmovedora, por su cariñosa preocupación, por su sincero instinto de protección, ese ceño fruncido y su sonrisa ausente, me encontraba ahora desarropada y tiritando, con el miedo inexplicable a no volver a verle, a no ser capaz de vencer sus reticencias o —aún peor— las mías propias.

Había sido capaz de relativizar el lastre de mi tristeza, había descubierto una historia escondida en un archivo del piso 16, había jugado a los detectives —entendiendo al fin que la vida es tan aburrida como tú misma quieres que sea— y había aprendido, en una casa de tres chimeneas y seis habitantes extraordinarios, que estar sola no era más que un buen punto de partida. Y por todo ello estaba convencida de que, ahora sí, podía empezar de nuevo en el paisaje viejo y querido de Coleridge.

Aparqué el coche frente a mi viejo edificio y me quedé sentada al volante. Tenía la cara mojada de lágrimas. Había estado llorando en silencio durante buena parte del camino, con el llanto tranquilo y dulce de quienes saben recordar cómo huele exactamente el hogar porque acaban de encontrarlo.

Esa noche hubiese dado cualquier cosa por volver a dormir en la casa de las tres chimeneas.

# DE TODAS LAS PERSONAS DEL MUNDO
## (Kate)

—No llore, Katherine, por favor. ¿Por qué llora? ¿Es porque tiene que vivir en ese edificio?

Rodolfo Torres, alto, robusto y siniestro como la noche, me estaba esperando, de pie y con la nariz enrojecida por el frío, junto al portal. El pequeño edificio destartalado de tres pisos, encajonado entre dos modernos bloques de cemento y cristal, parecía a punto de derrumbarse a los pies de mi exjefe.

—¿Cómo me ha encontrado, señor? —dije mientras me limpiaba las lágrimas a manotazos.

—Los de recursos humanos me dieron su dirección. Parecían bastante asustados cuando se la pedí. ¿En serio vive en ese edificio? Parece que esté a punto de ser declarado en ruina...

Le miré desconcertada a la luz de las farolas de mi desierta calle.

—Señor, es la primera vez que hablo con usted y no me está gritando.

—Es un buen cambio.

El T-rex me miró con algo parecido a la preocupación humana, me tendió un pañuelo de papel, que acepté, y puso mi brazo alrededor del suyo. Su abrigo gris, caro y elegante, era muy agradable al tacto.

—Déjeme invitarla a un café. He visto un sitio bastante agradable a la vuelta de la esquina.

Me dejé llevar, sin capacidad de reacción. ¿Quién era aquel hombre y dónde estaba el temible director de Milton Consultants? Aquel que por las mañanas solía desayunar gerentes y, por las tardes, merendar directores, caminaba a mi lado con tranquilidad, sosteniendo en silencio el peso de mi brazo indeciso y dispuesto a entrar en una cafetería en la que anunciaban magdalenas decoradas a uno con cincuenta.

Para cuando nos quitamos los abrigos y las bufandas y pedimos a un delgadísimo camarero con cara de malas pulgas nuestros cafés —el del T-rex curiosamente descafeinado—, había conseguido detener mis lágrimas y envolver mi estado de añoranza en papel de seda para contemplarlo más tarde, a solas, en mi dormitorio. Estar allí con un exjefe de semejante legendaria reputación me había sorprendido tanto que todo lo demás se había retirado, inesperadamente amortiguado, tras un agradable telón de terciopelo oscuro.

—¿Qué hace aquí, señor? —pregunté superada por la curiosidad.

—Charlie Berck me ha explicado que fue usted quien encontró los informes duplicados.

Debí poner cara de espanto porque Torres se apresuró

a levantar una de sus manazas con la absurda idea de que pudiese tratarse de un gesto tranquilizador.

—No se preocupe por nada, Katherine —me dijo intentando suavizar su vozarrón bajando el tono—. Su nombre no va a salir a relucir en ningún momento durante la investigación. Declararé que fui yo quien encontró y copió los informes. Haré desaparecer a cualquiera que insinúe cualquier otra cosa.

Eso último debía ser una broma porque el T-rex ensayó una especie de sonrisa que se quedó a medio camino entre una mueca y la expresión de un dolor de estómago.

—Quería decirle —continuó— que usted tenía razón. Y quería darle las gracias.

Le miré otra vez muda asombro, anonadada. Hasta la fecha estaba convencida de que si había alguien que estuviese genéticamente predispuesto a desconocer la palabra «gracias» era el hombre que tenía sentado frente a mí, justo al otro lado de la mesa color lavanda de una cafetería cualquiera a la vuelta de una esquina.

—La tormenta me pilló en casa. Había ido a ducharme y cambiarme de ropa antes de una reunión de presidencia. Pero para cuando salí a la calle, sin hacer caso de las advertencias de mi mujer, el viento y el granizo eran tan fuertes que me quedé a media frase mientras amenazaba al portero con despedirle sin carta de recomendación si no llamaba a un taxi inmediatamente. Y ya sabe lo difícil que es interrumpirme mientras estoy amenazando a alguien con el despido.

»Volví a subir a casa y cuando vi a mi mujer y a mis hijos… Bueno, no voy a engañarle, pasar estos días encerrado con dos niños de siete y diez años es lo más parecido a cumplir cadena perpetua en el infierno. Y luego estalló la bomba de Milton y Segursmart. Llevo toda mi vida trabajando para esa empresa, dejándome la piel y la salud, pasando por encima de quien sea para conseguir clientes, para tener la cuenta más larga a final de año…

Asentí despacio para darle ánimos, parecía haber dejado atrás la fase más belicosa de su odio pero todavía hablaba con comprensible rencor.

—Si ese informe hubiese salido a la luz, si se hubiese abierto una investigación… Estaba firmado por mí, Katherine, yo habría sido el culpable. Habría sido juzgado, condenado, inhabilitado, desprestigiado y, muy probablemente, habría ido a la cárcel —reflexionó en voz alta—. No digo que la cárcel no hubiese sido mejor alternativa que seguir en casa con mis hijos pero…

—Lo siento, señor.

—Si no fuese por usted y por Berck…

Me miró a los ojos para asegurarse de que era capaz de ver el cambio que se había producido en los suyos. Me estaba diciendo que era un hombre que había aprendido a ver de nuevo tras muchos años de ceguera. El dragón pidiendo la protección de san Jorge.

Tomó un sorbo de su café y evidenció su resignación y alivio, a partes iguales.

—Le doy las gracias por haber tirado del hilo de esos informes, pero también porque durante todos estos años usted siempre se ha comportado de forma impecable: profesional, responsable, inteligente. Pese a que su trabajo no le gustaba, pese a que no compartía en absoluto los valores de la empresa, la falta de moralidad de quienes le rodeaban, usted siempre cumplió su parte. Y de sobra. No sé si mis palabras ahora le sirven de algo…

—Sí que me sirven.

—… o le llegan demasiado tarde. Me arrepiento de muchas cosas, Katherine. Pero sobre todo me arrepiento de no haberle dicho antes lo bien que hacía su trabajo.

Asentí, conciliadora. El dragón domesticado me miró con cierta desconfianza.

—¿Y qué va a hacer ahora? —le pregunté poniendo mis manos alrededor de la taza caliente de té.

Comprobó aliviado que le creía. Relajó los hombros, se echó hacia atrás en su asiento y se recolocó el jersey de lana que llevaba. Divertida, me di cuenta de que era un espantoso jersey de renos y estrellitas navideñas.

—Pues ponerme en manos de abogados, no puedo contarle mucho más de momento, parece que toda la investigación está bajo secreto de sumario. Colaborar con la Fiscalía y con la Oficina de Finanzas y cruzar los dedos para que todo salga bien.

—¿Se da cuenta de que va a tener que pasar mucho tiempo en casa con sus hijos?

—¡Qué san Jorge me proteja! —Sonrió (esta vez sí).

—¿Y qué dice su esposa de todo esto?

—Pues lo peor de todo es que no parece sorprendida —se lamentó el señor Torres algo perplejo—, pero se lo ha tomado muy bien. Es una mujer extraordinaria.

—Tiene que serlo, señor.

—Quiere decir para aguantarme a mí, ¿verdad?

—¿Y qué hará después, cuándo todo esto haya pasado? ¿Tiene algún proyecto profesional?

—Pues cuando pase la vorágine de los juzgados, quiero darle un par de vueltas a un negocio propio que siempre me ha rondado por la cabeza y que he tenido que aplazar por falta de tiempo. Pero con calma, por suerte no tengo ninguna prisa. Necesito tiempo para asimilar todo lo que ha pasado y no acabar en el hospital con un agujero en el estómago por culpa de mi hernia de hiato. ¿Y usted? ¿En qué está trabajando ahora?

—De momento, voy a presentarme a un concurso de radio. Y… y creo que amasar pan.

—Bien, será un pan buenísimo. No se ría, es cierto.

—No sé qué voy a hacer, pero por primera vez en mucho tiempo casi no tengo miedo de esa certeza. Casi.

Mi exjefe volvió a sorprenderme al extender los brazos y coger mis manos entre las suyas, con un gesto tan sencillo, tan lleno de ternura, que comprendí todo lo que había vuelto del revés aquella tormenta que había sacudido nuestras vidas.

—Sé que usted hará especialmente bien todo lo que se proponga, porque pone atención y alma en lo que hace. Ha sido un placer trabajar con usted, mi querida Katherine. Y cuando sepa hacia dónde dirigir sus pasos, estaré encantado de acompañarla, si lo cree conveniente.

—Señor, no se ofenda, pero creo que preferiría que me pisara un elefante a volver a trabajar con usted.

Me fijé en sus ojos brillantes, su expresión plácida y su nariz ganchuda, que había recuperado su color tras una taza de café con su exempleada. Fuese o no real su propósito de cambio, lo consiguiese o no, había tenido la valentía de venir a buscarme. Tenerle allí sentado, en aquella diminuta cafetería repleta de cartelitos de ofertas sobre magdalenas, era la prueba de su metamorfosis. Le dije que le deseaba toda la suerte del universo, como si no la tuviese ya toda.

—De todas las personas del mundo —añadí—, jamás pensé que fuese usted quien vendría a consolarme después de una tormenta.

# UN FINAL
## (Don)

—Berck, pasa por mi despacho.

El comisario González, con su voz de barítono, se asomó a la sala de trabajo y me miró con lo que me pareció suspicacia.

—Ahora —insistió antes de desaparecer al ver que no me había levantado de la silla.

Le seguí por el pasillo de linóleo, ignorando el asqueroso ruido de nuestras pisadas, y traté de no imaginarme por qué demonios mi jefe me llamaba a su oficina un viernes al mediodía.

—Siéntate, Don —me ofreció González con cierta amabilidad.

Ordenó un montón de papeles que tenía en la mesa y empezó a hablar sin mirarme a la cara.

—Ayer por la noche llegó una orden judicial… —Carraspeó en una pausa que me pareció más teatral que de costumbre, para ser él y estar a finales de semana—. Para entrar en Segursmart.

Solté todo el aire que tenía en los pulmones pero no me atreví a mover ni un solo dedo. Eso sí que no me lo esperaba. Aunque hacía días que Sierra, Punisher y yo teníamos todo listo para dar luz verde a la operación convenida, mi mal humor y mis vacilaciones seguía manteniendo la acción en suspenso. Punisher estaba muy cabreado conmigo y Sierra guardaba un silencio paciente (un silencio injusto, también, porque había dejado cualquier decisión en mis manos). Yo seguía paralizado por la conciencia súbita de la importancia de aquel paso. Me excusaba diciéndome que debíamos repasarlo todo una vez más antes de llevarlo a la práctica, comprobar que no había fisuras en el plan de ataque. Pero la estrategia era perfecta —y lo sabía—, teníamos localizados, sin margen de error, a vendedor y comprador —y lo sabía—, teníamos los paquetes de datos, las evidencias y hasta el ataque previsto.

Sin embargo, la tormenta lo había cambiado todo. Charlie me había abierto los ojos sobre la necesidad de dejar atrás ese lastre, y me pesaba en la conciencia la preocupación de papá por mi incapacidad de vivir con el dolor de la muerte de Gabriel, que me podía abocar a emprender una conspiración de dudosa legalidad. Durante aquellos días de noviembre, con Kate en casa —andando de aquí para allá con sus pasitos de hada en calcetines, hollando conmigo el paisaje nevado mientras me moría de ganas de besarla—, había sido consciente de lo mucho que deseaba empezar algo nuevo con ella. Y jamás lo habría hecho con las manos manchadas por el rencor y la rabia. No podía dar luz verde a Sierra y a Punisher para poner en marcha nuestra pequeña *vendetta* porque sabía que no había vuelta atrás si daba un solo paso más en esa dirección. Me había llegado la hora de dejar de mirar atrás, pero antes tenía que cerrar esa puerta a mis espaldas, y todavía no había descubierto cómo hacerlo.

Y ahora, de repente, todas mis plegarias habían sido atendidas y un juez había abierto la investigación. Y no había sido por nada que yo hubiese hecho. Una oleada de rabia e impotencia me asaltó en cuanto me pasó por la cabeza que Punisher hubiese podido tirar de la madeja sin mí.

No, Punisher no habría hecho nada parecido. Le conocía lo suficiente como para estar seguro de la lealtad de su amistad, de su respeto.

—¿Entiendes lo que te estoy diciendo? —siguió hablando González ante mi falta de reacción visible—. Voy a abrir una investigación en esa empresa por orden expresa de un juez y de la Oficina de Finanzas.

—¿Hacienda? —me sorprendí.

—Entonces, no tiene nada que ver contigo. No sabes nada de todo esto —me tanteó el comisario.

—Nada en absoluto.

—El expediente judicial se ha abierto por orden expresa de Finanzas. Una inspección de los auditores ha revelado movimientos poco claros en las cuentas bancarias de Segursmart, además de transacciones con empresas fantasmas y posible evasión de impuestos.

Mantuve la mirada de González, más por una cuestión de paralizante sorpresa que por una estrategia de póker.

—La orden judicial nos permite entrar hasta la cocina.

—¿Y los…?

—Todo. Servidores incluidos.

—¿Cuándo…? —Si la Policía iba a incautarse de los equipos informáticos, era una cuestión vital que lo hiciese con la mayor rapidez posible, antes de que la empresa destruyese nada.

—Está pasando —me soltó el comisario a bocajarro—. Ahora mismo, mientras hablamos. Tú estás fuera. De hecho, estás tan fuera, que te voy a dar vacaciones, por si tienes alguna duda al respecto.

—¿Quién…?

—Cortés y Porter. Los recursos que necesiten. Y los inspectores de Finanzas, claro.

—Son buenos.

—Son los mejores.

Respiré hondo y me levanté.

—Comprenderás, Berck, que tenga que hacerte esta pregunta —me detuvo el comisario.

—No he tenido nada que ver —me adelanté—. No sabía nada de que los auditores estuviesen revisando las cuentas de la empresa.

González asintió, pensativo. Sabía que no estaba mintiendo, su trabajo era tener esa certeza y él era muy competente.

—Está bien. Puedes largarte. Pero te quiero bien lejos de esa investigación. Como a un millón de kilómetros.

Asentí atolondrado, incapaz de pensar en las repercusiones. A medio pasillo me di la vuelta y volví a entrar en su despacho. González miraba pensativo por la ventana.

—Disculpe, señor —le saqué de su ensimismamiento—. ¿Qué juez firma la orden?

—El muy respetable y honorable juez Marquina.

—¿Y los inspectores de Finanzas? ¿Los que cursaron la denuncia?

—Las cosas no funcionan así, Don. Quien denuncia y abre diligencias es la Oficina de Finanzas. No te van a decir cuál de sus angelitos auditores es el héroe de turno.

Asentí con la cabeza, no demasiado conforme y salí de nuevo al pasillo. Esta vez había llegado hasta la máquina del café cuando volví a darme la vuelta y me asomé de nuevo por la puerta del despacho del comisario González.

—Señor —llamé su atención desde el umbral.

—¿Qué quiere, Berck? ¿No acabo de darle vacaciones? —se impacientó él.

—Gracias, señor.

Asintió despacio, muy serio, con los labios apretados. Por un momento pensé que iba a decirme algo, pero enseguida hizo un gesto impaciente con la mano para despedirme y que le dejara en paz con sus montañas de papeles, su ordenador apagado y sus vistas de Coleridge.

Fui hasta mi mesa en la sala de trabajo y me quedé allí sentado, sin moverme, sin hablar, sin querer pensar, por lo menos unos diez minutos. Después cogí el teléfono y llame a la única persona que sabía que iba a darme una respuesta.

—¿Qué quieres, Don? Soy muy importante y estoy muy ocupado —contestó Charlie al otro lado de la línea.

—¿En qué me dijiste que trabaja el tipo ese tan raro que juega contigo al golf los jueves?

—Todos los tipos que juegan conmigo al golf son raros. Para ser policía no tienes mucha capacidad de observación.

—Ya sabes quién te digo, el alto y flacucho, ese del pelo pelirrojo y las gafas de lupa que parece siempre a punto de sufrir un ataque cardiaco. Ese que es amigo tuyo.

—Yo no tengo amigos.

La voz de Charlie pasó de cautelosa a burlona. Conocía lo suficiente a mi hermano como para darme cuenta de que ya sabía lo que había pasado. Entre otras cosas, porque llevaba todo el día esperando mi llamada.

—Vale, como quieras. Pues el Tipo Raro Pelirrojo ese, a partir de ahora T. R. P. para abreviar, ¿no era auditor de Finanzas?

—¿Qué diablos es T. R. P.?

—Tipo Raro Pelirrojo. ¿Es o no es auditor? —insistí.

—Pues no estoy muy seguro, la verdad, no solemos hablar de trabajo mientras jugamos al golf.

—Y además de auditor de la Oficina de Finanzas —continué sin hacer caso de sus fragantes mentiras de hermano pequeño—, también juega al golf con una pandilla de jueces de los que es bastante amiguito. Me lo dijiste una vez que te acompañé al campo.

—Pues no lo recuerdo.

—Pues yo sí. Para ser policía tengo bastante buena memoria.

—Bueno, Don, ¿hay algo más concreto —preguntó enfatizando el «más concreto»— en lo que pueda ayudarte? De verdad que tengo mucho trabajo.

—Sé lo que has hecho.

Charlie guardó silencio unos instantes. Le oí suspirar feliz al otro lado del teléfono.

—No lo he hecho por ti, lo he hecho por mí —dijo al fin en voz baja—. Me volvería loco si supiera que no queda ni un solo hombre íntegro sobre la faz de la Tierra.

Esta vez me tocó a mí quedarme en silencio. No importaba cuánto conozcas a una persona, ni que esta sea tu propio hermano, siempre queda margen para la sorpresa.

—La oveja negra de la familia soy yo. Vas listo si piensas que voy a cederte ese papel.

—Charlie…

—Y ya contaba con que me descubrieses. El investigador de la familia sí que eres tú. Te dejo ese papel.

—Charlie…

—¿Qué?

—Te quiero.

—¿Para eso me llamas? ¡Estoy muy ocupado! —gritó antes de colgar el teléfono para que no me diese tiempo de escuchar su alegre carcajada.

Me guardé el móvil en el bolsillo y me desperecé con ganas. Eché una ojeada a la sala medio vacía y tomé una decisión. Apagué los equipos, me puse el abrigo y salí a la calle con ganas de respirar un poco de aire fresco. Pesaba dos toneladas menos cuando contemplé la ciudad que tenía ante mí.

Volví a coger el móvil y llame a Sarah. Sabía exactamente lo que quería hacer ese mismo día.

—¿Sarah? —dije cuando la madre de los argonautas me respondió—. ¿Puedo pasar a buscarte en media hora?

Quiero pedirte un favor. Si no estás muy liada, me gustaría que me acompañases a buscar unos zapatos.

Escuché contento sus preguntas al otro lado de la línea y sonreí.

—No, unos zapatos de mujer —le dije con una agradable sensación de vértigo en el estómago—. Unos zapatos de bruja.

# LAS VIOLETAS DEL POLO NORTE
## (Don)

—¡Por los inspectores de Finanzas! —dije levantando mi botellín de cerveza negra.

—¡Por la Oficina de Finanzas! —me imitó Sierra.

—Oh, colegas, vamos… —se quejó Punisher—. ¿En serio?

—Vamos, amigo mío, levanta esa cerveza y brinda con nosotros —le animé—. A esta hora, los capitostes de Segursmart ya están en prisión preventiva, por riesgo de fuga y evasión de impuestos. Hemos ganado.

Sierra palmeó entusiasmado la espalda de nuestro amigo y Punisher levantó su botella con reticencia y brindó con nosotros. Los tres bebimos en silencio, cada uno absorto en sus propios pensamientos.

Como era habitual en el bar escondido del Ambassador, solo había otra mesa ocupada, por dos ejecutivos alicaídos, además de la nuestra. Acodada en la barra, una señora de unos sesenta años hablaba animadamente con Pierre. Miré la hora, Kate llegaba tarde.

—Voy a echar de menos toda esta intriga —dijo Sierra mientras borraba archivos antiguos de su portátil.

—Bah, al final no tuvimos huevos —suspiró un alicaído Punisher.

—Al final, lo hicimos bien —le consolé—. Nosotros no somos así.

—Habla por ti, colega. Aún no me has visto en modo rastrero.

—Está hablando del *World of Warcraft* —me tranquilizó Sierra—, no le hagas ni caso.

Dejamos que Punisher se quejara y autocompadeciese un poco más mientras nos deshacíamos de las pruebas de tres años de acecho informático. Por primera vez en mucho tiempo me sentía libre y bien. Y no solo porque no hubiésemos puesto en práctica nuestro ataque, o porque una investigación en curso legal estuviese al fin poniendo las cosas en su sitio; la constatación de que todavía era posible cierta justicia en Coleridge confirmaba mi vocación de policía informático, mis ganas de seguir persiguiendo a los que se aprovechaban de los más débiles y vulnerables, de las personas de buena fe.

Charlie me había dado el final que necesitaba. Ahora dependía de mí honrar la memoria de mi amigo Gabriel como ambos nos merecíamos.

—Entonces, el viernes que viene ¿ya no quedamos aquí? —me sacó Punisher de mis pensamientos—. Ya no tenemos nada por lo que…

—Yo pienso seguir viniendo. A tomarme una cerveza con mis amigos —le interrumpí.

Me miró agradecido un instante, como un golden

retriever enorme y paliducho, y siguió moviendo un dedo con entusiasmo por la pantalla de su iPad.

—Se está bien aquí —aportó Sierra mirando alrededor.

Volví a echar una ojeada al reloj del portátil y me inquieté. Eran más de las doce.

—Ahora vengo.

Me acerqué a la barra de bucanero de Pierre y le saludé. El barman dejó de abrillantar las lustrosas botellas de licor que iba amontonando a un lado y se sentó en su propio taburete de detrás de la barra.

—Kate llega un poco tarde hoy —le tanteé después del intercambio de cortesías habitual.

Me miró con el ceño fruncido y se inclinó hacia adelante, como si fuese a hacerme partícipe de una confidencia.

—Kate no va a venir esta noche —me dijo.

—Pero ella siempre… Los viernes…

—Los viernes por la noche se pasaba después del programa de radio. Pero se ha cancelado.

—Vaya, lo siento. A Kate le gustaba ese programa —dije contrariado.

Pierre se me quedó mirando con una ceja artísticamente levantada y sus ojos azules relampaguearon en la penumbra controlada del bar escondido.

—Si yo quisiera ver a Kate, y no digo que sea el caso, pero si yo quisiera hablar con ella esta noche…, probaría a buscarla en su casa —pronunció despacio y con aires de maestro de parvulario hablando a un pequeño alumno especialmente lento de comprensión.

Pensé que los argonautas le habrían propinado una buena patada en las espinillas por esos aires de suficiencia.

—Es tarde —me defendí sin ganas en un murmullo.

—Cada cosa tiene su propio tiempo —dijo enigmático.

—Como las violetas en el polo Norte —contraataqué.

Pero Pierre no pareció demasiado impresionado con mi réplica en clave de acertijo. Bajó de su taburete, recuperó su trapo blanco y me dio la espalda dispuesto a seguir abrillantando sus botellas de colores. A mí también me entraron ganas de patearle las espinillas.

Conduje hasta el horrible edificio en ruinas, aparqué delante de unos grafitis que lo deslucían todavía más, si eso era posible, y salí del coche. Llegué hasta la puerta y me di cuenta de que tenía que volver. Fui hasta el coche, recogí la caja de zapatos y me planté de nuevo ante la portería de la casa de Kate con mi paquete bajo el brazo.

Me quedé paralizado delante de los botones del portero automático de la desastrosa finca. Encomendando mi suerte a los hados, presioné suavemente —no me atrevía a más, no fuese a derrumbarse la pared que sostenía el cuadro— un par de botones al azar. No sabía cuál era el piso de Kate, no me había fijado la única vez que había estado con ella. Suponía que sería un segundo, porque habíamos subido escaleras.

—Shhhhhhhhhhh —escuché por encima de mi cabeza.

Miré hacia arriba y vi a una anciana centenaria de pelo pulcramente peinado, pese a las horas intempestivas, y bata de flores. Me pareció que llevaba al cuello una de esas boas de plumas de los cabarets clandestinos estadounidenses de los años veinte, pero la tenue iluminación de las farolas quizás me estuviese jugando una mala pasada.

—Perdone, señora —me disculpé a media voz—. Estoy buscando…

—Sí, sí —me cortó impaciente—. Ya era hora.

Quise creer que había querido decir que «No eran horas», horas de llamar a su timbre en medio de la noche.

—Katherine vive en el segundo primera. Pero ya le abro yo.

Antes de que pudiera darle las gracias, desapareció de la ventana y enseguida pude oír el zumbido eléctrico de la apertura del portal. Entré, subí las escaleras de dos en dos y me planté delante de la puerta que me había dicho la anciana.

—No está ahí —dijo la buena señora saliendo de la nada y dándome un susto de muerte.

—¡Señora! —me quejé llevándome la mano al corazón.

Efectivamente llevaba una boa de plumas enrollada alrededor del cuello, una pamela blanca sobre la cabeza y centenares de pulseras tintineantes en ambas muñecas.

—Está abajo, en el jardín.

Le di las gracias, le deseé buenas noches y me giré para bajar las escaleras.

—¡Espere! —me llamó la estrafalaria anciana—. ¿Qué le ha traído? —preguntó curiosa señalando el paquete que llevaba.

—Zapatos.

—Bien. —Sonrió—. Temía que hubiese traído flores. No hacen falta, ¿sabe?

—Lo sé —mascullé entre dientes—. Conozco esa pequeña selva.

Volé escaleras abajo, encontré a tientas el picaporte de la puerta del jardín disimulado tras los contadores en la poca luz de la portería y traspasé su umbral sin pensármelo demasiado. Si hasta entonces había estado nervioso, se acabó en cuanto puse los pies en esa parcela exuberante que la anciana se empeñaba en llamar jardín.

Las blancas lucecitas navideñas brillaban entre las ramas más bajas de los árboles, marcando el camino. La noche era fría, pero no demasiado. El otoño acostumbrado de Coleridge había vuelto a sus cauces. Me di cuenta de que el recuerdo de la paleta de colores de aquel rincón caótico no se acercaba siquiera a la realidad que me envolvió en cuanto puse los pies en su territorio. Los árboles frutales, los castaños, los robles… Sus ramas lucían hojas verdes, amarillas, naranjas o marrones dependiendo de su naturaleza caducifolia y una alfombra de hierbas aromáticas y pequeños arbustos me marcaba el camino.

Kate estaba sentada en uno de los sillones de color morado. Tenía un libro abierto sobre el regazo. En cuanto me vio se puso en pie y dejó que la manta que la envolvía cayese al suelo.

—Hola —le dije como un estúpido.

Llevaba una bufanda de un espantoso color mostaza y un gorro de lana a juego aprisionaba sus cabellos. Tenía las mejillas algo coloradas y los labios húmedos de color cereza. Me miró con esos hermosos ojos azules que me perseguían cada noche en sueños y sonrió.

—Siento lo del programa de radio. Pierre me lo ha dicho.

—No pasa nada, el director era un idiota. —Dudó un momento antes de decidirse a explicarme más—: Quizás pueda…, hay una posibilidad de seguir en la radio con otro programa.

—Me alegro.

Me acerqué a ella y le tendí la caja de cartón.

—Te he traído algo.

Kate me miró intrigada y la abrió. Sacó los zapatos de bruja buena y estalló en carcajadas.

—Gracias —dijo contenta—. Era justo lo que necesitaba. Los míos murieron honorablemente durante una operación de rescate en medio de una tormenta.

—Algo me suena —le contesté acercándome un poco más—. Tuvieron un trágico final que no se merecían.

—Estuve cinco días en calcetines. Unos calcetines de lana tan gruesos como el kevlar, o eso me dijo alguien.

Me detuve apenas a unos centímetros de Kate. Podía sentir su aliento en mi cara, el roce ocasional de su abrigo en mi pecho. Despacio, le quité el feo gorro de color mostaza, lo tiré sobre el sofá y despeiné sus cabellos castaños hasta que volvieron a flotar libres a nuestro alrededor. Me di cuenta de que hacía una eternidad que deseaba hundir las manos entre ese pelo. Y, en honor a la verdad —y a Charlie—, lo hacía con las manos limpias de culpa. Estaba allí, entero, íntegro, para Kate. Porque ella nunca hubiese merecido menos.

—No me has devuelto los calcetines —le dije con la mirada perdida en sus labios de ninfa.

Acuné delicadamente su hermoso perfil con una mano, la atraje hacia mí por la cintura con el brazo que me quedaba libre y la besé.

Kate dejó caer los zapatos al suelo y contuvo la respiración. Podía sentir cómo temblaba contra mí. Deseé que no fuese solo por el frío de ese extraño noviembre, rodeada de la excéntrica vegetación de su jardín selvático.

—Creo que voy a morirme —susurró junto a mi boca cuando nuestros labios se separaron.

Apoyé mi frente contra la suya, me aseguré de que notase mi sonrisa contra su mejilla y esperé a que se atreviera a abrazarme.

—Kate —dije cuando sus manos se apoyaron con suavidad sobre mis hombros.

—¿Qué? —Sollozó con los ojos cerrados.

—No te mueras, Kate. Voy a volver a besarte.

# FRAGMENTO DE LAS MEMORIAS DE WILLIAM DORNER

No importa que nadie quisiese escucharme hasta que fue demasiado tarde. Yo tenía razón. Siempre la tuve.

Hubo un momento, apenas un par de horas, en las que todo habría sido posible. Los vientos movían con rapidez las nubes cargadas. Y, sin embargo, me mantuve firme en mi opinión.

Podría haber sucedido cualquier cosa pero fue la tormenta la que finalmente nos atrapó.

De: SierraFrank@mordeless.com
Para: DonBerck@UDIE.com


Don,

Me parece muy feo que no hayas aparecido esta noche por el bar escondido. Punisher está desolado, dice que nos has abandonado y que se siente traicionado. Incluso más traicionado que cuando sus compañeros le atacaron por la espalda con un hechizo de paralización en el *World of Warcraft*.

Dramas aparte, me alegro de que Kate y tú estéis juntos. No he entendido demasiado bien esa parte de tu mensaje en la que me decías que estabais cartografiando una selva. Imagino que necesitáis tiempo a solas. Pero el viernes que viene os quiero a los dos aquí mismo, con una buena cerveza negra en la mano, tal y como me has prometido.

Pierre Lafarge me pide que le digas a Kate que encienda de una vez su maldito móvil (palabras textuales) porque parece ser que Josh tiene buenas noticias sobre el concurso de la radio. Creo haber entendido que no han ganado el concurso pero que su maqueta gustó tanto a los productores que les han ofrecido un programa diario, o algo por el estilo. Dile que llame a Josh, por favor.

Pierre, que está en estos momentos mirando por encima de mi hombro cómo escribo este correo (ejem), me pide que también le digas a Kate que el vino blanco no lleva bien su ausencia. «La añoranza es perjudicial para las cosechas de los años impares», Pierre dixit.

No sé si lees la prensa desde que vives en el país del amor (o en las selvas del amor, no lo tengo claro), así que te adjunto algunos artículos que creo que encontrarás interesantes sobre el proceso abierto contra Segursmart. No cuentan nada que no supiéramos, pero en un par de ellos mencionan a Gabriel. Tus compañeros de la UDIF están haciendo un buen trabajo, aunque nosotros lo hicimos mucho mejor (si me lo permites).

Espero que encuentres pronto alguna cibercruzada para tener ocupado a Punisher y seguir pareciendo misteriosos cada viernes por la noche en nuestro bar. Creo que ya te habrás dado cuenta, pero se liga mucho más pareciendo misterioso.

Disfruta del fin de semana y dale un beso de mi parte a Kate, dile que le debo una disculpa (ella ya sabe por qué).

*Sierra*


P. D.: Hoy estreno unas Nike de color amarillo pollo que serían la admiración de todos a mi alrededor (si es que hubiese alguien aparte de nosotros en el bar escondido esta noche de viernes).

# SOBRE LA AUTORA

Mónica Gutiérrez Artero nació y vive en Barcelona. Licenciada en Periodismo por la Universitat Autònoma de Barcelona, y en Historia por la Universitat de Barcelona, la mayor parte de su carrera profesional se ha desarrollado en el ámbito de la comunicación y la enseñanza. El noviembre de Kate es su tercera novela, reeditada en 2022.

En la actualidad comparte lecturas de todo tipo en su blog (**monicagutierrezartero.com**) y ejerce de novelista con un conejo pisándole los pies.

**Otras obras de la autora:**

*Cuéntame una noctalia* (KDP, 2012)

*Un hotel en ninguna parte* (KDP, 2014)

*El noviembre de Kate* (Roca editorial, 2016) (Segunda edición, 2022)

*Todos los veranos del mundo* (Roca editorial, julio 2018)

*El invierno más oscuro* (KDP, 2018) (con seudónimo)

*Próxima estación* (KDP, 2020)

*La librería del señor Livingstone* (Ediciones B, 2020)

*Sueño de una noche de teatro* (Ediciones B, 2021)

*Los jueves con Tolkien* (KDP, 2021) (No ficción)